El comedido hidalgo

Novela

Juan Eslava Galán
El comedido hidalgo

Premio Ateneo de Sevilla 1994

Planeta

El papel utilizado para la impresión de este libro es cien por cien libre de cloro y
está calificado como **papel ecológico**.

© Juan Eslava Galán, 1993
© Editorial Planeta, S. A., 2011, 2017
  Avinguda Diagonal, 662, 6.ª planta. 08034 Barcelona (España)
  www.planetadelibros.com

Diseño de la cubierta: Laura Comellas / Departamento de Diseño,
  División Editorial del Grupo Planeta
Ilustración de la cubierta: The Bridgeman Art Library / Index
Fotografía del autor: © Ricardo Martín
Primera edición en Colección Booket: septiembre de 2011
Segunda impresión: abril de 2017

Depósito legal: B. 23.009-2011
ISBN: 978-84-08-10423-0
Composición: Víctor Igual, S. L.
Impreso y encuadernado en Barcelona por: Liberdúplex, S. L.
Printed in Spain - Impreso en España

Biografía

Juan Eslava Galán es doctor en Letras. Entre sus libros destacan las novelas *En busca del Unicornio* (Premio Planeta 1987), *El comedido hidalgo* (Premio Ateneo de Sevilla 1994), *Señorita* (Premio de novela Fernando Lara 1998), *El mercenario de Granada* (2008), y los ensayos *Homo erectus. Un manual para hombres que no deben leer las mujeres* (2011), *De la alpargata al seiscientos* (2010), *Historia de España contada para escépticos* (2010), *El catolicismo explicado a las ovejas* (2009), *Los años del miedo* (2008) y *Una historia de la guerra civil que no va a gustar a nadie* (2005), todos ellos publicados por Planeta.

Más información en: www.juaneslavagalan.com

CAPÍTULO I

Un mediodía de los calurosos del estío, un solitario viajero hacía el camino de Carmona a Sevilla en triste mulo de alquiler. Don Alonso de Quesada, que así se llamaba el caballero, era de buen talle, enjuto de carnes y no mal parecido. Tenía la barba entrecana y bien recortada; el pelo, gris y escaso; la frente, amplia; la nariz, aguileña; la boca, delgada; las orejas, finas; señales todas de agudeza. La mirada tenía viva, que es marca de inteligencia, y algo vidriosa, que es indicio seguro de natural melancólico. Aparte de viajar en un macho alquilón y sin mozo de mulas, se echaba de ver que no le sobraban los dineros por lo raído de su atuendo y por la fatigada maletilla de badana que bastaba para guardar su escaso equipaje.

En aquel tiempo los caminantes solitarios solían entretener el camino cantando romances, con más razón si eran poetas y autores de comedias como nuestro viajero, pero en aquella jornada don Alonso iba silencioso y cabizbajo, como el que examinando los sucesos de su vida va cayendo en la cuenta de que es un desgraciado y más le valiera echar una soga en una higuera y ahorcándose de ella escapar de una vez de las estrecheces y miserias del mundo. Rumiando pesares llegó a las ruinas quemadas de la venta de Palomares, que es la primera después de Carmona, y sintiendo sobre sus huesos la fatiga del camino determinó hacer un alto. Se apeó, desensilló el mulo, tomó asiento en el poyo de la puerta e hizo colación de cecina, queso y rábanos, de los que tomó unos bocados que pasó con un par de tragos de vino repuntadillo.

Luego de sacudir las migajas y recoger la despensa, don Alonso se tendió a sestear y como el sueño no viniera tan presto como solía, acudieron a su imaginación, en confuso tropel, algunos recuerdos de su vida, su huida a Italia escapando de la justicia que lo buscaba por herir a un hombre, las fatigas pasadas cuando fue soldado, sus cuarteles, sus navegaciones en las galeras del rey, las batallas donde había combatido, en Lepanto y Navarino, en Túnez y La Goleta; las heridas que había sufrido, de una de las cuales había quedado lisiado de la mano izquierda; las mujeres que había gozado, las miserias de Argel, donde permaneció cautivo cinco años en poder de la raza que nada sabe de la bondad humana y mucho de la saña, maldad y rigor propios de quienes andan malcontentos con la vida porque les tienen prohibidos el cerdo y el vino.

Cuando regresó a España pensó merecer algún oficio de servir al rey en las escribanías de la Corte en pago a sus servicios de soldado y en compensación por su cautiverio de Argel, pero halló Madrid hecho un hormiguero de pretendientes, todos tan certificados como él pero muchos de ellos con mejores aldabas, y cada cual con su canuto de lata lleno de cédulas y recomendaciones. Nuestro pretendiente no tenía estudios y, aunque la dura escuela de la vida lo había licenciado en desengaños y pesares, no pareció a los que tenían en su mano otorgarle un empleo que sus títulos de soldado heroico y cautivo paciente merecieran más que buenas palabras y vaya usted con Dios que Él lo ampare. Llamó a una puerta, y a otra y luego a otra, hallándolas todas cerradas. Fueron pasando los días descorazonadores y, al cabo, desengañado y malcontento, desesperando de hallar acomodo en la Corte y harto de cohabitar con la pobreza, pensó en pasar a Indias donde, por la mayor incomodidad, los oficios no estaban tan solicitados, pero ni eso le salió concertado: le devolvieron su instancia con la acostumbrada disculpa formularia «Búsquese acá en qué se le haga merced».

No encontrando valedores ni árbol al que arrimarse, don Alonso se acomodó a vivir con estrecheces y a esperar con paciencia, y buscó consuelo en el ejercicio de la literatura. Compuso una novela pastoril, frecuentó los corrillos del teatro y estrenó algunas comedias que le proporcionaron pocos dineros y algo más de nombradía, sin sacarlo de pobre. Tuvo un amor poco dichoso con mujer casada y un matrimonio igualmente infelice, de los que daremos cumplida noticia cuando les toque, y anduvo por el mundo desacomodado hasta que se le aparejó una ocupación que parecía a medida de quien fuera tan sufrido que por servir al rey no le importaran los trabajos, los malos caminos, las peores posadas ni los malos gestos de las gentes.

Es el caso que su católica majestad el rey Felipe II, que Dios tenga en su gloria, había determinado enviar una armada contra Isabela, la reina de Inglaterra, bajo cuyo amparo tanto se ofendía y robaba a los reinos de España y sus Indias. Diego de Valdivia, secretario del comisario general de la dicha Armada, vino a hospedarse en la posada que tenía en Sevilla Tomás Gutiérrez, buen amigo de don Alonso, el cual, conociendo la necesidad en que nuestro hombre andaba, lo encomendó mucho al comisario alabando su honradez, discreción y otras buenas prendas y saliendo fiador suyo. Con esta recomendación, don Alonso alcanzó un puesto de comisario del rey para el abastecimiento de la Armada y anduvo siete años por los pueblos requisando trigo y aceite. No fue oficio de mucha fortuna, pero el siguiente, de recaudador de impuestos para la Real Hacienda, fue peor. El banquero al que confió los caudales quebró y huyó con los depósitos dejando a sus clientes, entre ellos a don Alonso, con una mano delante y otra detrás. Nuestro hombre, hechas mil diligencias, ninguna de provecho, y andados en balde todos los pasos y corredores de la Corte, regresa ahora a Sevilla, a defenderse ante los tribunales de la sospecha de haber robado dineros públicos.

Don Alonso de Quesada despierta de su siesta entre el clamor de las chicharras. Aparta el sombrero del rostro: la luz blanca y cegadora hiere sus ojos. Con el dorso de la mano se enjuga la salivilla que se le ha escurrido por la comisura mojándole la barba. Se sienta y se mira las manos, la izquierda, lisiada que apenas mueve dos dedos, la otra, fina aunque maltratada de las riendas y de las asperezas del viaje. Le vuelve el pensamiento melancólico. Esparce su mirada por la venta arruinada, por el país arruinado, por la vida arruinada en la que nada le salió sabroso y si algo alcanzó fue siempre a costa de mil pesadumbres. Don Alonso exhala un profundo suspiro, bebe un largo trago de agua de la botija que dejó a la sombra, se levanta, requiere al mulo, lo ensilla, acomoda su equipaje y prosigue su camino silbando entre dientes una jovial tonadilla que aprendió en sus años de Italia. Quiere entrar alegre en Sevilla, donde un día fue feliz, donde late el corazón del mundo.

CAPÍTULO II

Quería caer el sol cuando, al doblar de una punta, pareció descubierta y patente a los ojos de nuestro caminante la ciudad de Sevilla y él hizo un alto y se entretuvo gran pieza catando la mucha belleza que ante sí parecía y holgando la mirada por las extendidas murallas y los tejados pardos, las casas blancas y los huertos verdes que sobre las tapias alegremente asomaban, con sus palmeras y cipreses y otro género de árboles menores que apacible sombra y dulces frutos dan; y sobre todo ello divisó las espadañas de los conventos y las levantadas torres de las iglesias cada cual con su traza, a cual más acabada; y reinando en medio de todas ellas la que llaman Giralda, como joyel extraño engastado en corona de plata, con su broncínea imagen de la Fe rigiendo los vientos. Aquel cuadro que a su vista se ofrecía le puso a don Alonso un nudo en la garganta y le llenó los ojos de lágrimas con el presentimiento de que el negocio que tan angustiado lo traía había de resolverse favorablemente y que el porvenir se enderezaba mejor que lo pasado. Con este reconfortante pensamiento se persignó muy devotamente y arreando al mulo para que apretara el paso recorrió el arrecife que discurre entre huertas y casas de recreo hasta la puerta de Macarena, por la que entró en la ciudad.

11

¿Quién tendrá palabras para encomiar Sevilla como ella merece? ¿Quién podrá enumerar las excelencias de esta nueva Roma, ciudad de las más ilustres y opulentas que el sol alumbra, alacena bien abastecida, morada acogedora tanto para el desheredado de fortuna que no tiene donde caerse muerto como para el mercader que duerme sobre arcón de talegos de oro, pasando por las estrechas y las holgadas medianías que entre tales extremos caben, pues en esta ciudad cada cual puede alargar sin límite su capricho hasta donde la bolsa dé de sí, aunque también es cierto que la habitan muchos que viven del aire y de la misericordia de Dios?

Cuando don Alonso la conoció, Sevilla era el arcaduz por donde manaban en los otrora venturosos reinos hispanos el oro, la plata, las perlas, el palo campeche, el ámbar gris, las especias, la seda, y cuantas mielecillas producían las opimas Indias. Todo lo que se pueda desear de los productos de la tierra o de las labores de este mundo tenía su puerto y fielato en Sevilla y a ella todo concurría como maná que la Providencia lloviera sobre estos cristianísimos reinos para sustento y recompensa de sus moradores. Era, en suma, tal la riqueza de esta ciudad que en ella corría la pieza gruesa de plata como en otros lugares la deleznable de cobre.

Nuestro viajero, llegando a la muralla, encontró gran copia de pobretes y gentes ociosas que acuclillados con la espalda en tapias y bardales dejaban pasar lo que quedaba del día descansando de no hacer nada, quién en coloquio con el vecino, quién callado y pensativo, quién dormitando, quién triste, quién alegre, el uno sentado, el de más allá tumbado, todos sin afán ni pesadumbre, que así Dios los socorre como socorre a las avecicas del campo y les da de vivir sin hacer nada, libres de cuidados.

Cuando don Alonso apareció por el camino, una nube de mendigos pertinaces como moscas cojoneras se adelantó a importunarlo con demandas de limosna, y él apretando el paso como con prisa por llegar a su posada arreó la cabalgadura y, tras satisfacer el portazgo, tomó la vía acostumbrada hasta cerca de la iglesia de San Marcos, donde topó un gran alboroto al que asistían gentes así en la calle como asomadas a balcones y terrados. A las puertas de la iglesia había una tropilla de alguaciles de a caballo que aguardaban a otros que, a lo que parecía, habían entrado a prender a alguien.

De lo cual don Alonso, como era hombre curioso de todo lo humano, olvidó sus prisas y descabalgando se acercó a un corrillo y preguntó qué pasaba.

—No pasa —contestó uno de los allí estantes— sino que los alguaciles quieren llevar presa a la regatona María de la O.

—Es sinrazón —dijo otro— porque le han dado el queo y se ha acogido a sagrado y allá no debe entrar la justicia por respeto a la misericordia de Dios.

Fue oído por uno de los corchetes a caballo, el cual se volvió a replicar:

—¡Tengan y refrenen la lengua los que bien conocen las prendas de María de la O y saben que a esta mala mujer tiempo ha que debieran haberla cogido por alcahueta y por hechicera, tachas para las que no asiste sagrado!

Y en efecto no debía asistirla porque a poco apareció en la puerta de la iglesia una mujer desgreñada y puerca, desdentada y boquisumida a la que tres alguaciles traían presa, la cual, como la sacaban a empellones, profería grandes alaridos desenterrando los muertos del asistente que aquel atropello consentía e informando, para ilustración de la concurrencia, de quiénes fueron las madres de los alguaciles que la detenían y las devociones que habían tenido. Diremos en este punto que el asistente de Sevilla en los días que historiamos era el conde de Puñonrostro, aquel famoso y concertado alcalde que examinó a los pedigüeños y dio a los aprobados tablillas selladas con las cuales, llevándolas al cuello, pudieran ejercer la mendicidad.

Supo don Alonso que la regatona presa tenía un tabuco cerca de la calle del Conde, donde vendía bajo cuerda jabón de lavanda sin pagar la tasa, es decir, el impuesto municipal. A lo que parece, el jabón se lo fabricaba un portero de la almona, el llamado Tuerto la Gancha, al cual correspondía ella con los dones de Venus. Es el caso que en el día de autos un caballero jurado de la ciudad llamado Cornelio Cabeza de Vaca Cabral había enviado a su esclavilla negra a comprar una pastilla de jabón a María de la O y ésta, sospechando que el demandante lo quería de balde, en cohecho por no denunciar su mercadeo, tomó a mal el requerimiento y despidió a la esclava con malos modos diciendo algo de que si su amo quería jabón bien podía batirlo él mismo con los cuernos. Lo cual, tomado a mal por Cabeza de Vaca Cabral, dio en denunciarla al asistente, y Puñonrostro, que sufría mal la continua sangría de los regatones, queriendo escarmentarlos a todos en la cabeza de María de la O, la había mandado prender.

—¿Y si se acoge a sagrado?

—¡Cuerpo de Dios! ¿Qué se me da a mí que se acoja a sagrado? Vosotros la prendéis aunque se refugie debajo de los hábitos de su ilustrísima el señor cardenal-arzobispo y se le agarre a los cojones.

Lleváronse, pues, los alguaciles a María de la O, se aquietó el alboroto y fuese cada cual a su casa y don Alonso, por el despejado camino, a la posada de su antiguo amigo Tomás Gutiérrez, cómico retirado. La posada estaba en la calle de Bayona, cerca de la Iglesia Mayor, en el meollo de Sevilla. Don Alonso, entrando al patio empedrado con pozo y parra, fue recibido por

Tomás Gutiérrez con grandes extremos de alegría, y después de los abrazos y saludos y las formularias indagaciones sobre el bienestar de las respectivas esposas, el posadero mandó a un criado que devolviera la mula a su dueño y él mismo acompañó a don Alonso a un aposento alto, de los estrechos y angostos que suelen darse a los criados debajo de las tejas, excusándose por no poderle ofrecer otro que fuera digno de su rango y condición, que tenía la posada repleta. A lo que don Alonso, como el que no sabe si sólo podrá pagar con agradecimiento, se tuvo por bien acomodado y dijo que más a gusto se sentiría bajo el caballete de su casa y más a su sabor dormiría en aquel cordellate escaso, estrecho y corto que le asignaba que en la mejor cámara del palacio arzobispal sobre cama doselada equipada con sábanas de Holanda.

Don Alonso se lavó el rostro y los brazos con el aguamanil y el jarro que luego le subió una criadita joven llamada Aldoncilla, moza rolliza, zahareña, que tiraba un poco a hombruna. Luego bajó a la cocina, donde comió con el posadero. En la sobrecena, cambiando noticias y charlando de muchas menudencias, contó lo que había visto en el prendimiento de la regatona María de la O.

—Has de saber, amigo Quesada —dijo Tomás Gutiérrez—, que esa madeja está más enmarañada de lo que parece, y el cabo que tú has visto no tiene al otro lado sino una guerra declarada entre los señores del Ayuntamiento y los de la Audiencia, de cuyos piques en años pasados ya tendrías tú noticia, pero lo de ahora va a más como nunca antes se había visto, que a todos nos tiene espantados.

Mientras dejamos a don Alonso y al posadero departiendo de lo que ya sabemos, quizá aproveche al lector conocer el origen de estas rencillas y guerras entre el

Ayuntamiento y la Audiencia, aclaración que pide la verosimilitud del presente relato. El caso es que, en los tiempos que estamos tratando, no estaban bien deslindadas las respectivas jurisdicciones de los tribunales de justicia. En Sevilla convivían por lo menos cinco, a saber: la Casa de Contratación, que regulaba el comercio con las Indias; la Santa Hermandad, que ponía orden en los caminos y en el campo; la Santa Inquisición, que se ocupaba de los delitos contra la fe, y el Ayuntamiento y la Audiencia, que competían por la justicia civil ordinaria, la mayor tajada. ¿A quién correspondía informar, juzgar y sentenciar? Estando tan mal delimitadas las competencias entre el Ayuntamiento y la Audiencia, el ejercicio de la justicia se había convertido en una continua fuente de pleitos y pendencias. Treinta años atrás, el emperador Carlos había creado la Audiencia de Sevilla y le había confiado la administración de justicia de apelación que hasta entonces, desde tiempo inmemorial, venía siendo privilegio del Ayuntamiento. En adelante el Ayuntamiento sólo administraría la justicia de instancia, poca cosa. Además, alojó a la Audiencia en el mejor edificio del Ayuntamiento, la Casa Quadra.

¿Se podía sufrir semejante despojo? El Ayuntamiento envió una comisión de protesta a Bruselas. Fue recibida por el boquirrubio Carlos, el cual, después de escuchar las razonadas demandas del municipio hispalense, se mantuvo en sus trece, si bien antes de despedir a los mohínos parlamentarios quiso compensarlos del fatigoso viaje obsequiándolos con una ronda de cerveza, y ellos, como nunca habían catado semejante licor, lo encontraron más parecido a meados de yegua que a bebida de cristianos y tuvieron el convite a burla y escarnio, así que, como se suele decir, regresaron cornudos y apaleados. Lo único que alcanzaron fue que, en adelante, para excusar conflictos, la Audiencia cedería la representación real al Ayuntamiento en las procesiones del Corpus Christi y Semana Santa, a las cuales el regente y oidores de la Audiencia no asistirían como corporación, aunque bien podrían sumarse a ellas a título particular, que al fin y al cabo todos somos buenos cristianos y no estamos en tierra de moros donde no hay respeto ni cortesía.

Corrieron los años y las rencillas entre el Ayuntamiento y la Audiencia, lejos de menguar, crecieron y se enconaron. En el fondo se trataba de un pulso entre la modernidad, representada por la justicia del rey, cada vez más burocratizada y centralizada, y la tradición, representada por la justicia ciudadana que en Sevilla estaba en manos de las treinta privilegiadas familias que componían la aristocracia local. De un lado estaba esta cantera ciudadana; del otro, los funcionarios de la Audiencia, todos forasteros impuestos desde la Corte, gente advenediza, presumiblemente plebeya y resentida. Con la ley en la mano todas las bazas eran de la Audiencia: como jueces designados por el rey eran independientes de toda jurisdicción inferior. El daño estaba en que además, no contentos con lo que tenían, se entrometían en los acuerdos del Ayuntamiento arrogándose competencias puramente municipales de los antiguos alcaldes mayores a los que habían suplantado.

El Ayuntamiento emitía bandos y disposiciones para recaudar entre los vecinos en multas y tasas. Los vecinos eludían el pago apelando a la Audiencia, cuyos oidores no desaprovechaban ocasión de desautorizar al Ayuntamiento. Esta práctica, además de fastidiar al Cabildo municipal, obstaculizaba grandemente el gobierno de la ciudad. ¿Se conformaba el Ayuntamiento? En modo alguno. Llovían sobre Madrid quejas y denuncias contra oidores que «dávades causa a que todo cuanto la Ciudad proveía lo embarazabais e impedíais que nunca se ejecutase». Felipe II, lejos de poner coto al abuso, aumentó el poder de la Audiencia transfiriéndole el juzgado de primera instancia que su padre, el que invitaba a cerveza, había respetado a los alcaldes ordinarios del Ayuntamiento.

Pero no nos adelantemos a páginas venideras y regresemos a nuestro cuento, que habíamos dejado a don Alonso cenando con su amigo y después de hablar de los viejos tiempos de Madrid y darse noticias de antiguos conocidos vinieron al asunto que traía a nuestro héroe por Sevilla.

—No sé cómo se apareja tu negocio, amigo Quesada —dijo el posadero—, porque las opiniones que circulan sobre el caso son varias y encontradas. Lo único que se saca en limpio es que el banquero Simón Freire huyó con sesenta mil ducados y no conociéndose su paradero ha causado gran duelo en la ciudad, que muchos mercaderes y tratantes de Indias tenían depositados en su casa sus haberes y ahora reina un gran desconcierto y cunde la desconfianza hacia los otros banqueros. Ahí tienes a los Espinosa, a Juan Iñiguez, a Domingo de Lizarraras y a los Herber y Leardos palpándose las carnes y no encontrándoselas. Hasta el más lerdo sabe que el dinero del reino está empeñado en cedulillas y papeles y si el rey nuestro señor, que a lo que dicen administra su casa con más sabiduría que Salomón, ha dado tres veces en bancarrota que es tanto como declarar el reino en ruina, ¿qué se nos puede dar a sus naturales que entren por la Casa de la Moneda carretadas de oro y serones de plata y esportillas de perlas si luego desaparecen como por magia y ninguno las ve ni las disfruta? Tiempos son de ir con la barba al hombro y la mano en la faltriquera. Nadie se fía de nadie y el que más el que menos levanta losas en su casa para guardar lo que tiene y el discreto y avisado exige sus dineros en plata sonante y rechaza cedulillas y pagarés.

—En esto del banquero Freire digo yo que alguna esperanza habrá de cobrar sobre los embargos —dijo don Alonso.

—Ésa es la que a muchos mantiene vivos. Cuanto el huido poseía, que era mucho, queda intervenido por orden del rey y de lo que se venda se irán cobrando los acreedores, de los que hay lista abierta en la Audiencia. A lo que me parece tú no tendrás dificultad; que siendo tu depósito de dineros reales, tendrá preferencia antes que los de los particulares.

—El daño está —dijo don Alonso— en que no sólo le había confiado los dineros del rey a mí encomendados sino los míos propios, pero aun perdiendo éstos me daré con un canto en los dientes si consigo recuperar los que debo a la Real Hacienda. En fin. Ya veremos qué se puede hacer. Amanecerá Dios y medraremos.

En estas razones estaban cuando por delante del portón cerrado pasó la primera ronda de alguaciles, que era de la Audiencia, y a poco, tras ella, la del Ayuntamiento, repicando las conteras de los chuzos sobre las losas de Tarifa de la acera.

—Van cerca unos de otros perturbando el sueño de los cristianos —observó Tomás Gutiérrez—, pero por lo menos ahora se guardan el aire y se evitan, que antes se buscaban y en topándose reñían con estacas y aceros desnudos sobre quién tenía preferencia en el derecho a rondar la ciudad. Entre sus ruidos y los pregones de los animeros que a deshora rezan y piden para el culto, muchas noches no hay quien pegue ojo.

Aún conversaron Tomás Gutiérrez y su huésped por espacio de otra buena hora. Luego don Alonso dio las buenas noches y se retiró a su palomar alumbrando los irregulares peldaños de la pina escalera con un candilejo que la solícita Aldoncilla le preparó. Al llegar al rellano le sobresaltó su propia imagen reflejada en el espejo azogado que allí había. Reconocióse y se detuvo un momento a contemplarse. Le pareció que componía una triste figura.

CAPÍTULO III

De cómo hurtaron la bolsa a don Alonso
de Quesada. A lo que se añade el gatillazo
y aporreadura de don Gaspar de Vallejo,
magistrado de la Audiencia

La mañana siguiente don Alonso de Quesada se despertó al piar de la pajarería que saludaba el nuevo día juntando sus menudas legiones sobre el tejado. El sol invadía la cámara colándose entre las tejas en rubios y esparcidos haces. Asomóse nuestro hombre al ventanuco de la gatera y vio un retacillo de cielo azul y luminoso transitado de palomas blancas, de golondrinas negras, de inquietos gorriones y de otras avecicas que Dios no desampara y ellas lo alaban a su manera alegrando la mañana. Túvolo don Alonso a buen agüero de que la vida es amable y sus asuntos se encaminaban derechamente y sin más pausa, dejando las ociosas plumas (aunque el colchón, sin licencia poética, era de borra sentada, más dura que las piedras), se levantó y vistió su ropa de respeto, camisa limpia y un juboncillo que de no haber tenido las vueltas algo deshilachadas ni demandar repuesto por los codos bien hubiera podido entrar en el guardarropa galán que nuestro amigo hacía cuentas de concederse en cuanto saliera de sus presentes estrecheces. Con esto bajó al patio y oyendo la voz melosa de Aldoncilla, la criadita de los ojos tier-

21

nos, que estaba cantando en la cocina, fuese a ella y le preguntó por su amo. El posadero andaba haciendo abasto en el mercado pero dejaba mandado que dieran de desayunar a su amigo. Hizo don Alonso colación de tostadas con aceite, y se refrenó de restregarles ajos porque iba a tratar con gente alta y no era cosa de ir atufando con el aliento de un rascamulas. Luego, bien desayunado, se tiró de las faldas del jubón, sacudióse las migajas, ajustó el tahalí, dispuso con ejercitado donaire la engurruñida mano sobre la empuñadura, de guisa que le disimulaba la manquedad, y diciendo su alabanza a las manos y a la voz de Aldoncilla, salió a conquistar Sevilla casi sintiendo la sangre nueva como si fuera mozo.

Don Alonso, con ánimo alegre, hizo su vía dando un poco rodeo, por aguardar hora menos destemplada, sabiendo que la naturaleza de los funcionarios no es madrugar y menos los tan altos como el juez que él iba a visitar, y fuese paseando hasta las Gradas de la Iglesia Mayor, y se entretuvo por la calle de Génova y aledañas, con sus tiendas bien surtidas, sus almonedas, sus boneterías y sus zapaterías, en cuyos mostradores y arcas curioseó cuantos regalos hay de vidrios, brinquiños, paños finos, adobos de diversos olores, mercería y el vario ornato que las mujeres inventaron. Todo lo iba mirando don Alonso y a veces se detenía a preguntar el valor de algunas mercaderías. Así llegó a la plaza de San Francisco, con su fuente, y al altar y hornacina del muro del convento, el lugar donde se monta el tablado del verdugo, y a la Casa Quadra, domicilio de la Real Audiencia. Se asomó primero a una de las covachuelas escribaniles que la circundan y preguntó por el escribano de don Gaspar de Vallejo, que así se llamaba el magistrado encargado de su caso. Diéronle sus señas, subiendo la escalinata de mármol y siguiendo la crujía a la mano diestra hasta un portalón verde; no es para Teseo, no tiene pérdida. Fue allá y repicó la puerta tres veces con los nudillos. Dio licencia una voz de cacatúa. Entró. El escribano del señor magistrado se llamaba Tomás Rodaja y era un gallego escueto, pálido y rasurado, vestido de bayeta negra, blando de gestos, más gusano que persona, como quien nunca sale de su covacha y se alimenta solamente de papel de tasa y tintahollín. Entornó los ojos para escuchar el recado de don Alonso y los abrió para sentenciar que su señoría no comparecería antes de mediodía. Con lo cual, y tras anotar en un cartapacio el nombre y señas del solicitante, para ir buscando los legajos del caso, desentendióse de él y tornó a sus papeles.

Tomás Rodaja vive en una casa miserable de la collación de Santa Catalina, en cuya cuadra, donde no mantiene mula por ahorrar, bajo cierta losa removida del fondo de un pesebre oculta tres orcillas repletas de escudos de plata y aun algunos de oro. Ahora está llenando la cuarta. Cuando tenga diez piensa retirarse a Mondoñedo, comprar un pazo y dos bueyes, apalabrar criado que are y ama que le haga potes y caldos y se los saque de otra parte por las noches y vivir mejor que el obispo. Tomás Rodaja es rijosico, sobón y mirón pero, hasta que lleguen sus días, gasta poco, bebe agua y no come sino cosas escasas y corrientes, las más de las veces en esos bodegones de puntapié, puchero sobre trébedes en cualquier esquina, habas y cebollas hervidas. Cuando hambrea de mujer, como todas cuestan algo, profesa las arcanas artes de Onán y se la zurra con la derecha en días comunes y con la izquierda, por alargar placer, domingos y fiestas de guardar. El fruto de su pecado lo recoge en una olla chica donde va añadiendo otro tanto de pasta de ajos macerados. Huele a demonios pero le han dicho que esta untura es mano de santo para las bubas del mal francés que no sabe si lo padecerá cuando tenga pazo y ama y las vecinas vengan a pedirle que les escriba una carta o que les copie una oración o si me pudiera dar un poquito de sal que acabé la mía y tengo al marido lejos con las vacas.

Don Alonso salió otra vez al corredor de la crujía y miró si había un banco o poyo donde sentarse a esperar. No los había, que el solicitador que pretende, como el enamorado, ha de tener buenas piernas y mucho aguante. Por el hueco del patio, sobremontando el tejado, se veía la torre y su reloj con las saetillas al sesgo. Parecía que faltaban más de tres horas para el mediodía. En el mientrastanto bien podía pasear Sevilla, en lo que siempre holgaba mucho, y vagar por sus deleitosas plazas viendo y oyendo a las misceláneas gentes, que parece que en recorriéndola se recorre el mundo.

La ciudad de Mal Lara, por cuyos ojos y pluma la andaremos en seguimiento de nuestro personaje, estaba especialmente concurrida en la Alcaicería de los paños, lugar donde, por acudir muchas mujeres, se juntan muchedumbres de hombres aojadores y peritos sin más ocupación que la procura de carnes vivas donde hundir las suyas. No es ésta empresa fácil, que antes hay que burlar las contrabaterías de rodrigonas estorbonas, escuderos de metáfora y maridos celosos que perderían la flota de Indias antes que desamparar lo más suyo. Allá anduvo don Alonso entrando y saliendo por las tiendas de paños y bayetas, de frisas y lencería, de botones y sedas, brocados, plata, oro y piedras preciosas; y por la vecina calle de Génova, poblada de calceteros, juboneros y libreros, donde curioseó diversos impresos. Después discurrió por la de Castro, donde relumbraban, heridos por el esplendente sol, las agudas lanzas, las espadas finas y mil otros utensilios de hierro y acero, cosas de que había en Sevilla notabilísimos artífices;

luego, por la calle de las Sierpes, donde encontró todo junto, carpinteros, herreros, espaderos, tundidores, doradores y hasta molinos de yeso y el huerto del botánico Monardes donde se crían, entre otras raras plantas americanas, una que llaman tomate, que da un fruto rojo y jugoso, con pepiticas amarillas, el cual comen los cerdos y pican los pájaros y parece que no se emponzoñan ni mueren, y otra que tiene unas raíces anchas y redondas como manzanas que llaman patatas y sirven para labrar en ellas, recortándolas, tapaderas de cántaros, de alcarrazas y de botijas que no les entren bichos.

Dejemos a don Alonso de Quesada callejeando a su sabor y acerquémonos a la calle de Placentines, donde el ilustrísimo señor don Gaspar de Vallejo mora en casa palacio alquilada. Pasemos el portal sobre cuyo dintel un salvaje de las Indias sostiene el escudo de armas de los Arbejón. Tiene orla que, si no estuviera tan deteriorada por las muchas pedradas transeúntes que no acertaron al oriundo, podríamos descifrar el lema de la ilustre familia que fundó el edificio: «Si riñen los Arbejones, más que riñas son riñones.» Este mayorazgo se ha perdido porque todos los descendientes del duque profesaron casta religión y aborrecieron el siglo.

Penetremos en el oscuro zaguán enladrillado que los viandantes mean detrás de las puertas sin respeto alguno al Crucificado de la hornacina, a cuyos pies una candelilla de aceite apenas alcanza a iluminar la estancia. Otra puerta de recios cuarterones da paso al patio porticado, con palmera y pozo, sobre cuyas losas de Tarifa dos gozquecillos se disputan un hueso de las cocinas. Al frente hay una escalinata mediana con bargueño en el descanso y cuadro de la resurrección de Lázaro tan a lo vivo que huele a muerto en toda la caja de escalera y no se ahuyenta el hedor por más que queman sándalos y alhucemas. Traspasando la galería del patio, penetramos en el dormitorio de su señoría el magistrado, el cual, a esta hora, madrugó y dio voces que le subieran su media olla de turmas de cabrito cocidas con laurel y tomillo, yemas de huevo y mejorana que es medicina infalible contra la impotencia *coeundi, erigendi* y *generandi* y pone la natura viril de tal guisa que se llega a contentar a la mujer veinte veces en una noche. Con esta voluntad don Gaspar, con urgencia garañona, masticando el último bocado, sin despojarse del camisón ni del gorro de dormir, está cabalgando a su esposa, la excelentísima señora doña Salud de Canal y Pimentel. Doña Salud es una jaquetona ardiente de muy buenas prendas, los pechos duros y altos, el trasero desparramado y firme, con sus buenos cinco palmos de latitud, el coñico capaz, duro y prieto como un almirez: mucho pastel para la boca desdentada y blanda de su señoría. Doña Salud se observa las uñas y piensa en sus cosas mientras su señoría jadea esperando que la medicina haga su efecto y le enderece y agrande la minina, aquella cosita fláccida y lastimosa que le nace, como un brotecillo tierno, debajo de los pliegues de la panza. Mientras el magistrado le manosea las tetas, doña Salud se da a recordar el encuentro que tuvo la víspera con su jayán.

Desmaya la cabalgada, crece el jadeo, dos o tres bufidos y un templado eructo avisan que la fuerza de la cocción parece que se ha quedado, como otras veces, en la vía digestiva sin osar pasar a la venérea. Don Gaspar desiste finalmente, acezante y sudoroso, como cada mañana per sécula seculórum, descarga su derrotada humanidad al lado de doña Salud, resopla acalorado, sintiendo ansias de muerte en el pecho que parece que le falta el resuello y que se ahoga en el aire amasado y espeso del dormitorio. Para colmo, los endemoniados juanetes le escuecen más que nunca, que no parece sino que los hideputa se suman a recordarle sus flaquezas y tormentos.

—¡Nada, que no hay manera, no puede ser! —suspira—. El espíritu está presto pero la carne es débil.

—No os preocupéis, marido mío —acude doña Salud solícita y más falsa que Judas—; que yo, con que vengáis a mí con caricias y buena voluntad de hacello, por bien contenta me tengo, que las buenas mujeres, debido a nuestra honestidad natural, no otra cosa necesitamos y yo por el mucho amor que os profeso sólo quiero vuestro bien.

Y diciendo esto hace propósito de que cuando se levante enviará recado con su esclava Morita a Chiquiznaque que quiere verlo hoy mismo. Con la soba de su señoría se le ha despertado el apetito y no se ve con fuerzas de guardar continencia hasta el sábado.

Ya vuelve su señoría a las caricias urgentes y al resoplar profundo.

—Calmaos, mi bien— le dice doña Salud disimulando fastidios.

—¡Mi bien es hincárosla y barrenaros hasta que os salga manteca del coño, ése es mi bien! —brama el señor magistrado, que es hombre de cólera pronta. Y diciéndolo tira al aire una furiosa patada que acierta en el respaldo de la cama con tan mala fortuna que, desconcertando la cuña que en tales ingenios sostiene la trabazón del mueble, se escapa ésta de su encaje; con tan mala fortuna que, venciéndose por el mucho peso sostenido, da con el entero tálamo en el suelo; con tan mala fortuna que, habiendo quedado suelto el macizo respaldo y cabecero, por su pesadumbre se desploma sobre el lecho; con tan mala fortuna que, topando con la cabeza calva del magistrado lo descalabra muy bien descalabrado con una talla casi de bulto redondo que representa una encina del Gólgota, a los pies de Cristo, obra de mucho primor y relieve.

Su señoría, condoliéndose del golpe y de su dignidad menoscabada, se ofusca momentáneamente y, olvidando la gravedad que conviene a la alta magistratura que ostenta, enhebra una sarta de juramentos, pesias y reniegos que le alcanzaran la palma en un reñido certamen de arrieros y mozos de cuadra. A lo cual doña Salud, aunque regocijada del suceso (que como toda persona liviana tiene la desgracia ajena por cosa divertida), reprimiendo la risa, procura apaciguarlo.

—Pues ¿qué es esto, marido mío? —se asombra, melindrosa—. ¿Es el mundo acabado o desmontáis la casa? ¡Callad cuitado que con estos ruidos y gritos estamos haciendo gentes y dando que hablar a los vecinos!

Y al reparar en la aporreadura de su señoría:

—¡Tate, tate, marido mío de mis entrañas! ¿Cuántas veces te he de decir que el mucho folgar apaga los hombres y donde falta juicio de marido en poner honesta tasa ha de prevalecer inteligencia de esposa discreta?

Es el caso que don Gaspar de Vallejo, aunque todos los días del año, sin excusar fiestasantos, se esfuerce en cumplir con el débito conyugal y ponga los medios necesarios y sobe y babee a su esposa y beba pócimas, y tome purgas, y se haga sangrías y aun ande con ensalmos, y ponga patas de tejón y diversas partes de otras sabandijas no menos asquerosas bajo la almohada, es amondongado de nacimiento y tiene su miembro natural de ordinario pequeño y morcillón, no mayor que una bellota chica, y sólo de Pascuas a Ramos, y aun menos asiduamente, logra darse el gusto que la humana natura demanda, siendo el resto de las ocasiones duelos y quebrantos.

Doña Salud badajea una campanilla a cuyo son acuden fámulas, una de las cuales es la mentada Morita, esclava cimarrona menudita, guapita dentro de su negrez y lista como el hambre a la que cursa, como más despabilada, por unas frazadas de lana y una alcucilla de aceite y unas vendas. Traído el recado de curar, con solicitud atiende el chichón de su esposo y le ataja aumentos vendándole una moneda de plata sobre la monda calavera. En la alcoba, las dos criadas apartan colchones, quitan enjalmas, alzan maderos, juntan cuñas y recomponen la cama cuchicheando entre ellas y ahogando risitas. Don Gaspar, que tiene oído de tísico, se encrespa, ellas lo llaman *la Tarasca*.

—¡A ver si voy a tener que mediros las espaldas! ¡Quedas las lenguas, hijas de Belcebú, el cornudo!

Mal se presenta hoy el día para los pobretes que como Quesada tengan que despachar con el señor oidor. Dejémosle desenfadarse y pasemos página.

En el mientrastanto que esto ocurría, don Alonso, al que dejamos andando las calles y plazas de Sevilla, había curioseado entre los jaboneros, toneleros, cordeleros, juboneros, chapineros, boneteros y tintoreros, se había arreglado el pelo en una barbería, donde lo informaron de las últimas novedades, cuernos y pendencias de la Ciudad, y pasando bajo el arco de la puerta del Aceite había llegado al Arenal, plaza general de todo trato y ganancia, donde estaban las atarazanas; los depósitos de mercaderías, almacenes abastadísimos de cuanto Dios creó en el mundo; el puerto, con su pasmoso bosque de mástiles y cuerdas y plegadas velas. Por allá se fue internando el paseante entre el sahumerio de los calafateadores y el martilleo de los carpinteros de ribera, y la general grita y algarabía de pescadores, mozos de cuerda, esportilleros, ganapanes, barqueros, bizcocheros, aguadores y demás caterva de oficios de la mar que allí tienen academia y lonja y que nuestro hombre, con entrecerrar los ojos, como el que bien entiende, podía distinguir por los olores naturales de cada uno, que en los calafateadores es a pez; en los carpinteros, a cola y resina; en los hospederos, a ropa hervida. Es de notar que la piedraimán de sus narices, que las tenía luengas y muy a propósito, hallaba mejor acomodo en la fragancia a pan recién horneado que despedían las tahonas y en el estimulante aroma del adobo frito que escapaba de los bodegones y casas de la gula. Como era curioso del mundo, don Alonso se metió entre el bullicio de los marineros desembarcados que querían acomodo y las busconas que buscaban a quien acomodar en el angosto aposento de sus ingles. En la olla podrida de las lenguas que se hacen al mar en aquella Babel el antiguo soldado iba distinguiendo los acentos de todas las naciones cristianas: genoveses, gallegos, tudescos, flamencos, vizcaínos, catalanes, napolitanos, griegos, gente de toda leche, cuna y nación que en el Arenal de Sevilla hace junta y asamblea.

Fue el caso que pasando delante de una de esas casas de juego, que también se llaman *coima, palomar* o *leonera*, donde a veces había envidado con desigual fortuna, don Alonso palpóse instintivamente la bolsa y cuando no se la halló fuésele parando mortal el rostro y tornándose a palpar el pecho tornó a comprobar que no la tenía donde ordinariamente solía llevarla, y recorriendo la memoria por si la habría olvidado en la fonda se cercioró de que la había echado con todos sus dineros en el bolsillo hondo del jubón, y examinando más detenidamente la pieza vino a descubrir el roto por el cual, capando la prenda, se lo habían hurtado. Tornó a recorrer la memoria y recordó haber pasado por un soportalillo frente a la covacha de un bodegón de puntapié adonde, por lo angosto de la calleja, hubo de abrirse paso entre una arrebujada muchedumbre de pícaros y esportilleros que se estaban desayunando. Regresó apresuradamente sobre sus pasos a tal lugar, por ver si notaba entre ellos algún indicio que delatara al que hurtó la bolsa, pero los halló descuidados y ajenos a toda prevención, los unos embebidos en sus pitanzas; los otros, en animada plática, que aunque por las trazas todos eran los más truhanes y bellacos que crió la progenie de Caco, ni exprimiéndolos en junto se hubiera destilado un indicio sobre el que sustentar sospecha alguna.

CAPÍTULO IV

Sin remota esperanza de recobrar lo perdido, a nuestro
hombre le sobrevino un trasudor de muerte, que ya se
tenía por ingresado en la cofradía de los menesterosos
y se veía almorzando de caridad en la sopa boba de los
conventos. Con esta congoja iba volviendo sobre sus
pasos, y hasta le daban ganas de llorar si no fuera porque estaba hecho a las desdichas y malos encuentros,
cuando un valentón de espada al cinto y mostacho de
retorcidas y buidas guías se plantó ante él y dijo:

—¡Pardiez! ¡Que me aspen si no es mi señor don
Alonso de Quesada!

Y el cuitado, aunque en aquel momento angustioso
hubiera preferido no haber nacido ni contarse entre los
que fatigan el mundo, al oír que lo llamaban por su
nombre alzó la vista al que lo interpelaba y sólo vio a un
rajabroqueles que se destocaba y le hacía reverencia ba-
rriendo el suelo con el amplísimo chambergo emplumado. Era alto como una torre y llevaba más hierros
que Vizcaya en su coleto de malla y en lo que repartía
por tahalíes y vainas de dagas de ganchos, cuchillos ca-
chicuernos y espadón de olla ancho de gavilanes que
bien habría excedido la marca si algún alguacil se hubiera atrevido a medírselo. Eso, por lo que se apreciaba

a simple vista, sin contar lo que tales jayanes suelen acarrear celado. Si iba bien armado, tampoco puede decirse que fuera descalzo, que a los pies levantaba dos botas como barcos, altas y con holgadas vueltas, cada una de las cuales tenía bodega sobrada para albergar un pistolete y munición para correr Orán. Don Alonso, mirándolo, pensó si sería algún antiguo camarada de armas pero luego le pareció que iba vestido muy a la soldadera como quien nunca ha sido soldado aunque presuma y aun ejerza de veterano.

—¡Por los cuernos del capado Calvino y los higadillos del bujarrón de Lutero que se comerán a entrambos las alimañas del infierno! —tornó a tronar el valentón—. ¿Tan cambiado me halláis que no me reconocéis? Si acaso os parezco viejo será por los corrimientos, trabajos y desabrimientos que echan un cero a los años aunque no cuente más de treinta y cinco. ¡Venid a mis brazos, segundo padre al que todo debo en este mundo, que yo soy Cristobalico de Lugo, vuestro criado y amigo!

—Antes querrás decir Chiquiznaque —repuso riendo otro de su misma catadura que lo acompañaba, el cual tenía por nombre Repolido.

—¡Chiquiznaque me llamo cuando tengo que sacarle el alma a quien se me ponga por delante, pero para este honrado hidalgo soy Cristobalico de Lugo, más manso que un cordero, que él fue mi padre y mi madre en Lepanto, la más grande reyerta que han visto los siglos y esperan ver los venideros, donde me sacó de pila siendo yo mozuelo y me dio otra vez el ser para que triunfara Dios y yo a su servicio por muchos años!

Reconociólo con estas señas don Alonso de Quesada, aunque mucho había cambiado y hombreado desde entonces, y lo recordó casi veinte años atrás cuando todavía era muchacho imberbe y amujerado, con lo que alejando toda prevención, a la alegría de encontrarlo se añadió el alivio de salir felizmente de lo que parecía un paso estrecho con valentón pendenciero. Don Alonso recibió a su amigo con los brazos abiertos y los dos se dieron señas de gran afecto y reconocimiento y se hicieron las cortesías que vienen al caso. Después de lo cual Chiquiznaque, que así lo llamaremos de ahora en adelante, quería convidar a don Alonso a una jarra de vino en el vecino bodegón pero él se excusaba y quería aplazarlo para otro día y porfiando sobre ello vino a confesarle que no tenía el ánimo para jolgorios ni celebraciones porque le acababan de hurtar una bolsa en la que llevaba toda su hacienda.

—¡Voto a Belcebú y a los muertos pisoteados de Melanchón y a las carnes de los leones de Ocaña! —dijo Chiquiznaque aplastándose el sombrero de una palmada—. ¡Hablara yo para mañana! ¡Pues haber empezado por ahí, hombre de Dios, que poco he de valer si consiento que tal ofensa se haga a mi señor y benefactor y amigo! En este punto y hora venga conmigo, mi señor Quesada, que presto hemos de enderezar ese entuerto como me llamo Cristóbal, que es como decir el que lleva a Dios, según predican los púlpitos.

—Pues ¿cómo ha de ser si no he visto ni sentido quién me lo quitaba? —preguntó incrédulo don Alonso.

—Ha de ser —repuso Chiquiznaque— porque cuanto se roba o toma en Sevilla forzosamente ha de pasar por la aduana y alcabala de un mi compadre, hombre principal y honrado, aunque por su mucha discreción y modestia no andan sus hazañas en las trompetas de la fama, al que tengo hechos tan buenos servicios que se holgará en devolveros esa bolsa como hoy es de día.

Con todo, como don Alonso pusiera más enmiendas a la dificultad del negocio según él lo veía, tornó a decir Chiquiznaque:

—Ea, tenga ánimo mi amigo y sea esforzado, que el señor Monipodio es hombre de mucha aldaba en lo alto como en lo bajo y su palabra es como la del rey, que vale más que cien escrituras, y él es tan bien inclinado y dadivoso que sabrá hacerle merced aunque se tratara de quitarlo de apalear sardinas.

—Eso último no lo entiendo— dijo don Alonso.

—Apalear sardinas es tanto como decir remar en galeras, castigo con el que, como es sabido, la justicia del rey ordinariamente aflige al que no tiene dineros con que cohechar los jueces y, como os digo, él sabrá haceros mucha merced, que no hay en Sevilla sabandija que se mueva sin que él lo sepa, según de finos tiene oídos y aguda la vista, pues por él oyen y ven cien mil orejas y otros tantos ojos cada uno en su menester. ¡Tan cierto como falsos son los milagros de Mahoma! Y ahora, sin más tardanza, venid conmigo.

Con su mediana esperanza contendiendo fieramente con la contraria razón, don Alonso, aunque escrupulizando algo de mostrarse en la poco honrosa compañía de un jaque, se dejó persuadir como quien nada tiene ya que perder habiéndolo perdido todo y saliendo del Arenal pasaron a la ribera opuesta del río, el barrio que llaman Triana, por la puente de barcas, en la cual Chiquiznaque, por aliviar a su amigo, que aún lo veía un poco mohíno, le dijo en chanza que alegrara el semblante, no pareciera que lo llevaban allá enfrente, y señalaba con el gesto el castillo y prisiones de la Inquisición, que en el altozano al otro lado de la puente se alzaba, cuadrado, con sus torres negras y el estandarte del Santo Oficio ondeando sobre una de ellas. Luego que pisaron la orilla opuesta torcieron a la mano siniestra y deambularon por ciertas enrevesadas callejas hasta que dieron en una correduela a cuya esquina estaba un ciego, el más andrajoso que cristianos vieran, pidiendo limosna con un platillo de peltre en la calle desierta por donde no pasaba nadie. El cual, aunque tenía los ojos nublos y muertos, reconoció al punto a Chiquiznaque y le dio razón de que Monipodio estaba en casa.

—Espérame aquí —dijo Chiquiznaque a su amigo, y adelantándose solo llegóse a una remendada puertecilla que se abría en medio de una tapia alta y dio en ella tres golpes vivos, esperó otro poco, le abrieron, entró y volvió a cerrarse la puerta. Quedó la calle quieta con el soniquete de los cuartos en el platillo del ciego y don Alonso temiendo que pasara algún conocido y le preguntara qué haces aquí.

No habría transcurrido el tiempo de tres padrenuestros cuando se abrió la puerta y Chiquiznaque asomó la cabeza y señaló a don Alonso que entrara. Pasando el postigo ruin había un espacioso y mal enladrillado zaguán en uno de cuyos rincones una mujeruca abrujada despabilaba un hornillo abanicándolo con su paneta de esparto y entrando por otra puerta y cruzando un patinillo abarrotado de muebles viejos y pilas de albardas reventadas, siempre en seguimiento de su guía, dio don Alonso en un patio grande que nunca pareciera en tan mezquina casa, con columnas todo alrededor y buenos aposentos tejados, en el cual hallábase reunida una muchedumbre de tunos y vagantes de toda edad, hombres y mujeres, viejos y jóvenes, y aun de éstos bastantes tirando a niños, entre los cuales abundaban más los andrajosos que los decentemente vestidos, en los que don Alonso, como hombre discreto y viajado, conoció estar ante la hermandad bribiática de Sevilla. Los cuales, aunque estaban charlando animadamente en sus corrillos, al ver entrar a un extraño guardaron silencio y se abrieron para observarlo.

—Prosigan vuesas mercedes con sus negocios —dijo Chiquiznaque— que este hombre es de toda confianza, hermano mío al que estoy muy obligado y sólo viene a saludar al señor Monipodio para un asunto de mucha honra.

Con esto tornaron los otros a sus conversaciones y Chiquiznaque, notando que don Alonso miraba con curiosidad a la extraña asamblea, le fue diciendo:

—Aquí se representa, amigo Quesada, el mucho poder y misericordia con que Dios ampara a sus criaturas más desvalidas. Estos que veis en tan buena hermandad y compaña son los cofrades de la *cherinola*, los que habiéndolos desfavorecido la fortuna han de vivir de las migajas caídas de la mesa del rico y de la caridad del justo. Ellos son los bienaventurados que suelen padecer persecución por la justicia, con todo lo cual, sin embargo, no cesaré de alabarla y de reconocer que es muy necesaria al buen orden de la república, como cosa salida y sustentada de las propias carnes de esta pobrería, pues sin éstos no comerían corchetes ni alguaciles, ni tendrían sus granjerías y acomodos jueces ni procuradores, ni triunfarían las leyes del rey en el escarmiento y sujeción de los reinos. Esos que vuesa merced contempla forman rancho aparte y son otro reino dentro de Castilla, para alabanza y triunfo de la católica majestad, y así como los vizcaínos y los catalanes hablan sus propias lenguas y tienen sus propios fueros, así éstos tienen su parla propia o germanía, en la cual no son entendidos por nadie que no pertenezca a la cofradía.

—Algo conozco de esa parla —dijo don Alonso— de mis muchos viajes y trabajos. Y sé decir: «Voy a la ermita a piar el turco.»

—Eso es: «Voy a la taberna a beber vino» —dijo riendo Chiquiznaque—. ¿Y qué será: «Aquí viene la gura de los grillos con rebeque de limasorda y sin gallo»?

—Eso es: «Aquí viene la ronda de los alguaciles con acompañamiento de escribano y sin jefe» —respondió don Alonso muy ufano—. A los alguaciles también los podríamos llamar «agarradores».

—Con esos saberes —rió Chiquiznaque— bien os podríais licenciar de oficial de la cherinola sin pasar por el noviciado. ¿Conocéis también nuestros fueros particulares?

—Eso ya no lo entiendo tan bien —reconoció don Alonso.

—Los fueros son las leyes por las que esta honrada república se gobierna bajo la jurisdicción del señor Monipodio que es todo en uno: el alcalde, la Audiencia, el fiscal, el defensor, el procurador y el confesor, lo que redunda en mucho provecho y seguridad de todos. Y si hemos de apurar la comparación, es el caso que en este reino hay también espacio para nobleza y caballería: aquellos de los bigotes robustos y espadas largas y broqueles chicos, los que están hechos figuras de hombros, de gestos, de bocas torcidas, pendiente el cuello del herreruelo de la mitad de la espalda, aquellos son los jácaros, la flor y nata de los matantes en cuya estrecha cofradía se ingresa con probanzas de valiente. Los cuales son universal remedio y tribunal de justicia para el desdichado que no puede alcanzar la del rey, para el marido que sufre mal los cuernos, para el padre afrentado que lleva sobre el semblante la honra de su hija burlada, todos los que por falta de redaños propios o porque les convenga discreción se conforman con delegar en otros el cumplimiento de sus venganzas, que aquí todo se tarifa a precio razonable: la muerte, las lisiaduras, los chirles de mejilla, los jabeques de rostro, el tronzamiento de miembros, el nublado de palos y hasta la clavazón de cuernos en puertas y ventanas. Ésta es dura milicia, pero honrosa: sin faltar a modestia, hablen mis hechos; os sé decir que, de diez años acá que profeso de valiente, no he tenido un mal paso, libre me veo de señales fuera de la del ombligo que cobré cuando nací, y los que me las quisieron dar mascando tierra están. Habéis de saber, amigo don Alonso, que en lo de ser valiente no basta con echar a cada momento un pesia y dos reniegos y tres votos y andar vagándose en los santos hasta para pedir la hora, y hablar esquinado y recio decapitando jotas y diciendo *eribeque* por jeribeque y *acaranda* por jacaranda y *oder* por joder, que sobre esas espumas y donaires es también menester, además de la estampa, una braveza con que sustentalla y un pundonor sobre el cual más puntillosos somos que todos los duques y los pares de Francia juntos, y echándonos el caballo por las orejas no nos condolemos de la gran calabazada, sino que levantándonos presto diremos que estábamos para apearnos y todo lo demás es parejo que miramos el honor más que los grandes de España; atestígüenlo si no los desafíos que se hacen en la puerta de la Barqueta, cerca del convento de las Cuevas (del que presto se puede traer confesor antes que el herido diga su amén). Es este, por lo demás, doctorado de mucho fundamento y esencia donde hay que probarse en canina, resistir en el ansia, ser generoso, guardar y hacerse respeto, todas las cuales prendas raramente se dan sino en el caballero de la germanía y aun en ella se distinguen grados y regimientos, que no es lo mismo dar en la rufianesca que en la matonesca. Mas el caso es que en esta asamblea y caballería encontraréis más concordia que discordia, como entre leones, y las más de las veces se nos verá hermanados en agasajos y comilonas en la venta de la Negra, u otros lugares semejantes que sobre ser amenos y frescos estén muy a cubierto de sorpresas y malos pasos.

Envió un saludo Chiquiznaque a sus camaradas, los cuales se lo devolvieron tocando el ala de sus chambergos, y mostrando a don Alonso un grupo más numeroso que ocupaba el centro del patio, en torno a la fuentecilla, prosiguió su catálogo:

—Estos que aquí veis vestidos de diversas trazas en animado coloquio son todos coimas y rufos, padres y cotarreras, traineles y pagotes, murcios y birladores. Cada uno tiene asignada jurisdicción y plaza, quién en la mancebía, quién en tal o cual bodegón, quién en tal altozano o calle, quién en las Gradas, quién en tal iglesia y no sólo del Arenal, donde por haber más pesca hay más pescadores, sino en toda Babilonia, que así llamamos acá a Sevilla. Vos notaréis que, aunque pocos conocieron el padre que los engendró, nadie los ganará a guardarse cortesías y miramientos y buena camaradería. A tanto obliga el oficio y profesión de sufrir todos los trabajos y calamidades que la vida depare con tal de no sujetarse a trabajar.

Mirólos don Alonso mientras Chiquiznaque proseguía diciendo:

—Todos ellos están organizados según rigurosas jerarquías por sus méritos y antigüedad y buenas obras, que éste es riguroso noviciado donde se comienza de abajo y luego, licenciándose por buenos maestros, estrechamente examinado, se va el sujeto encaminando, según sus prendas y calidad, a oficios de más cuerpo y lucimiento, el uno para calcatrife o palanquín, el otro para murcio y birlador, el otro para golondrero, el otro para obispón u ondeador, que va mirando dónde se puede robar; el de más allá para polinche, que se finge hombre de bien y hace confiarse a los incautos poniéndoles criados cherinolos que les roben; el otro para polidor y arrendador, que compra a bajo precio lo hurtado y lo vende a menos del coste; cuál para hurón; cuál para bailico o para chirlerín. No cuento los de la cicatería, los del bajamano, los del Garcisobaco, los comendadores de la bola; los cicateros, que cortan bolsas; los prendadores, que llevan ropas ajenas; los duendes, que hurtan al descuido; los alcatiferos, que hurtan en tiendas; los devotos, que sonsacan los cepos de las iglesias y desnudan altares y acopian velas y candelicas; los dacianos, que raptan niños; los apóstoles, que hacen llaves y rinden cerraduras ni otros muchos que, por excusar prolijidad, dejo de mencionar, que si os tuviera que explicar por lo menudo las diferencias y grados que entre ellos se usan no sería cosa de acabar en una semana, y yo, ¡voto a las bragas pringosas de Belcebú, aunque hoy me esté excediendo en la parla, vive Dios que es por haceros pleitesía, porque me cago en mi padre, quien quiera que fuese, si no soy hombre de pocas palabras, más largo en los hechos que en la prosa!

Siguió Chiquiznaque un buen rato mostrando a don Alonso las categorías y oficios de la hermandad germana, los mozos jóvenes arteruelos, los que van con la esportilla ofreciéndose para hacer mandados de casa en casa y ratonean por la ciudad todo el día catando lo que se puede robar y cómo y también hacen seguimientos e informes de quién se ve con quién y se paran a escuchar conversaciones, espían visitas, descubren apaños. Los cuales, junto con los obispones, son los ojos y los oídos de la cofradía.

Vio también a los que piden limosna en mercados o a las puertas de las iglesias con achaque de padecer llagas, piernas quebradas, huesos desencajados, alferecías, los que amañan lepras, hacen llagas, hinchan una pierna, tullen un brazo, tiñen palidez en rostro, y otros desperfectos para fingir que no tienen fuerzas ni salud para trabajar y a la buena gente mueven a compasión. Vio a los que alquilan niños lisiados, a los que sus padres cegaron con un hierro caliente a poco de nacer o les quebraron los huesecillos de un brazo o de un pie, para que dando lástima mejor ejercieran el duro menester de pedir. Los cuales, si tienen buena cabeza y despierto entendimiento, cuando se hacen hombres pueden muy bien ganarse la vida de ciegos recitadores de romances y aleluyas y decidores de oraciones benditas, que ellos las saben para tantos remedios que parece que tienen en nómina a san Roque y a san Lázaro y a media corte celestial, y son grandes sabedores de qué santo sana tal mal o intercede en tal quebranto. Chiquiznaque aconsejó a don Alonso que si alguna vez encargaba a un ciego decir alguna oración se estuviese a su lado hasta que acabara de recitarla, pues ellos, cuando el demandante es ido, a una señal del lázaro que los acompaña, dejan en suspenso el recitado por ahorrar saliva y memoria.

No faltaban en aquella ilustre junta comadres apañadoras y saludadoras, alguna de las cuales tenía sus puntas de bruja.

—Señoras son éstas a las que mucho respeto debemos los de mi profesión —dijo Chiquiznaque— porque no hay cirujano que más sepa de llagas y desperfectos y no hay herida que no curen con las limaduras del mismo hierro que la produjo. Estas madres son un pozo de virtud y no tiene fondo el costal de sus recursos, que lo mismo arreglan desconciertos que restauran amores contrariados que hacen ensalmos para que la mocita juncal quiera al viudo viejo y rico y para que la dama melindrosa no le haga ascos al arropiero enriquecido que por gozarla está dispuesto a dilapidar la herencia que esperan sus sobrinos. Ellas van y vienen por las casas dando recetillas de jabón, ayudando a hacer mantecados, librando a los niños de maldeojos (que ellas mismas les hacen), dando friegas a las paridas, trayendo y llevando chismes, dando conversación y compaña al melancólico y ayudando a todos de mil industrias. Ellas son gusanos negros que viven del entremetimiento del puterío y las sotanas, veislas de mañana visitadoras de iglesias y rezadoras, que no hay una que tenga menos de diez devociones, novenas y besamanos, y en los tornaviajes y entretiempos urden apaños, traen y llevan, asientan nómina de damas de pierna en alto, gentes de mucho condimento, más de las que parece, y a éstas arriman caballeros de fortuna y compran y venden virgos legítimos o fingidos a tanto la pieza y levantan más oro que los galeones del rey. Son, en fin, las madres de todos, respetadas y muy agasajadas porque sin su concurso medio mundo no comería caliente, pero también son tales que ellas solas enredan la ciudad y si se encabritan desenvainan lenguas más afiladas y puntiagudas que la espada de Maladros que no hay broquel que proteja de ellas ni honra que esté a salvo.

Vio don Alonso un grupo que parecía de frailes, los cuales en un rincón sentados sobre ciertos arcones hacían despaciosa conversación y parecerían personas graves si no fuera porque uno de ellos se estaba rascando sus partes sin comedimiento alguno y otro tenía agarrada a su coima por la cintura y le sobaba las tetas al descuido.

—Esos de la estameña monacal —dijo Chiquiznaque— son peces de dos aguas, todas dulces. Los de los ojos grandes y saltones, que así los traen de vivir mayormente en tinieblas, son los demanderos y animeros, los que pasean la noche por los barrios con su candelica y su campanica pidiendo para las ánimas del purgatorio y rezando misereres. A éstos llueven dineros de las ventanas, que los que no tienen difuntos o devociones que cumplir querrán que marchen con el gorigori a otra parte y los dejen dormir. Fuera de alguna bacinada de aguas mayores o menores que les vacían encima o de alguna teja suelta que les arrojan por ahuyentarlos, no conocen tropiezo y tienen vida de lo más descansada.

Hacen su agosto en noviembre, cuando los vivos andan a vueltas con los muertos, y el resto del año viven de un mediano pasar. Este oficio es noviciado para los otros de más calado, los que dan en santeros pícaros y ermitaños desvergonzados, cuya certificación consiste en lucir muchos rosarios de agallones preñados de reliquias y en dejarse luengas barbas y raparse las cabezas. De éstos los hay con ermita propia y altar y los hay itinerantes y peregrinos, los que fingiendo grandes extremos de religión llevan hornacinas benditas por las casas, donde afanan lo que pueden y dan gusto a mujeres mal contentas con lo que debajo del hábito llevan suelto y con la misma medicina deshacen y corrompen algunas doncellas.

Miró entonces don Alonso a algunos que retraídos en un rincón barajaban cartas y mostraban unos a otros lances de naipe con gran soltura y habilidad.

—Éstos son —dijo Chiquiznaque— los floreros o tramposos que vienen a dar sus cuentas de la noche antes de retraerse a dormir.

Los había reconocido don Alonso, que algunas veces frecuentaba las casas de juego y se holgaba en arriesgar algún dinerillo al naipe, por lo que conocía de vista, si no a todos, a la mayoría de los fulleros de Sevilla y distinguía a un tiro de arcabuz al que jugaba con baraja marcada o dados cargados. Incluso hay graves autores que sostienen que la habilidad de don Alonso daba para más y que bien se hubiera podido examinar de maestro en los juegos que llaman de tablas de tocino que son el arte del topo y hago, que otros dicen monte, y aun en mesa de majoribus, que es la más seria, con el tres, el dos y as, la polla, y el ganapierde o maribulla, pero con todo, por ser de natural modesto, permitió sin acreditarse de perito que Chiquiznaque le explicara algunas fullerías.

En esto sonó una guitarra que debajo de los arcos un ciego muy gentilmente tañía, chistaron los discretos demandando silencio, aplacóse la bulla, abriéronse corros y algunas mujeres pusiéronse a bailar la zarabanda, ese baile endiablado que pierde las almas en el infierno, con meneos tan torpes y tal bamboleo de tetas y mareo de caderas que de haberse encontrado allí alguna persona honesta hubiera sido menester que se cubriese los ojos de la cara.

Miraba don Alonso a las que bailaban catando sus encantos que eran muchos y parecían más según de donaires sabían hacer con ellos, a lo que Chiquiznaque, notándolo, rióse de buena gana y dándole en el nacimiento de las costillas con un codo duro como espolón de barco, le dijo:

—Esas que ve vuesa merced que parecen princesas de Milán son las marcas godeñas o sea las rameras de postín, gargantillas de oro y partes tan buenas que por convidarlas a meriendas ayunan los galanes; por vestirlas, desnúdanse caballeros y duques y por adornarlas los abades despellejan las paredes de sus conventos, y por tenerlas contentas los priores escupirían sobre la sangre de Nuestro Señor Jesucristo si ellas lo solicitaran, que por buenas cristianas no llegan a tanto y se conforman con los sufragios de la santa cruzada, con la piedra del anillo de un obispo y el marco de plata de esta o aquella reliquia.

—¿Y acceden ellos a ese despojo? —se asombró don Alonso.

—¿No han de acceder —dijo Chiquiznaque— si lo importante es el zancajo de este santo o las canillas de aquel apóstol y ellas sólo piden la plata que los cubre? ¿Para qué quieren las iglesias tantos metales si a Jesucristo hay que seguirlo en piernas y descalzo como él anduvo?

Así departían cuando asomó en lo alto de la escalera Monipodio y, al verlo aparecer, un solícito jaque hizo silencio desmayando de un mamporro al ciego de la guitarra. Cesaron al instante la música y el baile y la numerosa cofradía guardó compostura y miró a su presidente más atenta que en el sermón de la montaña. Monipodio, bajando la escalera, saludó a la concurrencia diciendo:

—¡Que todo el mundo se huelgue y viva en paz y quietud, sin pendencias ni penas, y el bien que viniere para todos sea y el mal para el que lo fue a buscar!

Monipodio era hombre de como cincuenta años, alto y recio, un poco gordo, pero fuerte, muy piloso de orejas y narices, cejijunto, los cabellos tirando a crines. Gastaba una barba frondosa y cana que casi le llegaba a los ojos y se le ensanchaba hasta confundirse con la pelambrera pectoral que le rebosaba por el cuello del juboncillo grasiento. Iba sin camisa, calzaba anchos zapatones, cortados de bota militar, y vestía tan amplios zaragüelles que hubiera parecido un turco espantable si no fuera por el rosario devoto, de gruesas cuentas, rematado en cruz episcopal, que traía al cuello por fuera del ancho tahalí, cuya hebilla pesaría no menos de dos onzas, del que pendía una espada de perrillo robusta y corta.

Bajó al patio Monipodio y acudió la jácara a darle la paz con las pesadas ceremonias de la cortesía baja y detrás de ella los otros cargos de la hermandad, según jerarquías, unos sombrero en mano, otros queriendo besárselas y él a cada cual saludaba por su nombre de cristiano con mucha cortesía y familiaridad y preguntaba por sus asuntos o le encomendaba los de otra persona, según la jurisdicción y oficio de cada cual, todo ello con tal gravedad y discreción que un rey en su corte no lo hiciera mejor. Cuando le llegó el turno a don Alonso, hizo una señal a Chiquiznaque y se le acercaron los demandantes. Monipodio, como ya estaba hablado de antes, se fue al grano y dijo:

—Mucho me huelgo en conocer a tan esforzado soldado como mi pariente don Cristóbal dice que sois y mirando que entre cristianos se ha de valorar la amistad y favor por encima de todas las cosas, yo quiero en el día de hoy haceros cualquier merced, porque el aprecio de mi primo a tanto me obliga, y es a hacer averiguación por si parece la bolsa que decís que os han guindado y alguien se la encuentra. ¿Cuánto decís que llevabais en ella?

—Treinta escudos justos —dijo don Alonso—, que anoche los conté, y alguna calderilla de cobre juntamente con una sortija de oro que figura una sierpe o grifón mordiéndose la cola.

—¡Bendigo a Dios y a la madre que me parió! —dijo Monipodio—, que me parece que ésa va a ser por ventura la bolsa que encontró esta mañana don Pedro Bulero cuando acudía a sus devociones en la parroquia de San Marcos, si bien lo que me pesa es que sólo contenía veinticinco escudos pero el anillo con la sierpe es seña suficiente para saber que es la misma bolsa que vuesa merced extravió.

Dicho esto los llevó a una sala baja de la casa donde una negra joven freía torreznos y era el lugar donde Monipodio tenía su cama y su despensa. Despidió a la negra y sacó del bolsillo del jubón un manojo de llaves con las que abrió un aparador ferrado de los que se pierden algunas veces de los carros del Real Tesoro, el cual estaba a la cabecera de la cama, y accionando más de veinte pasadores, cerrojos y candados, lo que llevó un buen rato en el que todos lo miraron hacer sin osar quebrantar el silencio, alzó la tapa no más que una rendija gatera para meter por ella una mano con la que a tientas extrajo una bolsa que don Alonso al punto reconoció ser la suya.

—¡Alabad a Dios en su bondad que habéis recuperado lo vuestro y habéis ganado un amigo! —dijo Monipodio.

Don Alonso, como bien criado, estando entre caballeros, rehusó contar el dinero y quedó obligadísimo a agradecer la cortesía y desprendimiento del señor Monipodio y la intercesión y amistad de don Cristóbal de Lugo todos los días de su vida, a lo que Monipodio, con otras razones no menos corteses y discretas, correspondió «que es lo menos que puedo hacer por mi compadre don Cristóbal, cuyos amigos son mis amigos y rajaré el vientre para ahorcar con sus mismas tripas al hideputa bujarrón sodomita paciente que sustentare lo contrario, gafe o puto, cristiano o moro, luterano o judío».

Luego tornó a cerrar el arca con todas sus llaves y candados antes de acompañarlos hasta la puerta, y entre otras discretas razones les iba diciendo:

—Con ser muchas las faltas de este pobre pecador, no son menos mis penitencias y buenas obras con las que me labro un solar allá arriba para cuando Dios sea servido recogerme. Y es con esta voluntad con la que os voy a pedir una merced señalada en pago a mis servicios.

—Yo lo haré en hora buena —dijo don Alonso—, que os quedo muy obligado por vuestra gentileza.

—Ello es —prosiguió Monipodio— que desde mañana mismo y en siete días de corrido oigáis por mí una misa en la parroquia de la Magdalena, donde están sepultados mis difuntos que gloria hayan, y encendáis dos candelicas de cera de media libra cada una a Nuestra Señora de las Aguas y otras dos al Santo Crucifijo de San Agustín.

CAPÍTULO V

Donde se relacionan las prendas de la alcahueta
Ronquilla y don Alonso va en balde a la Audiencia
y alivia sus cuitas con ensoñaciones

Prometió don Alonso a Monipodio cumplir su encargo
al otro día en cuanto amaneciera y luego intercambiaron otras cortesías y se despidieron. En el zaguán, saliendo, la vieja de la paneta estaba friendo pan y Chiquiznaque le compró cuatro picatostes con los que
convidó a don Alonso y los fueron comiendo por el camino.

—Esta de los picatostes —dijo Chiquiznaque— es
la Ronquilla, que tiene promesa de dar de comer a los
pobretes de la cofradía, y a los que tenemos algo nos
cobra para sacar lo que regala a los otros. Es mujer de
gran virtud cuyas manos son medicina de la que tengo
recibido mucho bien, que a todos nos trata como a hijos y nos tiene muy obligados y ella es maestra en zurcir
honras con sus hilillos de seda encerados y sutiles agu-
jas y hay doncellas que por su industria hanse vendido
como tales más de cuatrocientas veces, con gran deleite
y conformidad de las partes. No cuento los virgos honrados que en vísperas de grandes bodas tiene rehechos,
lo que me tienta a considerar qué hubiera sido de los
grandes linajes de la ciudad sin su concurso y discretas
artes; amén de que con polvos de albayalde y cuatro

puntadas de aguja en un tris os hará señora encopetada de la que hasta ayer fue pellejo de la mancebía y a la más arrastrada del berreadero la sube a reina de Saba si se lo propone.

—Me admiro de sus prendas —dijo cortésmente don Alonso, que sólo tenía espacio para regocijarse en su buena fortuna y llevaba la mano sobre la bolsa, sobándola al disimulo.

—Siendo ella de tantas prendas —proseguía Chiquiznaque—, es además partera, buhonera, depiladora y recovera en cuyos oficios entra y sale de las mejores casas y palacios de la ciudad pues a todas la llaman, aquí para una receta de dulces, allá para que lleve reliquia a una parturienta que se le presenta malo, acullá para que alivie con una oración secreta el dolor de muelas del alcalde. Si alguna vez os echáis al amor y la afortunada es casada o doncella resistida sabed que *la Ronquilla* es la gran cobijadora de apaños y maestra certificada en tercerías, que en siendo menester convencer a una dama no hay virtud tan berroqueña que su paciente batería no venza. Ella la visitará so capa de servicio y le irá socavando la virtud con buenas y delgadas razones hasta que la ingrata sólo vea por sus ojos que es capaz de figurar en el más abominable de los hombres tales prendas y excelencias que la dama pretendida andará perdida con trasudores en el belfo y el abajo encharcado de jugos anhelando el momento de despatarrársele debajo de la collera y dejarse barrenar el almirez con el metisaca, no sé si captáis las metáforas.

—¡Las capto, las capto! —se apresuró a decir don Alonso, pero iba distraído meditando su buena fortuna.

Así departiendo pasaron el puente de barcas y tornaron a Sevilla y don Alonso iba notando que cuando Chiquiznaque pasaba, pisando la calle como en campaña a compás de caja, los viandantes le cedían la acera y lo miraban de soslayo, que con su sola presencia los amedrentaba, y él sólo hacía cortesías a otros valientes de su laya, con los cuales se saludaba con grandes ceremonias, como cofrades de la caballería que tanto obliga, que el león del león se guarda y las sangres de estos matasietes son tan espesas y suspicaces que ya han aprendido a guardarse las lindes muy mucho y a honrarse unos a otros evitando pendencias.

Llegaron con esto al Arenal y entrando en un bodegón don Alonso invitó a su benefactor a una jarra de vino, tras de lo cual, como ya era pasado el mediodía, se excusó que tenía que hacer. Chiquiznaque, como estaba más libre de obligaciones, porfió en acompañarlo pero cuando supo que iba a la Audiencia se acordó de ciertos quehaceres inaplazables y no insistió más. Con lo cual, y después de desear que se juntaran otro día más despacio para recordar los viejos tiempos de Italia, lo que don Alonso prometió de muy buena gana, se despidieron.

Fuese entonces nuestro hombre a la Audiencia y, como ya madrugaban los solicitantes, halló la plaza de San Francisco hecha un hervor de gentes y carrozas. En toda la redonda de la plaza, pegados a la pared como golondrinas en alero, estaban frecuentadísimos los puestos de los escribanos, cada cual con su mesa y dos sillas de tijera, redactando peticiones y memoriales y cartas y toda clase de cédulas a los que no sabían leer ni escribir y enredándolos en pleitos que consumieran sus vidas y gastaran sus haciendas. Fuese otra vez don Alonso al escribiente del magistrado don Gaspar de Vallejo y supo que tendría que volver otro día porque estaba el Acuerdo reunido sobre la causa de la regatona María de la O y no se sabía cuándo levantarían la sesión. Es punto este para señalar que el Acuerdo es la junta y cabildo de los magistrados de la Audiencia, presidida por su regente.

Descendió don Alonso las escaleras con menos prisa que las había subido, contrariado de no poder atender a sus asuntos, como el pobrete que ignora que esa desventura se le va a alargar sus buenos ocho meses, y tornó a la plaza donde, a falta de otro quehacer, se entretuvo recorriendo los corrillos. No se hablaba de otra cosa sino de la guerra entre el Ayuntamiento, cuyos veinticuatros o concejales también estaban reunidos con el alcalde, sobre la misma cuestión de las prisiones de María de la O. Ya quedó dicho que las casas del Ayuntamiento y las de la Audiencia estaban frente a frente, la plaza de San Francisco por medio, como dos baterías artilladas prestas a hacerse la más cruel guerra.

Con esto fue llegando la hora de almorzar, cada mochuelo tomó a su olivo y cada lobo a su senda, la plaza se despejó y los señores del Ayuntamiento y los de la Audiencia salieron de sus juntas con muy graves semblantes y lanzándose miradas furibundas, que se iban a hacer colación y aplazaban pleitos para otro día. Y Quesada, como aún le duraba la alegría de haber recuperado su parca hacienda, determinó dar un gusto al cuerpo y quebrarle un ojo a la fortuna, comiendo con rumbo rayano en la dilapidación sin que sirva de precedente, y fuese a una casa de la gula, cerca del Postigo del Aceite, en la cual triunfaba sobre fogones y calderas un antiguo ventero al que conoció en el tiempo de las requisas para la Armada, el cual se llamaba Juan Palomeque *el Zurdo*, y allí almorzó dos libras de carnero y conejo empanado con apliques de tocino. Luego, levantados los manteles hizo plática con el mesonero hasta que fue hora de la siesta y de retirarse a su posada.

Echado en la cama dio don Alonso en soñar despierto, como solía, las trazas de su vida si la fortuna le sonriera y la suerte se enmendase. Es el caso que en los crudos tiempos de Argel, cuando por castigo yacía sepultado en una mazmorra oscura hasta un mes de corrido, sin saber de noches ni de días ni ver ni hablar con nadie, de lo que muchos cautivos se volvían locos, él trazó la manera de conservarse cuerdo y ocupaba su mente para quitarla de desvaríos en pensar largas historias e imaginar sucesos en los que él mismo era el principal personaje, y en novelar su vida como le hubiera gustado que fuera. Con lo cual, repartiendo papeles a sus conocidos según grados de amistad o aversión, unos eran sus camaradas y otros sus envidiosos enemigos y al final quedaban recompensados los unos y castigados y burlados los otros. En este juego daba unas veces en pensar que era el soldado que en Lepanto mató al almirante turco Alí Pachá, al que se representaba gordo y bermejo, y le cortaba la cabeza y la arrojaba al agua con turbante y todo. El cual turbante era de seda azul en unos sueños y en otros bermeja, siempre adornado por un joyel como un huevo que valdría un patrimonio. Por esta hazaña don Juan de Austria lo nombraba caballero distinguido de su servicio y le daba mando de escuadra, con la que al poco tiempo hacía tales hechos y hazañas que el rey lo llamaba a su Corte y lo cubría de honores y noblezas. En este paso veía las caras de los envidiosos, los conocidos o los por conocer, todas tales como si les hubieran introducido una guindilla rabiosa por salva sea la parte, y luego tornaba al rostro severo y afable del rey y a su discurso solemne que tomaba en el punto en que le encomendaba el mando de trescientas galeras con las que conquistaba Túnez y daba libertad a los cautivos, parte que vivía desdoblado en dos personas, por más emoción, de cautivo y de general victorioso. Otras veces variaba la historia y sin favor del rey, ni de nadie que no fuera Jesucristo Nuestro Señor, escapaba de Túnez, matando a tres guardas y degollando al pachá de Trapisonda, estante allí a la sazón en visita de cortesía, y robando en el puerto un falucho liberaba a los remeros cautivos y se hacía corsario, oficio en el que, por sus propias fuerzas, sin ayuda de rey alguno, por estratagemas y ardides a cual más ingenioso y batallas sin cuento donde probaba su valor y su piedad y liberaba doncellas cautivas que se le rendían de amor, se apoderaba de Túnez igualmente y lo ponía a los pies de su señor el rey Felipe, el cual, en agradecimiento, lo levantaba a las mayores noblezas y lo casaba con una sobrina suya, una morenaza de potentes caderas, muy reidora, o con una princesa de Flandes, trigueña, también hermosa aunque un punto melancólica.

Esto en cuanto toca a los sueños de don Alonso cautivo. El caso es que después que los buenos frailes de la Merced lo rescataron y volvió a gustar de la libertad, como los tiempos se aparejaban adversos en otra clase de desventuras y él, habiendo sido soldado y cautivo, se tenía por mal pagado por su estrecha y desagradecida patria, persistió en la costumbre de fabular por enmendar con la imaginación los yerros de la vida y solía pasar muchos ocios inventándose vidas a cual más heroica. De este modo se pintaba según los sucesos del reino que más a propósito se aparejaban para ganar fama y honor. De éstos, el que más frecuentaba lo representaba acudiendo a Cádiz y derrotando y apresando a los piratas ingleses que la saqueaban y tomándoles sus propios barcos con los que cruzaba el mar y conquistaba Inglaterra a cuya reina Isabela rendía y traía a España, siempre con la cortesía y liberalidad de un verdadero caballero, que lo cortés no quita lo valiente, a presentarla al Rey y concertarles bodas que cimentaran amistad y concordia entre los dos pueblos. Era muy de su gusto imaginarse para esta visita no vestido de damasco carmesí con jubón de tela blanca y seguido de cuatro pajes con vaqueros de raso encarnado, cuajados de pasamanos de plata, como cualquiera en su lugar y posición habría hecho, sino de bayeta negra simple, decente, limpio, sin más escolta que uno de sus esforzados capitanes, quizá tuerto de alguna acción heroica, vestido honrada y simplemente como los que sirven a la nación y dejan los colores para los pavos reales y los papagayos. Con verse las más de las veces de general victorioso y enriquecido con los despojos de los infieles tomados en justa guerra, no dejaba en ocasiones de imaginarse de poeta famoso, o de cronista y conquistador que sujetaba a la corona de España los reinos de El Dorado, donde adquiría innumerables riquezas y honor, derrotaba a la reina de las Amazonas en singular combate y bebía de las Aguas de la Fuente de la Eterna Juventud, quizá algo carbonatadas para el paladar exigente pero delgadas y frías. Otras veces, finalmente, era un próspero comerciante del trato indiano, éstas las menos, porque don Alonso, a pesar de su mucha pobreza y necesidad, era de tal condición y tan alto y desprendido de miras que apreciaba más el honor y la fama que el dinero. Algunas veces, reparando en ello, se justificaba diciéndose: ¿qué mayor contento puede haber en este mundo o qué gusto puede igualarse al de vencer en una batalla y al de triunfar del enemigo?

CAPÍTULO VI

Donde se cuentan los afanes de don Alonso
y los amores de Chiquiznaque con doña Salud
y prosiguen las pendencias entre Ayuntamiento
y Audiencia sobre la causa de la regatona
María de la O

En este día que contamos no sucedió otra cosa digna de recordación, pero al siguiente amaneció Chiquiznaque en la fonda de la calle de Bayona preguntando por don Alonso, y Aldoncilla subió medrosa y alarmada a darle el recado que un jácaro de espada y broquel, azumbrado de palabra y fosco de vista, lo aguardaba en la calle. Don Alonso, entendiendo que Tomás Gutiérrez querría excusar tales visitas en su fonda, se vistió en un daca las pajas y bajando prestamente se retiró a platicar con Chiquiznaque al Patio de los Naranjos de la Iglesia Mayor que tan cerca estaba, lugar a tan temprana hora muy a propósito para charlar en sosiego, por lo poco concurrido de gentes, fuera de dos o tres acogidos a sagrado y media docena de caballeros pelones que allí pernoctaban. Sentados en uno de los poyos, en parte fresca y reservada, Chiquiznaque franqueó su corazón a don Alonso y vino a confiarle que hacía dos meses que andaba en amores de socapa con una altísima dama, cuyo nombre por discreción callaba, y era de su voluntad requebrarla con cartas por tenerla más enamorada

56

pero no sabía escribir ni en toda Sevilla había escribano (*limasorda*, dijo él) del que fiarse pudiera, que todos son de suyo parlanchines y logreros y doctos en ruines mañas y recelaba que, en sabiéndose su negocio, correría la noticia por barberías y mentideros y quizá daría lugar a grandes tropiezos por ser tan alta la dama y casada con señor principal de los que cuando se tercia comen en la cámara del rey y a lo mejor si se entera se toma a mal mis devociones.

Don Alonso, como estaba obligado por las grandes mercedes que de Chiquiznaque había recibido la víspera, aunque nunca pensara que tan presto se las pusiera al cobro, mostró su voluntad de servirlo escribiéndole no una sino cien cartas que menester fuera. A lo que Chiquiznaque repuso:

—No sé si a tantas llegará la estafeta pero tengo para mí que, si no es mucho quebranto, bien querría escribirle cosa de dos o tres a la semana, excusando los días que ella y yo nos tenemos trato más expreso, que son unas veces uno y otras dos y por ello yo os quedaré obligadísimo todos los días de mi vida.

Quiso don Alonso acercarse a su posada para tomar recado de escribir pero el jaque, mostrando ser más avisado que parecía, lo había llevado consigo en cartera de cordobán con su papel de pliego y su estuchillo de taracea donde iban tintero de rosca y cuatro o cinco plumas y hasta salvadera de arenilla para secar lo escrito, que don Alonso no pudo evitar el pensamiento de a qué escribano se las habrían robado. Con lo cual, acomodado en uno de los poyos que junto al muro de la iglesia están, por donde cuelga el lagarto de las Indias, Chiquiznaque, poniendo los ojos en el cielo en demanda de inspiración, se arrancó a dictar:

—¡Grandísima señora de mis enamoradas y recocidas entrañas!

Como don Alonso titubeara antes de asentarlo en el papel, quiso saber:

—¿No está bien dicho así, hermano?

Y don Alonso, no queriendo afrentarlo ni herir sus sentimientos, díjole:

—No es, amigo Cristóbal, que esté mal; es que me parece de una vehemencia a la que las damas altas están desacostumbradas y quizá no sea bien y cabalmente entendida.

—¡Cuerpo de Dios! Habláramos para mañana que a mucho mayores vehemencias la tengo yo hecha, mi señor don Alonso, que si no fuera porque lo veda y dificulta el pudor que entre caballeros usamos, bien se las explicaría yo con pelos y señales hasta que le ardieran a Belcebú los pelos del culo, ¡me cago en la puta madre del demonio! Pero si vuesa merced es de opinión contraria yo me plegaré a su gramática y mayores letras, que cada uno es maestro en lo suyo y lo mío es dar cuchilladas que con cien carros de pita no haya materia bastante para coser la herida, a lo cual me mido con el más maestro y si a alguno le hiede la vida no tiene sino mirarme atravesado que yo lo mandaré a la otra en un amén.

Dicho esto, tornó el bravo a poner los ojos en el cielo con mucho fruncimiento de entrecejo y mordimiento de labio inferior, que parecía que los engranajes del cerebro se le iban a oír y al cabo regresó de las alturas con otro encabezamiento:

—¿Cómo quedará si comenzamos: «Señora mía en la que se regodean mis entrañas y mis hígados, más querida que mi bazo y mis bofes juntos, más reverenciada que las niñas de mis ojos, más mía que el forro de mis vergüenzas»?

—No es que sea malo —tornó a decir don Alonso—, que el catálogo de esa casquería bien trasluce vuestro mucho sentimiento y profunda afección, y esas

58

prendas son tales que estoy por atreverme a decir que, añadiéndoles un poco de pulimiento, hasta se pudieran poner en versos; lo que pasa es que no acabo de encontrar el caso que a una dama convenga.

—¡Por las entrañas de Judas rehogadas en los menudillos del Anticristo que no me cansaré más por ese camino! —dijo Chiquiznaque—. Baste aquí, que bien os entiendo y soy de la opinión de zapatero a tus zapatos y bien me está por meterme en lo que no llaman al hideputa de la madre que me parió, mas, aun así, a todo hijo de cristiano y hasta de ruin moro asiste derecho a pretender a una señora y solazarse en sus carnes blancas y como yo quisiera tener partes de enamorado suplico a vuesa merced que en este punto me escriba libremente la carta poniendo las razones que mejor le parecieren que yo firmaré con mi nombre pastoril y no se hable más.

—¿Nombre pastoril? —preguntó don Alonso.

—Sí —dijo Chiquiznaque—, pues habéis de saber que, cuando estamos juntos mi dama y yo, no me llamo Cristóbal ni Chiquiznaque sino Elicio, y ella, que en el siglo es Salud, se llama Florgalana.

Maravillóse mucho don Alonso de los afanes pastoriles del matasiete, tanto más cuanto éstos suelen hacer punto de negra honrilla la ocultación de cualquier sentimiento elevado no siendo el de la valentía, pero, como discreto, disimuló y no dijo nada sino que, mojando la pluma, escribió con buena letra y mejor conceto, en el mejor estilo pastoril que supo, una muy hermosa carta de requiebro y amores dirigida a la señora Florgalana, la cual, cuando la hubo acabado, antes que firmara, le dijo Chiquiznaque que con gran admiración y silencio hasta entonces lo había estado mirando:

—¡Por las barbas de san Pedro que mesó Poncio Herodes! Os ruego que me leáis ahora esa epístola que aunque bien pudiera hacerlo yo por mis ojos, más me huelgo de oírla en vuestra voz como el de que en tan buena letra y tan sin borrones ni arrepentimientos la escribió en limpio.

Leyó don Alonso la carta en la que se vertían muy altas razones de amor y sufrimientos de ausencias y esperanzas de encuentro según el estilo elegante de los pastores de Arcadia, todo lo cual fue muy a satisfacción de Chiquiznaque, el cual a cada paso decía: «¡Hondo pensamiento es ése, me cago en las llagas de san Lázaro que yo no lo hubiera puesto mejor! ¡Donosa metáfora la que acabáis de decir, por las bubas del culo de san Malandrín! ¡Oh, hideputa estilo que hace las letras ambrosía! ¡Me cago en todos los santos!: ¿se puede sufrir tanta galanura? ¿Quién será el cabrón, que yo le eche las tripas de fuera hasta que se le enreden en los pies, que niegue que ésa es la más compuesta y averiguada carta pastoril que en el mundo se ha escrito o espera escribirse?

Con esto firmó don Alonso la carta con el nombre pastoril de Elicio, y Chiquiznaque, después de hacerle otros mil cumplidos por la gran honor que le hacía de ser su secretario de amores, que mejor ni más discreto no lo tiene ni el duque de Medina, partióse en busca de *Ronquilla*, la saludadora y alcahueta, que entregaría a doña Salud la misiva.

Llevaba la mañana recorrido más de la mitad de su celestial camino cuando don Alonso determinó ir a la Audiencia por si el señor magistrado hubiera madrugado aquel día y se enderezaban las cosas para tratar su negocio con sosiego y rendimiento, pero llegando a la plaza de San Francisco la halló toda alborotada de secretarios, correveidiles y corchetes. Se arrimó a un corro de los que animadamente comentaban las noticias del día y supo que el regidor y los oidores hacían junta solemne sobre los abusos del Ayuntamiento y las ofensas que recibían de la Ciudad.

Otra vez subió don Alonso a ver a Tomás Rodaja, el escribano del oidor, al cual encontró sentado en su mesa de antedespacho, inmóvil y como traspuesto, los ojos y el tintero cerrados, por no gastar vista ni tinta, y llegándose a él le dijo:

—Vuesa merced excuse que lo saque de sus hondas meditaciones pero es que mi negocio apremia y quisiera saber si me podrá recibir hoy don Gaspar de Vallejo.

A lo que Rodaja, viendo quién era, respondió:

—Señor caballero, habéis de saber que me huelgo en ayudaros en lo que en mi mano esté, pues echo de ver que sois hombre de bien y lo vuestro es de razón, no como los otros comisarios ladrones que sobre sangrar a la hacienda del rey nuestro señor quieren cobrar sueldos y diezmos, y para demostraros que os he tomado fe quiero comunicaros una trocha por donde antes podréis, a lo que presumo, dar remate a vuestros asuntos.

—Os quedaría muy obligado si tal hicierais —dijo don Alonso viendo el cielo abierto.

—Es el caso que yo bien lo haría desinteresadamente, por el aprecio que he cobrado a vuesa merced, pero tengo por encima de mí otros que no se contentarán si no se les unta el bolsillo. —Se quedó pensativo un momento y luego dijo—: Tres ducados de plata aflojarán las voluntades y abrirán caz para que el agua corra entre los mandamientos, exhortos, suplicatorios y otros mil recados que entorpecen y ciegan la acequia de la justicia.

Don Alonso, como llevaba mucho vivido, sabía bien que talegos concitan querencias y que el doblón dobla la justicia, así que nada objetó. Antes bien, sangrando su faltriquera depositó sobre la mesa cuatro ducados que Rodaja prestamente levantó con unas uñas de buitre leonado fuertes y romas que don Alonso no le había notado hasta entonces, de lo que se admiró pensando cómo la naturaleza concierta las apariencias con las inclinaciones del ánima, según enseña el maestro Huarte de San Juan.

—Ahora que vuestro negocio se encamina a buen puerto —dijo Rodaja guardando el dinero— os daré un consejo que por ser mío va de balde y es que busquéis a don Florián Monedero, secretario de cuentas de esta Audiencia, para que saque en cuadro los números de vuesa merced y los remita a esta tercera sala de la Audiencia, lo que pondrá alas a los trámites y abreviará plazos y esperas.

Agradeció don Alonso el consejo, aunque bien pagado lo dejaba, y fuese en busca de el tal Monedero recelando que con tal nombre su intercesión no habría de ser de balde, mas con todo daba por bien gastados los dineros si sus asuntos se resolvían prestamente pues confiaba en cobrar al remate de ellos los atrasos de medio año que el Real Tesoro le debía, con los cuales, como suele decirse, esperaba sacar vientre de mal año y hasta enderezar su fortuna para alcanzar mayores venturas en la vejez, a cuyas puertas estaba, de las que tuvo en su juventud. Con lo cual parecía que le habían puesto alas a los pies según de diligente estuvo en subir escaleras, atravesar patios, preguntar aquí para que le enviaran allá, indagar en tal sala para que lo remitieran a tal otra, buscar a tal ujier, que no sabía nada, pero el escribano Ramírez, al cual conoceréis en seguida porque es más ancho que alto, como tapón de alberca, os podrá dar razón del paradero de Monedero que es amigo suyo y estuvo en su compaña esta mañana. Si no ha salido a desayunar debe andar por la sala de cuentas, patio de arriba, segunda puerta a la mano diestra y galería a la izquierda.

Ramírez estaba en su covachuela, desparramado sobre un sillón frailero realzado con dos cojines y rodeado de legajos por todas partes, las contraventanas entornadas, en penumbra propiciadora de siesta, que a media mañana la recomienda Hipócrates y es alabada por Galeno y recetada por la escuela de Palermo. El aliento a valdepeñas que exhalaba, las migajas grasientas que llevaba esparcidas, entre lamparones, por toda la redondez de la panza y el brillo rojizo que le espejeaba en la doble sotabarba eran indicios ciertos de haber despachado recientemente copiosa ración de telera generosamente untada de manteca de cerdo, con sus tropiezos de lomo y chicharrones, todo ello mojado en vino caliente, pero don Alonso no estaba allí para hacer averiguación de hábitos ajenos sino para encontrar al contador que le solventara sus negocios, así que, después de excusarse por las molestias que causaba, preguntó por él.

—¿Don Florián, decís? —Entre dos eructos, Ramírez entornó los adormilados ojos—. Hoy no tenía mucho que hacer, porque los oidores están en Acuerdo de continuo y no se espera que libren antes de la tarde, así que se ha ido a darse paz.

—¿Queréis decir que está orando o confesándose en alguna iglesia o casa de religión? —preguntó don Alonso.

Ramírez, sin regatear esfuerzos, entornó un ojo para mirarlo.

—No. Quiero decir que está en la mancebía o berreadero solazándose con una ramera que llaman *Gananciosa*... ¿o será *Repolida*? ¿Qué día es hoy?

—Es miércoles.

—Pues entonces le toca a *Repolida*.

CAPÍTULO VII

Donde visitaremos la famosa mancebía de Sevilla
en pos de don Alonso que busca a don Florián
Monedero

Don Alonso no hubo menester de preguntar dónde estaba la mancebía que es, sin vano encomio, la más afamada y bien surtida de cuantas hay bajo el amparo de su majestad católica y él, en los años pasados, cuando era comisario de abastecimientos para la Armada, alguna vez la había frecuentado. Encaminó, pues, sus pasos al Compás de la Laguna, espaldas de la Iglesia Mayor, por donde la muralla y postigo del Arenal. Todavía faltaban unos años para que el arzobispo don Pedro de Castro levantara altar y crucifijo a la entrada del barrio con el que pensó ahuyentar a los pecadores. Además prohibió que hubiera putas llamadas María y el comercio carnal en fiestas de la Virgen, remedios todos que poco remediaron.

Para los que nunca estuvieron en tal lugar es menester advertir que la mancebía o casa llana o barrio de las putas (*berreadero* en la jerga canalla) era un corral cerrado por bardales altos, como convento, dentro del cual se ordenaban hasta dos calles de casitas bajas, de traza humilde, como las que no han menester patio ni cuadra ni soberados, sino muchas celdas o boticas abiertas a la calle, puerta con puerta, donde cada ramera tenía su oficina. Las cuales boticas eran propiedad de conventos, de capellanías, de personas principales y de cofradías pías que por ellas percibían muy sustanciosas rentas y emolumentos. Aparte de estas costas por derecho de posada, cada puta mantenía a su rufián o jaque, al que procuraba traer vestido de mil alfileres y luciendo guapeza y señorío más que un marqués, ya que tenían grandes rivalidades sobre si el mío es más valiente y mejor plantao que el tuyo, y más de una vez llegó la sangre al río aunque ellos, como el que sabe el peligro que traen las puntillas de honor y las altiveces, procuraban ignorar las reyertas de sus coimas y no se metían más que en sacarles las ganancias y tenerlas contentas y servidas con pacotilla, una cinta aquí y un espejuelo allá, en lo que hacían lindo negocio pues devolvían medio maravedí por cada ducado que sacaban. La aspirante a puta, sobre ser de buenas prendas para tal oficio, que requiere resistencia al treintón, caderas anchas y vaina capaz, había de superar un examen de ingreso en el que, si era muchacha, certificaba ante notario haber cumplido doce años, estar desvirgada y ser huérfana o hija de padres desconocidos o abandonada de ellos.

Como dijo Aristóteles, a lo mejor fue Platón, se tiene por muy averiguado que en toda comunidad de mujeres, sea convento sea prostíbulo, es necesaria e indispensable una disciplina férrea. En la mancebía de Sevilla la máxima autoridad la ostentaba el alcalde o *padre* de la mancebía, el cual respondía ante la justicia de la aplicación de la Pragmática de 1570 por la cual su católica majestad regulaba las actividades de las putas en sus reinos y estados y nombraba alguaciles que vigilaran de continuo que allí no hubiera altercados ni ruidos y que las pupilas, cuando salieran a la calle, fueran de mantilla por ser conocidas y diferenciadas de las mujeres honestas. En ello anduvo el legislador muy acertado pues con la mudanza de los tiempos había llegado a ser dificultoso distinguir a la mujeres decentes de las que no lo eran porque, también como las otras, las decentes se daban a conversación de chacota con galanes, se pintaban de bermellón los labios, las mejillas y las puntas de las orejas, se blanqueaban los pechos con albayalde y hasta, si pudiéramos andar libres de sofaldar a las más pintureras, no con intención lujuriosa sino sólo para ilustración del lector, sería de ver que muchas de ellas se depilaban la natura y se la teñían con bermellón, así como los pezones.

Además del ordenamiento de aquella república, el susodicho *padre* de la mancebía administraba el procomún y prestaba a las pupilas más pobres sobre las prendas de sus vestidos o de sus carnes si otra cosa no hubieran, y les administraba justicia y las mantenía en paz con la nudosa vara de su autoridad cuando se encelaban y trababan en medio del arroyo arrancándose los moños y hasta los ojos. También se cuidaba de que los domingos y fiestas de guardar asistieran a misa en la más cercana parroquia bajo la autoridad de un alguacil y una vez al año las llevaba él mismo a la iglesia de San Pablo, donde se les predicaba un sermón para quitarlas del pecado si se querían acoger a la Casa de las Arrepentidas a hacer penitencia por sus yerros y enderezar sus vidas, las que antes enderezaban ajenas.

Llegó don Alonso a la mancebía, pasando primero por la aduana de los alguaciles, en un tejadillo que junto a la entrada estaba, donde hubo de dejar la espada, y aunque hacía grandes calores, encontró el berreadero más concurrido que la feria de Medina antes que llegaran los presentes malos tiempos. Pasó a la plaza y veía caras conocidas de rufianes y putas que a sus puertas esperaban ocupación, de las cuales unas charlaban y otras se despulgaban a la sombra de las velas que protegían del mucho sol. Allá estaban la Sole *Marrueca*, de muy buenos muslos y torneadas piernas, caletre poco, desenfado y desvergüenza muchos, que hubiera llegado a marca godeña y puta cara si no tuviera cara de perro, la cual estaba aconsejándose de *la Merdina*, antigua beata, gorda anforona y mal encarada, cubierta de roña y marcada de bubas, borracha y chismosa, y mientras departían la despiojaba, que era muy desgreñada y pilosa y tan asquerosa que más servía para quitar tentaciones de la carne que para ponerlas; allá Alicia *la Chaparra*, chica y negra y panzona, como garrafa de pez, lunares negros feos, tortillera, muy untada de albayalde; allá *la Chaorra*, moza del jaez de las otras, fea como un trueno, larga como un relámpago, los ojos saltones, el gesto agrio, putas todas que son predicadas en San Pablo la fiesta de la conversión de la Magdalena por ver si se redimen en la casa profesa de las Arrepentidas y ellas lo escuchan sin ánimo de mudar de oficio por ser de tal condición. Muchos las miraban, por el espantable cuadro que componían, pero pasaban de largo como no estuvieran borrachos o llevaran promesa de grandes penitencias, de lo que el rufián que las administraba se daba a todos los diablos y se pasaba el día haciendo números y rumiando trazas de hacerse mercader de paños finos o tornarse moro.

Don Alonso, pasando adelante, anduvo preguntando a los rufianes por dónde pecaba don Florián el de la Audiencia. Encamináronlo derechamente a la botica de *la Repolida*, con la que el contador se hallaba a la sazón en ameno coloquio y, a juzgar por los ansias que tras la estrecha y mal concertada puertecilla se oían, el cuitado no tardaría en salir si es que antes no entregaba el ánima en la empresa. Se abrió la puerta, en efecto, de allí a poco y compareció un hombrecillo mínimo con los ojillos arrugados y miopes y la calva monda, brillante y blanca, sobre la cual iba ajustándose la gorrilla y la camisa y tirándose de las faldas del jubón, alta la cabeza, atrás los hombros, el paso queriendo ser firme, componiendo figura como si acabara de cumplir una señalada hazaña y dijera ahí queda eso. Al cual se le acercó don Alonso, en viéndolo aparecer, y cortésmente le dijo:

—Mi señor don Florián sabrá excusarme como hombre discreto que lo importune tan fuera de lugar, pero el asunto que me trae es de la mayor urgencia y ése es el motivo de que no haya esperado turno de Audiencia como corresponde. Cuando más que soy amigo del criado de la señora *Gananciosa*, a la cual vuesa merced sin duda conocerá, y siendo, como dicen, que los amigos de mis amigos, amigos míos son, me he tomado la libertad de venir a verlo aquí.

—Me huelgo de ello —dijo don Florián con una risilla de dientes lobunos que nadie lo pensara en cosita tan menuda, de los cuales añadiéndolos a las uñas de Tomás Rodaja don Alonso empezó a pensar que garras y dientes debían ser la señal distintiva, junto con los desaforados apetitos que mostraba el tal Ramírez, con que la sabia Natura ha distinguido a los funcionarios de la Justicia.

Don Florián, que, como todo cabrito, era hombre contento después del alivio, dio muestras de no saber negar un favor a quien con tanta urbanidad se lo solicitaba, vuesa merced venga conmigo que veremos dónde paran sus cuentas. Tomaron sus espadas del fielato, cuya custodia don Alonso satisfizo de su bolsillo, y después de pasar por uno de los bodegones que hay a las puertas de la mancebía, donde don Florián quiso refrescarse el gaznate, que del mucho ejercicio lo traía seco como estopa, con un azumbre de vino del más caro, refrigerio cuyo importe también satisfizo don

Alonso, llegáronse a la Audiencia y subieron al archivo de las cuentas donde don Florián, después de buscar someramente en un par de legajos no encontró las que andaba buscando y rogó a don Alonso que, puesto que ya se acercaba la hora de comer y sus papeles no aparecían, sería mejor aplazar la indagación.

—Vamos despacio que no se acaba el mundo ni nos corren moros —dijo—. Vaya vuesa merced sin pesadumbre y torne de aquí a dos días que yo las seguiré buscando más reposadamente, a ver si hay suerte y doy con ellos, lo que no será empresa fácil con esta montaña de legajos en letra procesal que no la entiende ni Satanás.

CAPÍTULO VIII

Donde se siguen las contiendas entre Ayuntamiento
y Audiencia y se da noticia de los trabajos secretos
de Chiquiznaque

Con esta esperanza tornó don Alonso a solicitar su negocio en los dos días siguientes y siempre topó con que
los señores de la Audiencia no estaban para entender
minucias, que todo el tiempo se les iba en juntas de
Acuerdo sobre el asunto de la regatona María de la O,
a la que el Ayuntamiento había condenado a salir con
azotes por las calles acostumbradas, montada en un
burro, desnuda de cintura para arriba y con el verdugo
saludándole las espaldas con hasta cincuenta pencazos.
Los señores de la Audiencia, alterados los ánimos, enviaron a la cárcel municipal a tres alguaciles suyos de
los más bragados para que impidieran el cumplimiento
de la sentencia y rescatando a la cuitada la tornaran a
su calabozo. Ellos, excediéndose en el mandado, tomaron la cárcel municipal, cuyas puertas cerraron que-
dándose dentro, y enviaron las llaves a la Audiencia.
Los alguaciles del Ayuntamiento, viendo que les hacían fuerza y los atropellaban tan descomedidamente y
que les arrebataban la autoridad y la presa y hasta la
cárcel de la que se sustentaban, fuéronse mohínos a
dar parte al alcalde. El cual, después de deliberar, fue
con su escolta de alguaciles y corchetes, siempre segui-

dos y rodeados de una muchedumbre de curiosos, y llegóse a la cárcel cuya puerta aporreó mandando a los de dentro que sin más dilación rindiesen la casa inmediatamente, a lo que ellos, asomándose por la ventana, les hacían pedorretas y les tiraban cagajones de mulo y las aguas sucias de los bacines. Con lo cual el alcalde tornóse al Ayuntamiento con la barba clavada en el pecho, sufriendo la mofa y chacota de Sevilla. A todo esto se había corrido la voz y se despoblaban los barrios más que si fuera el Corpus, para asistir a la contienda.

Tras nuevas juntas y deliberaciones, en el calor de la ofensa, que no se podía sufrir tanto abuso, el alcalde propuso que incontinente el Ayuntamiento abriera un butrón en el muro de la cárcel por donde sus alguaciles entraran y tomaran por fuerza el edificio. Así lo hicieron y el que dirigió la batería y asedio fue el alcalde de justicia Sebastián de Carvajal, hombre de gran aparejo para ese negocio y más dotado para llevar albarda que coselete de puntas.

Los de la Audiencia, aunque sabían lo que se estaba aparejando, pues desde sus ventanas veían pasar a los corchetes municipales provistos de picos y herramientas, los dejaron hacer y cuando el butrón estuvo acabado y rescatada la cárcel acusaron al Ayuntamiento de hacer fuerza a la justicia del rey e hicieron presos, en las cárceles de la Audiencia, a cuantos veinticuatros o concejales, escribanos y alguaciles municipales pudieron haber.

Con estos aumentos estaba Sevilla como en guerra, el pueblo regocijado, las autoridades prevenidas y muchas rondas de una y otra parte patrullando las cárceles y vigilando al contrario y así se mantuvo la ciudad días sobre días aunque el calor derretía las iras a sus horas mientras los procuradores de la Ciudad y los de la Audiencia contendían en la Corte pidiendo la justicia del rey.

Es llegada la hora de la siesta, cuando Sevilla se hunde en la sopa espesa de sus calores. Jadean los perros tendidos sobre las losas frías de los zaguanes, sestean los mendigos en las umbrías de las iglesias, dormitan los artesanos en los camastros de sus trastiendas, los frailes en las camas de sus celdas, los presos en las yacijas de sus calabozos, los criados en los poyos de las bodegas y los hortelanos a la sombra de las parras. Don Gaspar de Vallejo, tendido en pelotas y abierto como un san Andrés sobre la cama rociada, resopla y medita abanicándose, ensopado en un sudor espeso. Don Alonso de Quesada, como el sol arde sobre las tejas y su camarilla es un horno, deja pasar los ardores de la siesta en el patio de su posada, arrimado al pozo, en el rincón más fresquito de la casa, sentado a la mesa de tijera que todas las tardes le monta la solícita Aldoncilla. Hoy da cabezadas sobre los papeles donde ha intentado pergeñar un soneto. Tomás Rodaja, el secretario de la Audiencia, se masturba mirando los trece ducados de plata que, cuando acabe el mes, añadirá a las ollas de su tesoro. En toda Sevilla, a esta hora, no hay más movimiento que el suave balanceo de los esquifes sobre las movidas aguas del río, entre espejeos de fugaces medias lunas. Nada suena fuera de las chicharras que pacientemente sierran en el aire denso y quieto.

A esta hora Chiquiznaque, despojado de hierros y de mirada torva, desnudo del enguatado jubón de cuero que sostiene el peto de mallas y de las otras militares prendas, está menos terrible que vestido. En sus cueros, tan pálido, parece inofensivo y hasta desvalido. Atendido por una vieja criada a la que llama tía, se ha lavado los sobacos en el pilón del corralejo, se ha encerrado, como todas las siestas, en el sotanillo de su casa, bajo doble llave, y ha extraído un libro del cofre ferrado donde guarda sus aderezos de más cumplimiento: el libro que él mismo forró de terciopelo verde, una pareja de pistoletes tudescos y algunas joyas y preseas menores, que las mayores las tiene bajo tierra así como están aquellos de los que las heredó sin mediar testamento. Chiquiznaque acerca el velón a una mesa baja, se sienta en el taburete y extrae de una cajita una pluma de ave y unos folios. Desenrosca el tintero, toma la pluma cuidando sostenerla correctamente entre el índice y el pulgar, este último auxiliado por el corazón, como ha visto hacer al escribano que lleva los libros de Monipodio. Luego moja la pluma, sujeta el papel con la mano siniestra, ladea la cabeza, saca aplicadamente la punta de la lengua y comienza a copiar del libro que ha abierto en una página al azar. Escribe en letras tales que no cabrán diez palabras en el folio y un mediano lector, si no está miope, las leería, si legibles fueran, a cinco pasos de distancia:

Nisi Dominus aedificaverit domum, in vanum laboraverunt qui aedificant eam.

Se concede un descanso en el puntoaparte. Lo que ha escrito le ha llevado un buen rato y queda sudoroso y derrengado del esfuerzo. Contempla su obra con mediana satisfacción. Chiquiznaque es un autodidacto que está aprendiendo a escribir por sí solo. No sabe todavía lo que escribe, pero confía en que, sabiendo escribir, le será fácil aprender a leer. En unos meses de callada labor, echándole varias horas al día, ha conseguido dominar con cierta maestría el trazado de las íes, las jotas y las oes. Todavía se le resisten las ges, las des y las pes, que no parece sino que el mismo Satanás, al que Belcebú confunda, las trazó con sus cuernos, pero con la ayuda de Dios espera medrar.

Chiquiznaque, cuando cierra los ojos y se da a soñar, se sueña escribano de la Audiencia vestido de ropilla negra elegantemente cortada, paño en invierno y bayeta fresca en verano, tocado de gorrilla de terciopelo con su perla de adorno y, en ratos libres, poeta, celebrado cortejador de las Musas, lira enérgica y expresiva, renovador de las corrientes toscanas y petrarquistas, tertuliano apreciado en los ambientes más distinguidos de la ciudad que al verlo llegar las damas de carnes blancas sientan encharcárseles las canales y le soliciten madrigales y donaires. También sabrá algo de música y canto y será gran tañedor de vihuela y maestro en motetes y chanzonetas, capaz como nadie de poner la cifra y medio registro alto de primer tono.

Por ahora tiene buen amanuense, capaz y discreto, en don Alonso, pero su amigo duda de vez en cuando que sus negocios se resuelvan en Sevilla y habla de tornar a Madrid. Hasta que llegue ese día no le faltarán a doña Salud los poemas y ardientes misivas que son mantenimiento corriente entre enamorados de la escala platónica. Confortado con estos pensamientos, regresa a su labor y continúa copiando:

Nisi dominus custodierit civitatem, frustra vígilat qui custodit eam.

Aún duraba la contienda entre el alfabeto y el valiente Chiquiznaque cuando tañeron campanas en la vecina iglesia de la Magdalena y al reclamo de sus broncíneas voces aplazó la porfía, tornó libro y recado de escribir al cofrecillo y echando la doble llave subió a la cocina donde la vieja le estaba sahumando una camisa limpia.

74

—Ya vas oliendo a pollito en flor —farfulló la anciana al despedirlo—. ¡Quiera Dios que estas fiestas no se nos tornen duelos y quebrantos, que el que apunta tan alto ya sabe a lo que se arriesga!

—¡Los sermones, por Cuaresma, en la Iglesia Mayor! —gruñó Chiquiznaque, que tenía muy oída aquella lección.

El valiente se alisó la indócil cabellera y alivió el luto de las uñas con la punta de un cuchillo, tras de lo cual se vistió los zaragüelles y el perpunte, se armó como si fuera a la guerra y se echó a la calle. Donde topaba con cristianos, iba muy erguido, la vista fiera, dando grandes zancadas y pisando fuerte, pero cuando pasaba por una calleja solitaria donde de nadie fuera visto se aflojaba algo, aliviaba el paso y cantaba entre dientes lo de su repertorio, que no era extenso. En este punto difieren los graves autores consultados: unos aseguran que tarareaba el romancillo de la mondonguera; otros, que le ponía música al *Ubi saltatio, ibi diabolus* de los santos padres, y no faltan los que afirman que lo que más apreciaba era la primera estrofa del *Tantum ergo*, que se le habría pegado de oírlo acogido en alguna iglesia, aunque, como no andaba muy firme de latines, le trastocaba algo la letra y decía:

Tanto negro, tanto negro,
veneremos a San Luis...

Con esto llegó a la calleja Sucia, la de la colación de San Vicente, que no hay que confundir con las otras cinco de igual nombre que hubo en Sevilla, y entrando por un portalillo donde había una cruz verde que de noche se iluminaba con dos lamparicas llamó a una puerta, esperó, sonaron pasos y un ya va, se abrió una mirilla, cataron quién era, se descorrió el cerrojo y entró.

No había en la ciudad mejor cobertera que *la Ronquilla*. Cuando el negocio era muy secreto, como este al que asistimos, nadie la ganaba a discreta, que recibía al amante furtivo por el callejón meado y por el otro lado de la casa, que era larga y estrecha y tenía su principal fachada en la plazuela de las Pasas, recibía a la dama que venía a ser cubierta bajo la general tapadera de comprar ungüentos para las arrugas, mejunjes de belleza o cosméticos, con cuya industria ejercía de cobertera y arreglaba encuentros en tres cámaras discretas y lujosas que alquilaba a buen precio, sólo que a Chiquiznaque, por ciertas obligaciones que con él tenía contraídas, se la daba de balde.

La Ronquilla va delante, arrastrando una pata de la que renquea desde que el verdugo de la Inquisición, haciéndole probanza en el potro, por bruja, se la rompió sin sacarle palabra. Lo de la voz cavernosa, sin embargo, es tacha de nacimiento, y ella, por gracia, dice que su madre era amiga del pregonero.

—Pasa, hijo —le dice a Chiquiznaque—, que todavía no ha venido la señora, y allí te he dispuesto un refrigerio de fruta y vino, miel y meloja, que cojas fuerza mientras la esperas.

Chiquiznaque pasa a la cámara, donde sólo hay una cama grande y vestida de blanco asentada sobre robustos bancos, una mesa chica para las viandas, sobre la que luce una campanica de plata regalo del patriarca de las Indias, que la bendijo y todo, un aguamanil con su jarro y una jamulga. En la pared, una fila de escarpias para colgar la ropa. Chiquiznaque mira que no haya nadie debajo de la cama, luego corre la cortinilla de la ventana que da al patio, se sienta en la cama y se contempla en el espejo azogado que cuelga de la pared, sobre la cabecera, muy inclinado, en el cual, cuando monta a doña Salud, le gusta mirarse por ver cómo se le hinchan las venas del cuello y cómo se bambolean las tetas de ella en la cabalgada.

Doña Salud, desde que recibió la amorosa misiva de su pastor Elicio, no ha querido esperar al sábado y viene a verlo en jueves. Pronta medicina son las letras, piensa Chiquiznaque, y por las bragas de san Pedro y las tripas de san Román que poco he de valer si al cambio de un año no me certifico en caligrafías más que el maestro Arias Montano y toda la universidad de Salamanca y el Sursuncorda. Se echa a soñar el bravo y se imagina sin más arma que el tinterillo de cuerno a la cintura, vestido de doctor, cruzando con paso solemne la plaza de San Francisco para amistar a los jueces de la Audiencia, sus colegas, con los señores del Ayuntamiento; haciendo cortesía a sus conocidos, que lo son todos; la gente abriéndole carrera y destocándose a su paso; respetado y consultado más que Salomón. Exhala un suspiro que parece que le arrancan el alma y hace propósito de dedicarse más ahincadamente a sus ejercicios de caligrafía y adelantar en sus estudios.

En estas cábalas está cuando percibe por el pasillo los pasos breves de doña Salud. Se abre la puerta, entra la dama azorada como si viniera huyendo de toro escapado, y cierra tras ella a cerrojo corrido. Los amantes se abrazan sin cambiar palabra y se besan largo y salival, como ya es hábito, que cada pareja tiene los suyos, y luego él le arranca la basquiña y le aplica el oído al pecho, sobre las tetas fragantes, por oírle el corazón acelerado. Así comenzaba la amorosa sesión, la cual, para ser entre Elicio y Florgalana, pastores de la Arcadia, hay que reconocer que vulneraba un poco los usos de la academia platónica pues las más de las veces Elicio-Chiquiznaque tomaba al asalto Salud-Florgalana, como gallo o verraco furioso, no por basterío de él sino antes bien por gusto della, y por despelotarla presto tiraba con aquellas manazas de los cordones del brial y saltaban botones y lazos, que en las más de las veces era menester convocar a *la Ronquilla*, con la campanilla arzobispal, para que se llevara la ropa y le cosiera los desperfectos mientras ellos remataban el lance. Él se tendía en la cama y se dejaba desarmar y desnudar por ella como su madre lo parió, y doña Salud lo hacía despacio acariciándolo mucho con sus manos blancas, dándole friegas, pasándole dedos finos y labios y lengua por los costurones cárdenos de las cicatrices, y en estas demoras él se abandonaba más manso que gozquecillo de leche y se solazaba en contemplarla de muy distintas guisas y en seguir con los ojos, como un fascinado, los pechos grandes que a compás se movían, sin osar tocarlos hasta que ella se los daba a chupar. Entonces él se levantaba como una torre y alzándola en volandas la echaba sobre el lecho y la lamía toda entera con su lengua grande y caliente en lentas pasadas, unas veces al natural, saboreando el sudorcillo salado, otras untándola de miel o de meloja en los pezones, en el ombligo, que lo tenía de pileta, o en su más oculta natura, de cuyos jugos se comulgaba con fruición, cerrando los ojos y metía las narices y hacía grandes respiros. Tras de lo cual ella se encendía como furia y agarrándolo de los cabellos con una mano le subía la cabeza hasta la suya y con la otra le despertaba el pepino de dos libras, que no a menos se alzaba la natura del galán, mientras le decía: ¡Ahonda y ahoya, hijo de Satanás, pásame y clávame y despelléjame y mátame de gozo, bien mío! Sobre lo cual solían, una tarde con otra, romper tres lanzas, como es de ley según Aristóteles y la Academia de Atenas, que son a saber: la una en la postura acostumbrada que otros llaman del señor abad, juntando ombligos; la segunda, vuelta ella *more bestiarum* y presentando la poderosa grupa, carnes firmes propicias para el hendimiento en las cuales se envaina con mucho contento, como dice el romancillo; y la última la que se dice de meter la iglesia sobre el campanario, con él debajo boca arriba sobando tetas y ella a horcajadas encima, meneándose. Este cronista confiesa que los autores del siglo son menos explícitos, por natural honestidad y recato, que eso va en costumbres según los cambiantes tiempos, y se limitan a establecer que doña Salud y el jayán yogaban hasta tres y cuatro veces en cada encuentro, y que al término del mismo ella quedaba como si la hubiesen tomado jenízaros turcos, sudorosa, despeinada, cocida en sus jugos, jadeante y muy cumplida y él de la misma guisa, hecho un Sansón rapado, tan sin fuerzas para levantar la tizona, que, ida ella, aún había de guardar cama otro buen rato, restituyéndose con el vino y el refrigerio so pretexto de aplazar la salida por mayor discreción. Y los tales encuentros, aunque sin prisas y a la plena y mutua satisfacción de las partes, se extendían no más que el tiempo en que se reza una novena a santa Nefija, otras veces a santa Librada; otras a san Blas, bajo cuyas devociones doña Salud encubría su pecado.

Doña Salud, luego del deleite, ya en su casa, como era lectora de novelas pastoriles, volvía a los melindres, embebecimientos, embelesos y arrobos de la pastora Florgalana y se daba a soñar que estaba ayuntada, en sacramental himeneo, con don Gaiferos o Amadís de Gaula u otro cortesano pulido de los que vienen en los libros, a cuyo efecto servía muy bien el pensamiento de las cicatrices de Chiquiznaque que lo mismo que eran de cuchillo cachicuerno podían haber sido de la espada del gigante Goliat o de la ferrada lanza del rey de Jericó, y lo mismo que fueron cobradas en tabernas y reyertas de ventas, podían proceder de una campal batalla o de una justa anunciada con clarines de plata; y en lo que toca a las marcas lívidas del rebenque en las pastoriles espaldas de Elicio, recuerdo del decanato en galeras, podían muy bien ser quemaduras cobradas en los muros de Jerusalén, subiendo las escalas con san Godofredo de Bouillón, o en cualquier otra ocasión heroica de las que los libros traen.

No nos olvidemos de don Alonso, que lo dejamos sesteando junto al brocal del pozo. Luego de pasados los calores subió a su cuarto, se pasó un paño mojado por la cara y los sobacos, vistió camisa de calle bajo el juboncillo y salió a dar una vuelta. Los pies lo llevaron, como si pensaran, a un garito del Arenal. Titubea antes de entrar, que con los dispendios de la Audiencia, su fortuna va menguando y la bolsa le pesa cada vez menos, pero piensa, por otra parte, que en un par de envites, si tiene suerte, la puede reponer e incluso abastar y quebrarle un ojo a la fortuna, lo que a veces le ha acaecido, que es diestro con el naipe, con lo cual, y no pensando que también otras veces lo han desollado en lugares como éste, empuja la puerta, saluda al coimero que a la entrada está, el cual mira las espadas y si los que entran llevan bulto de pistoletes debajo de la camisa, y entra.

El garito está en dos salas grandes donde hay hasta nueve mesas en torno a las cuales se juntan tres clases de hombres: los que juegan, que están sentados a lo suyo; los que miran por afición o esperan que alguien se levante para ocupar su puesto y los que van a que les den barato o calderilla, que el ganancioso reparte entre los mirones para congraciarse a la fortuna, la cual, como mujer, gusta de los desprendidos y generosos.

Juegos hay muchos y el buen jugador se sabe emplear en todos y lo mismo da al naipe en el quince, que en el hombre o tresillo, que en los cientos, el treintayuna, el capadillo, la quínola, el triunfo, el tenderete, la flor o la primera. Don Alonso, como hombre de su siglo, siente pasión por el juego, es regular ejercitante y tiene las prendas necesarias, que son cabeza tranquila y dotes de observación. Va de una mesa a otra catando las partidas por descubrir quiénes son los fulleros del día, que siempre andan como moscones donde huelen la miel de una bolsa prieta, y más en lugares de paso como ventas y puertos. Al final don Alonso se arrima a la partida más especiosa. Primero mira el juego y observa los naipes conociendo si hay cartas picadas, dobladas, arqueadas, raspadas o con marcas diversas de uñas o lápiz que puedan traer por hechizos de fullero.

Un perdedor echa dos reniegos, arroja sobre la mesa las estampas y se levanta farfullando que algún mirón lo aojó y le inficionó la dicha. Al hueco hecho, que se llama haber ventana vacía, don Alonso pide licencia al tahúr y ocupa la silla con asiento de anea que el partido, según iba, dejó ardiendo. El tahúr lo observa al soslayo midiendo si el recién llegado es blanco o negro, es decir, perito o principiante. Echa cartas y por la forma de tomarlas y mirarlas ya ve que es blanco, así que será mejor que no piense en hacerle flores y siga apuntando al holandés incauto, al cual da lamedor, es decir, deja ganar, unas pocas manos para que se confíe y envide fuerte.

En el garito parece que el tiempo no pasa, afuera vuela y el globo gira y va sangrando el día y adentrándolo en las jurisdicciones de la noche. Cuando don Alonso se levanta del tablero lleva ganados dos ducados y unos reales, que son los gajes que el tahúr ha dejado a las comparsas en el festín del holandés, al cual ha despojado tan rematadamente que entró en la casa rico y sale de ella pobre, sin un real con que comprar un ramal y ahorcarse. Volviendo a su posada, don Alonso medita en la vida como rueda de naipe que la suerte de unos se fundamenta en la desgracia de otros y la hartura del que gana en la miseria del que pierde.

CAPÍTULO IX

Que trata de cómo don Alonso encontró a su antigua
enamorada doña Dulce de Castro y de la plática
y trato que entre ellos hubo

Don Alonso, como hombre honrado y cumplidor de
palabra, compraba cada día en la plaza del Pan las candelicas de cera que a Monipodio había prometido y se
las encendía a la Virgen de las Aguas y al Cristo de San
Agustín, y luego oía misa en Santa Catalina en cumplimiento de su deuda. El tercer día, estando arrodillado
en la iglesia cabe la pila bautismal, abrióse la puerta
frontera para dar paso a una dama que con su criada o
esclava venía a oír misa y aunque sólo le vio la cara de
sesgo y no muy bien, por la oscuridad del lugar, le pareció que reconocía en ella los familiares rasgos de una
muchacha a la que había amado en su lejana mocedad.
Sobresaltóse don Alonso y quedó intrigadísimo por
averiguar si era doña Dulce de Castro, que tal era el
nombre de aquella a la que tanto se parecía la recién
llegada, si es que no era la misma o su fantasma. Con
cuyo pensamiento, como no podía apartarlo de sí y la
misa oída sin devoción ni recogimiento no vale, salió a
la calle y se estuvo paseando en el compás de la iglesia,
sufriendo con paciencia la solicitud impertinente de los
ciegos y mendigos que ordinariamente a la puerta de
misas se ponen.

Doña Dulce, que no otra era la dama, cuando el cura dijo el *Ite misa est* aún se entretuvo en rezar ciertas devociones de rosarios y jaculatorias en los altares de Santa Lucía y Santa María y las Santas Ánimas del Purgatorio, de las que era muy devota, antes de salir a la calle donde don Alonso aguardaba haciéndosele los minutos de a cien años según de impaciente estaba. Salió por fin, se encontraron y don Alonso la miró a la cara de hito en hito y reconoció que era ella y ella lo reconoció a él y se le demudó la color, mas, con todo, como era discreta y guardadora de honra, disimuló e hizo ademán de pasar adelante. Se interpuso don Alonso entonces en su camino y, aunque tenía un nudo en la garganta que le trababa el alma, acertó a componer estas razones:

—Encarecidamente os suplico, señora, que me hagáis la caridad de atenderme un momento. ¿Sois por ventura Dulce de Castro?

A lo que ella, reprimiendo sofocos y humillando la mirada, respondió:

—Soy Dulce de Castro tan cierto como que vos sois Alonso de Quesada.

Es muy de lamentar que las otras palabras de confirmación que la dama dijo en aquel primer encuentro no hayan podido ser asentadas por los cronistas de esta verdadera historia, porque en el momento en que las pronunciaba dieron en tañir las campanas que sobre sus cabezas en la torre de la iglesia estaban y llenaron el aire con sus claros sones, estorbando la comunicación de los parlantes, cotidiana molestia de cristianos de la que, como bien se entiende, están horros turcos y moros aunque reciban tal comodidad a trueque de la eterna condenación de sus almas.

Lo que graves autores han sacado de claro, por los acontecimientos que después siguieron, es que doña

Dulce, acuciada por la natural curiosidad femenina, y más siendo viuda como ella era, queriendo alcanzar más noticias de su antiguo enamorado, lo emplazó en su casa para aquella misma tarde, donde honestamente lo agasajaría con una merienda y le haría el relato de su vida y desventuras. Con lo que, ofreciéndose mucho y dándose otra vez las cortesías y plácemes que hacen al caso, se despidieron.

¿Quién podrá encarecer la lentitud con que pasaron las horas para nuestro hidalgo hasta que llegó la hora de golpear por tres veces la puerta de doña Dulce con la manzana sostenida por boca de león del llamador? Compareció don Alonso tan ataviado como permitía su humilde hacienda, que sólo alcanzaba al jubón algo raído y caluroso que le tenemos visto en las visitas a la Audiencia y una camisa nueva de lienzo fino, de las de Tomás Gutiérrez, que para la ocasión le había prestado Aldoncilla.

Acudió a abrir la puerta la criadita bachillera que por la mañana llevaba el reclinatorio a doña Dulce, la cual, reconociéndolo, lo condujo por un patio adornado de muchas macetas y olores con fuente de mármol y limonero, el cual daba paso a un salón de respeto más grande que chico, bien perfumado de lo que en pebetes ardía y en pomos vaheaba. Allá lo dejó la criada y fue a avisar al ama. Don Alonso, viendo aquella grandeza, los ricos tapices de Bruselas pendientes de los muros, los ferrados arcones, los buenos braseros, los aparadores y sillones que alhajaban la sala, tuvo para sí que doña Dulce era rica y había alcanzado gran estado, no como él que no era nadie ni tenía donde caerse muerto, como dicen, lo que lo avergonzó hasta tal punto que estaba por huir del lugar y no parecer nunca más cuando se abrió una puerta y apareció doña Dulce y fuese a él sonriente, entrambas manos cortesanamente tendidas, dándolas a besar al galán, y le ofreció asiento en un sillón frailero tomándolo ella al lado sobre la tarima, en un escabel con cojines de raso que junto a la ventana había. Doña Dulce, para la ocasión, conocedora de que don Alonso era más pobre que rico, por no afrentarlo se había puesto una basquiña sencilla sin adornos, aunque su inclinación natural de mujer bien hubiera sido realzar sus prendas corporales con un ormesí bordado en oro y engalanarse con sus mejores preseas y joyas. Así obrando anduvo muy acertada, que don Alonso la encontró muy en su punto, gallarda y grave, discreta y graciosa y casi tan moza como cuando la dejó si las asperezas de la vida no le hubieran labrado algunas arrugas en la frente y otras más pequeñas en los ojos.

Don Alonso y doña Dulce conversaron luengas horas que a ellos se les fueron en un soplo y, aunque se les hizo de noche desembuchando gran parte de sus vidas respectivas, parecíales a entrambos que siempre dejaban cosas en el tintero según de ganas tenían de que tan amable trato y honesta conversación no acabase nunca, y así como él holgaba de verla, ella holgaba de verlo a él y de ser de él mirada. Mientras departían, por dos veces entró la criadita de marras con vino dulce en una jarra de plata repujada y una bandeja de confites, perrunas y golosinas monjiles que mejores no se toman en la mesa del rey.

CAPÍTULO X

Don Alonso, como caballero que más se obliga, hizo el
primero relación de su vida tomándola en el punto en
que después de malherir a un hombre en duelo hubo
de abandonar a doña Dulce y a sus familiares y amigos
y huir de la justicia por apartados caminos, siempre temeroso con la barba al hombro, maldurmiendo en pa-
jares, hasta que pasó a Italia, de la que contó su vida de
soldado pasando por alto ciertos desabrimientos y flaquezas y silenciando algunas miserias y malos encuentros que lo abonaban de sufrido juntamente con los
buenos hechos de bravura que podrían ser dudados,
saliendo de su boca, o tenidos por vanagloria. Enterne-
cióse doña Dulce al escuchar el relato de su manquedad y el de sus padecimientos en las mazmorras de Argel y rió de buena gana de algunas gracias y aventuras
de Madrid cuando estrenó comedias. Don Alonso le
contó muchos extremos de su vida, ocultándole algunos que nosotros no negaremos al lector por tan sabi-
dos desde que andan en crónicas y escritos ciertos. De
sus triunfos de amor que tuvieron alguna consecuencia,
el primero ocurrió con una Ana Franca de Rojas, mujer
casada a la que don Alonso conoció en el mesón de la
Tinaja, calle de Tudescos, donde los cómicos hacían

87

tertulia. Una noche en que don Alonso celebraba el estreno de una obra suya, promediando la tercera jarra de vino, se le enturbió el entendimiento y pasó de la alegría a la pesadumbre largando velas de sus alegres camaradas para comparecer ante sí mismo en la cruda verdad de su alma desnuda, triste, solo y derrotado. Así estando, reparó en la belleza suave de Ana Franca, a la que no conocía, y Ana Franca por acaso lo miraba como si le hubiera leído el alma. En un instante sin palabras se comunicaron la soledad y el vacío de sus vidas. Ella, aunque era la esposa de Alonso Rodríguez, el posadero, recogió la mirada de don Alonso en el doblado pañizuelo de la suya, dio a una criada el recado que traía y pareció desentenderse o incluso enojarse de la impertinente solicitud con que don Alonso la observaba, pero antes de volverse a sus aposentos tornó la cabeza por si la seguía mirando, sí seguía, y se retiró muy erguida, como la que sabe que le están tasando la hermosura y no se enoja de ello. Tras este día que saltó la chispa, vinieron otros que la prendieron y otros más que soplaron para avivar el fuego que abrasa las almas, de lo cual después de comunicarse por miradas y breves reverencias durante un tiempo, él paseante de calle y ella ventanera, una fría mañana de domingo se hizo el encontradizo cuando la dama iba a misa y la siguió y habló en la iglesia, de donde meses sobre meses vinieron a mayor intimidad y les nació una hija que se llamó Isabel.

Contó don Alonso sus afanes y miserias en la Corte, sus vanos pasos, sus malos encuentros, y el desagradecimiento de los poderosos, tanto que quizá, de no haber sido de condición paciente, tanto infortunio lo hubiera conducido a algún desesperado término. Doña Dulce, conmovida, restañaba sus lágrimas con un blanco pañizuelo y don Alonso, mirándola con mucha ternura, no se quiso detener, que si dejaba el hilo de lo pasado para acudir al presente luego no querría tomarlo de nuevo, así que prosiguió en el relato de sus fracasos en la Corte y de las inquinas y malas artes que entre gentes de pluma se usan, a las que se acompasaba mal su carácter discreto y tranquilo. Por ello, cuando pensaba en retirarse a vivir a un lugar más sosegado y apacible, las cosas vinieron aparejadas para que hiciera un viaje a la villa de Esquivias, la de los ilustrísimos vinos y los ilustres linajes, donde la viuda de su buen amigo Pedro Laínez lo llamaba para tratar sobre la publicación de los versos del difunto. Allí conoció a una vecina de la viuda, Catalina de Salazar, huérfana reciente de un labrador acomodado. Acaso se prendó de sus diecinueve años, él que casi se los doblaba, porque la chica no era agraciada a la edad en que casi todas lo son; quizá fuera que se aficionó o pensó que podría aficionarse a la sencilla vida de la aldea, donde la hacienda de su futura esposa le prometía mediano pasar porque ella tenía algunas tierrecillas, un huerto, algo de olivar y su poquito de viñedos y hasta un corral con gallinas y gallo. El caso es que dieron en pasear honestamente por el encinar de Ombidales, donde hay una clara fuente en la que él bebió dos o tres veces de las manos de ella y a los dos meses se casaron. Tres años pasó en Esquivias procurando acomodarse a la vida estrecha de la aldea, juntándose con otros labradores del pueblo a conversar sobre la cosecha de vino o la cosecha de aceite, los precios del vino o los precios del aceite; si conviene o no conviene que llueva. Y los chismes familiares al amor de la lumbre, las noches de invierno, tan frías, él ensimismado en sus pensamientos, viendo arder los troncos mientras la suegra contaba otra vez las mismas cosas que contó la víspera, o componiendo versos en una banqueta delante de la chimenea escasa mientras su esposa, triste y poquita, cosía y suspiraba de vez en cuando quién sabe por qué. Al cabo, hallando todo aquello enfadoso y estrecho, don Alonso decidió salir al mundo y buscar otra vez fortuna.

De los casi dos lustros sirviendo al rey en el empleo de comisario de la Real Armada, don Alonso de Quesada refirió los lances jocosos y calló los otros, en parte porque no era amigo de contar fatigas y en parte porque, aunque se percibiera a tiro de ballesta que era hombre cabalmente fracasado, hacía punto de honra no reconocerlo. Pasó como de puntillas sobre los malos lances de aquel oficio trabajoso, mal pagado e ingrato, siempre recibiendo malos semblantes y lidiando con censos mal hechos y con embrolladas cuentas, y contendiendo con las mermas de los granos intervenidos en los pósitos que los arrieros desalmados robaban en los portes y los almacenistas sisaban y las alimañas y gorgojos ratoneaban. Nada dijo de las dos veces que anduvo excomulgado, por las diócesis de Sevilla y Córdoba, a cuyos canónigos, como tienen tantas tierras, molestaron las expropiaciones. También evitó referir las dos veces que lo procesaron en los tribunales de cuentas, aunque siempre salió absuelto y con fama de honrado cuando otros fueron colgados por ladrones.

El tiempo que desempeñó el feo oficio de requisador de la Armada se solía consolar pensando que aquellas bajezas que cada día sufría y hacía se justificaban por el alto fin al que apuntaban y que el quebrantamiento del poder de los enemigos de España y la exaltación del de su católica majestad bien valían el esfuerzo. Cuando peores eran sus pasos, más recias sus noches en posadas infames, comido de chinches y mal cenado de aguachirles y ladroneado de venteros, cuanto más lo burlaban aldeanos y silbaban mujerzuelas, más se afirmaba en encontrar semejanzas heroicas de su vida pasada que justificaran la ignominia del presente, y así daba en pensar, por consolarse, que si en su juventud combatió en Lepanto, donde arrebató el Mediterráneo a los turcos, ahora, en su madurez, cuando ya su manquedad y sus años no le permitían ejercer las armas, aquel sufrimiento de desabrimientos y sabandijas equivalía a combatir de otros necesarios modos contra el inglés y arrebatarle la mar oceana.

Pensando esto, con amargura recordaba el desastre de la Armada Invencible en la que tantos sueños suyos naufragaron: su partida aplazada en cuatro ocasiones y al final precipitada y a destiempo, falta de los equipos y bastimentos necesarios, escasa de artillería y dirigida por un duque ignorante de la mar que iba a ella tan forzado como los que remaban. Como su vida, la Armada fue de desastre en desastre, hostigada por barcos más veloces, acribillada por artilleros más certeros, sacudida por tempestades, dispersada por huracanes y vientos, probada por innumerables penalidades y naufragios. Cuando se perdió la mitad de la flota y la otra mitad regresó derrotada, mal acondicionada y enferma, don Alonso lo sintió como otro fracaso suyo.

—Y éste es, señora, el cuento de mi vida —terminó don Alonso— y ahora profeso la regla de ser paciente y esperar que escampe este aguacero de desdichas.

CAPÍTULO XI

QUE TRATA DE LAS DESVENTURAS Y NAUFRAGIOS DE DOÑA
DULCE Y EL SECUESTRO DE SU HIJO DON SEBASTIANILLO
FERNANDES DE LUNA

El cuento de la vida de doña Dulce, que ella bien hubiera querido pasar brevemente por no reverdecer sus desgracias recordándolas, es el siguiente. Cuando en la flor de la vida huyó su amado don Alonso dejándola viuda sin haber estado casada, pensó morirse o meterse a monja en la más estrecha clausura y sufrió tal pena que enflaqueció y desmejoró, hasta el punto de temerse por su vida. Un día, no pudiendo por más tiempo ocultar la causa de su desdicha, franqueó su corazón a la que le había dado el ser haciéndole saber el origen y principio de sus desventuras, y la madre, como discreta, hubo consejo con su esposo y determinaron enviar a la niña a Lisboa con un tío suyo, mercader muy rico, que allí residía, donde cambiando de aires y de gentes y con el tiempo por delante, que es universal medicina y triaca que todo lo sana sino la vejez, le fuera cauterio de su herida y salutífero licor de su enfermedad. Así lo hicieron y doña Dulce se fue conformando poco a poco y cobrando color y salud, con lo que, dos años más tarde, teniendo ella diecisiete, casó con un mercader luso amigo de su tío, caballero muy honrado, conocido y muy estimado por su amable condición y trato, más por contentar a sus padres y parientes que por voluntad propia, pues en su corazón nunca más volvió a enamorarse, y a este hombre, que era muchos años mayor que ella, lo recibió más por padre que por marido y le guardó fidelidad y él la amó castamente colmándola de atenciones y teniéndola regalada y bien mirada, que antes que ella se le antojara una cosa ya él se la tenía concedida, tan arrebatado estaba por su juventud y discreción y buenas obras.

Bendijo Dios el matrimonio con un hijo al que llamaron Sebastián Fernandes de Luna y bautizaron con gran pompa en la iglesia de San Jorge, de Lisboa, donde la familia del padre tenía urna y capilla, con cuya alegría doña Dulce se fue conformando más con la vida y casi olvidó aquella secreta herida de su amor por don Alonso del que nunca más había vuelto a saber y al que en su corazón daba por muerto. Así pasaron años y su hijo Sebastianillo crecía hecho un portento de belleza y era la alegría de aquella casa, risa de su madre y báculo de la ancianidad de su padre. Pero la mala fortuna, que nunca duerme y siempre acecha y que asesta su lanzada sin aviso ni prevención, permitió que un mal día se embarcaran para un negocio urgente que don Domingo Fernandes de Luna, que así se llamaba el marido portugués de doña Dulce, había de atender en la isla Tercera, que es una de las que el reino de Portugal tiene en la mar oceana, donde el mercader poseía fletes y ricas tierras, y no sabiendo cuánto tiempo estaría ausente tuvo el infeliz acuerdo de llevar consigo a su esposa y a su hijo. Salidos a la mar abierta, no se habrían alejado de la costa ni medio día cuando por el horizonte aparecieron tres velas que luego resultaron ser las del conde de Jambroque, el cual era un famoso corsario inglés que traía licencia de guerra para ofender las costas y dominios de su majestad católica. Acercábanse las naves con los cañones abiertos y don Domingo, que no era persona que cediese lo suyo sin resistencia, envió a su esposa e hijo a la bodega, por resguardarlos de los peligros que se aparejaban. Trabóse el combate y los corsarios eran tantos y tan armados que a las primeras descargas de arcabucería mataron a los artilleros y malhirieron a don Domingo, tras de lo cual los que quedaban vivos se desanimaron y acordaron rendir la nave. Don Domingo falleció a poco entre los solícitos brazos de su esposa, y a ella que en tan tierna edad quedaba por segunda vez viuda, en tal desgracia le sobrevino un desvanecimiento que la dejó privada. Despertó de él al otro día y a punto estuvo de morir de pena cuando supo que los piratas, después de robar el barco, habían llevado el más verdadero tesoro de su vida, su hijo Sebastianillo, al cual —y acá vendrá a conocer el lector lo que la desventurada madre ignoraba— el conde de Jambroque, encontrándolo dormido en la toldilla, se le figuró que era el vivo retrato de un hijuelo suyo de la misma edad y talle que no hacía mucho le había arrebatado la muerte con ayuda de unas fiebres cuartanas y decidió llevarlo a su desconsolada esposa y criarlo como hijo suyo sin parar mientes en que es gran yerro y vana pretensión querer enmendar la voluntad del Creador.

Ya tenemos a doña Dulce hecha un mar de llanto en medio de la mar, desventurada y sola e infelicísima de haber perdido en una sola jornada marido e hijo. De entonces en adelante nunca más rió ni encontró placer alguno a la vida. Quedó dueña de una inmensa fortuna y, aunque pretendientes no habían de faltarle, ni le faltaron, ella, por voluntad propia, no quiso volver a casarse y replegóse a vivir en Sevilla, que parece ciudad a propósito para sentir las penas menos que en otras, donde labró un palacio en el que vivió de allí adelante con gran recogimiento, como honesta viuda, en compañía de sus padres hasta que éstos murieron y luego con sus criadas, saliendo poco y no yendo más que a rosarios y novenas, con cuyas devociones, y otras obras pías y limosnas sin cuento, procuraba ablandar la voluntad de Dios, pues no había perdido la esperanza de que algún día le devolviera a su hijo y así renovaba sus rezos y promesas esperando el milagro.

—Mas ¿cómo —razonó don Alonso— esperáis conocer a vuestro hijo después de tanto tiempo cuando ya debe ser hombre hecho y derecho?

—Ésa es la cosa más averiguada del mundo —respondió doña Dulce—, que mi Sebastianillo tiene un lunar grande detrás de la oreja izquierda y una cicatriz redonda como almeja en la planta del talón derecho, de una vez que jugando en la playa se lo rebanó con una hoja de lata.

Ya iba el día de atardecida, aunque era de los luengos y calurosos de julio, cuando Aguedilla, la criada, tosió en el corredor del jardín por anunciar discretamente que llegaba y entrando en la sala con sigilo retiró la bandeja de las confituras, en lo que don Alonso, como avisado, vio señal de que quizá fuera ya hora prudente de retirarse. Con lo cual, juntando valor, cuando Aguedilla hubo salido se atrevió a preguntar en la propicia penumbra que no dejaba bien ver las caras pero alentaba confidencias y dejaba ir y venir las palabras como brazos que en la oscuridad palparan buscando el bien perdido:

—¿Y no habéis pensado en volver a casaros?

Doña Dulce tardó algo en responder:

—No me han faltado pretendientes de buena edad y condición, ricos y honrados, y aún ahora que me acerco a las puertas de la vejez —detuvo con un gesto amable la protesta galante de don Alonso— tengo todavía pretendientes, incluso de alto linaje.

Hizo una pausa y añadió:

—Hay un conde de Cabra, caballero linajudo pero vanísimo, que constantemente me importuna con regalos, que yo le devuelvo, con billetes que no leo y con tercerías que no recibo, amén de grandes promesas de matrimonio que hace como el que no piensa pagarlas, sin reparar en inconvenientes.

—¿Lo habríais aceptado si fuera honrado y sincero? —preguntó don Alonso.

—Tampoco, porque tengo hecha promesa de no volver a casarme ni abrir mi pecho al amor y de vivir con recato y encerramiento hasta que Dios sea servido de restituirme a mi hijo. Ése es el sacrificio que yo le ofrezco, lo cual me da fuerzas, que bien las necesito, para seguir viviendo como hasta ahora. Y esto me da aliento para solicitaros una señalada merced.

—Dad por concedido cuanto pueda estar en mi mano o pueda hacer por serviros —dijo don Alonso.

—Debo confesaros que me huelgo en el alma de haberos encontrado de nuevo y de recorrer con vos la memoria de cuando fui feliz, que ya casi tenía perdida, pero en cumplimiento de mi firme promesa os suplico que en adelante no tengamos trato ya que la prolongación de nuestra conversación y amistad sólo podría acarrear, como por discreto y hombre de mundo no ignoráis, desabrimientos y afectos no correspondidos que enturbiaran nuestros buenos recuerdos y la limpia afección que todavía os profeso.

Diciendo esto último, ya casi a oscuras, se quebró la voz de doña Dulce, y don Alonso estuvo para levantarse y abrazarla pero le pareció que hubiera sido precipitado comienzo para el renovado sentimiento que acaso estaba naciendo otra vez entre ellos. Después se alzó de su escabel doña Dulce y acompañó a don Alonso hasta la puerta del jardín, donde nuevamente le ofreció la mano que él tomó con la suya sana y al besarla sintió un como repeluco placentero que le corría la espalda y el vientre pues esta vez la mano de la dama estaba desnuda y dejaba que allegara sus labios a aquella piel cuyo perfume y suavidad tenía casi olvidados. Con ello se despidieron y don Alonso salió a la calle y regresó a su posada cuando ya los campanarios tocaban el cubrefuegos y las gentes del mundo se recogían, cada cual con su contento o con sus cuidados.

CAPÍTULO XII

Donde se prosiguen los amores de don Alonso
por doña Dulce y las trazas con que aliviaba
sus ausencias y otras carencias de la vida

Don Alonso, desvelado, tendido en su jergón, en la camarilla caliente como un horno, soñaba despierto, desnudo y bocarriba, las entrelazadas manos bajo el colodrillo, y se sentía más feliz de lo que recordaba haberse sentido de muchos años acá. ¡Noche larga, como un camino derecho por medio de la llana sin fin de sus desventuras! Haciendo cábalas y rememorando lances se volvía a oler la mano que tocó la de doña Dulce por ver si venteaba en ella rastros de su dama, y se decía: Cuando me dio la primera vez la mano, llevaba puesto el guante de Holanda y otras veces mientras estuvimos hablando se la vi siempre enguantada, que bien la recuerdo como nieve movida cada vez que la alargaba a tomar una perrunilla del plato o a servirme el refresco. Nunca vi que hiciera gesto de descalzársela, *ergo* lo hubo de hacer a mis espaldas, que yo no lo notara, cuando me acompañaba a la puerta. Si tal hizo, ¿fue por aliviarse del calor o por darme a probar su carne? Por calor lo hubiera hecho antes, no ya vencida la jornada, cuando empezaba a refrescar. De intención o no, téngome por comulgado del dulcísimo amor y hoy he tomado a Venus y vuelto a ingresar en su cofradía y jurisdicción y aceptado sus rigurosas penitencias bajo las sacratísimas especies de ese beso que aún me arde en la boca y me ilumina los sentidos. ¡Bendito sea el licor sutilísimo que alivia mis vejeces y miserias y consuela mi mala fortuna y nuevamente me baña de sangre joven el corazón!

Con estos razonamientos y otros semejantes don Alonso dio en soñar despierto como solía y se representó envidando en una casa de juego, sacando naipe bueno y ganando arriba de doscientos ducados, los que luego, por consejo de Tomás Gutiérrez, daba a participación en un flete de hierros vizcaínos que cierto mercader genovés cursaba en la Contratación, negocio de treinta por uno al cabo del cual, cobrado el dividendo con sus aumentos y demoras, veíase ascendido a honrado mercader, con calzas de Burgos y zamarra bretona, puesto en la Lonja y requerido en consejo en las asambleas de mercaderes, comprando un palacio noble con fuente italiana y palmeras moriscas, y saliendo en carroza con lacayos alumbrando para visitar a doña Dulce y, aún más, armando un corso que iría a las Islas de Albión con más fortuna que fue el rey nuestro señor, y, tras averiguación por sobornos y espías, de cuál era el castillo del conde de Jambroque, yendo de noche oscuros al embarcadero donde dormían sus naves, degollados los centinelas, reventadas las puertas con mina de pólvora o escalados los muros, tomada la casa por asalto, él mismo descubriría la profunda mazmorra donde lloraba su cautiverio el desventurado Sebastianillo al cual libraba de sus grillos y daba la libertad y restituía a su madre. E imaginaba la escena del encuentro tan a lo vivo que se le saltaban las lágrimas de pensar en los desmayos, suspiros y ternezas que madre e hijo tendrían y las bendiciones que por esta buena acción recibiría de cuantos alcanzaran noticia de ella. De lo que, a pocos

días, después de solicitar del arzobispo las encomenda-
ciones que hacen al caso, pediría a doña Dulce en matrimonio, y concediéndolo ella con presteza entraba sin
más a gozarla y a vivir felices, dejados los negocios de
las partes respectivas en manos de Sebastianillo, al que
por hijo tomaba quien le había vuelto a dar la vida sacándolo del cautiverio. Y así, en la espera tranquila de
la muerte, entraban a gozar la vida como los que saben
que nada los va a separar de los terrenales afectos y que
la compañía amorosa aquí anudada traspasará los umbrales de este mundo por voluntad divina.

Con estos pensamientos, y arrullado por una solitaria lechuza que silbaba en el tejado vecino, don Alonso
se fue quedando dormido. Otro día de buena mañana,
el alma consumida en deseo de ver a doña Dulce, nuestro hombre fue a oír misa a Santa Catalina y llegando
antes de la hora apostóse cerca de la puerta y se entretuvo en devociones y rezos por encomendar su vida
hasta que otra vez vio entrar a Aguedilla llevando el
reclinatorio y cojín de su señora y detrás doña Dulce,
con sus negras tocas de viuda, recogida y austera, que
fue, como la víspera, a la parte donde solía sentarse con
otras mujeres devotas. Pero, a poco, sintiendo el desasosiego como cuando alguien te mira muy fijamente,
volvió la cabeza y vio a don Alonso en su rincón que
con amor le mandaba el mensaje de sus quedos ojos.
Ella, sintiendo gran turbación, miró otra vez adelante,
al altar, donde en aquel momento salía el sacerdote y
comenzaba la misa. La cual ella oyó con la devoción
que solía y encomendándose mucho a Dios que le apar-
tara las suavezas y aprensiones del corazón porque desde que habló con don Alonso se sentía abrasada contra
su firme voluntad que era la de mantener las promesas
y sacrificios por la recuperación de su Sebastianillo.

Acabó la misa y salieron todos y doña Dulce con

ellos sin osar mirar a donde su enamorado la miraba, ni él acercarse a ella sin licencia. Lo cual se repitió de allí adelante cada día sin mudanza alguna aunque ninguno de los dos podía alejar de sí ese suave tormento de ser otro que comúnmente llamamos amor.

CAPÍTULO XIII

Que trata de las diligencias que don Alonso hizo en la Audiencia, donde trabajó mucho para conseguir poco, por la maldad y codicia de algunos, achaque y calamidad tan común en estos tiempos

No descuidó don Alonso, por andar embebecido en amores, los graves asuntos que en la Audiencia tenía empeñados, sino que hacía diligencias y las renovaba cada día, que siendo los días del estío tan largos, para todo daban y aun sobrado, así que fuese algunas veces a Rodaja y otras a don Florián Monedero si estaba en su oficina, lo que no siempre ocurría, pues solía ausentarse muchas mañanas para atender a los urgentes negocios que sabemos. Si lo recibía cortésmente y lo despedía con buenas palabras ya podía darse don Alonso con un canto en los dientes, como dicen, porque otras veces tomándolo aparte como muy en secreto le sacaba unos pocos reales y aun escudos con el achaque de tentar las voluntades de ciertos escribanos de no sé qué negociado en cuyas manos estaba la búsqueda de sus cuentas, que aquí hay tal desbarajuste que las más están tan extraviadas como la hoja de ruta de las Diez Tribus.

Tentaba don Alonso la fortuna por otros caminos, como el general que viendo por un lado la jornada perdida, mueve a otro la artillería buscando brecha propicia, y daba batería a los contrarios designios yéndose a solicitar a Tomás Rodaja, el secretario alcancía de don Gaspar de Vallejo, del cual poco sacaba aparte de encogimientos de hombros y vuelva usted mañana.

—Encarecidamente os ruego, por los clavos de Cristo —decía don Alonso—, que miréis por mi causa, que hace ya más de un mes que resido aquí pasando calores, dejando de ganar y gastando más dineros que tengo sin que mi causa haya adelantado un paso.

A lo que Tomás Rodaja, con media sonrisa de conejo, como el que siente caza en el lazo, sin levantar cabeza de sus papeles decía:

—Esa diligencia que me decís no es cosa tan fácil ni hacedera como pensáis, que si yo tuviera que atender a cuantos vienen con prisa no me diera lugar ni a respirar. Pero soy persona de sentimientos y quizá pueda hacer algo por aliviar vuestras urgencias. Poned en aquella mesa que junto a la ventana veis vuestra instancia y yo se la haré llegar a don Gaspar saltando el turno ordinario que, según se aparejan las cosas, va ya para cincuenta días, si no más.

Estábalo haciendo don Alonso con gran contento y alivio cuando Tomás Rodaja, en tono más secreto y confidente, le advirtió:

—Tened en cuenta que en esa mesa, como está cabe la ventana, soplan de continuo muy recias corrientes y con facilidad vuelan papeles que luego no parescen. Conque pongáis encima de vuestra instancia tres ducados de plata para esta mesa y otro tanto para otra más alta es seguro que no habrá contingencias y el recado alcanzará hoy mismo a don Gaspar.

Don Alonso disimuló que por dentro estaba como un león y sacando su faltriquera, que fue como si se sacara la bolsa del estómago con todas las entrañas pegadas, buceó en ella con dos dedos, que fue como si se hurgara en los sesos con unas tenazas, y se extirpó los seis ducados de costa con los cuales quedó muy bien lastrada su carta que no se la llevaría el huracán del Caribú. Tras de lo cual quedó en volver al otro día a ver si ya se le veían los cabos al caso, y despidiéndose del escribano sanguijuela, salió por la puerta verde y bajó la escalera del patio tragándose cien pesias y mil reniegos y dándose a todos los diablos sobre la poca justicia y la mucha desvergüenza y la mala hora en que hemos venido a sufrir como cabrones las inclemencias de estas sardinas bravas (quiso decir pirañas) que acechan al hombre honrado en sus tinteros y lo que me maravillo es de cómo el zarandeado navío de los reinos católicos no se ha hundido ya con tanta taraza horadándole el casco y tanta rémora pegada a su tablazón.

CAPÍTULO XIV

No cumpliría don Alonso una semana en galán de
iglesia, frecuentando las devociones de su amada sin
osar traspasar las lindes de lo platónico contemplati-
vo, cuando su asiduo concurso fue notado por cierta
alcahueta, de nombre *la Gomarra*, que se daba al bu-
reo y echaba sus redes en Santa Catalina bajo capa de
muchas devociones, a la cual el conde de Cabra se había encomendado por procuradora y postulante de su
causa.

Era el de Cabra de los que son malos y se honran de
ello, galanteador cansinísimo, amigo de juegos y músicas, conqueridor de virgos, perseguidor de viudas, sujeto con más traiciones que Vellido y más embustes que
Galalón, y era *la Gomarra* taimadísima alcahueta, de las
más diestras en el oficio de zurcir voluntades y ensan-
char estrecheces, como ya de otras veces le tenía al conde demostrado, y de las que por cobrar la media anata
y emborracharse el día de la coyunda importunan a
cada paso a la solicitada y como gotera que cava la piedra horadan su voluntad y la rinden y tienen tal labia
que puestas a convencer pasarán por hombre guardoso
al que es jugador y perdido, por hombre reglado al que
es borracho, al viejo por mozo y al pobre por rico.

Como el amor y el tocino apenas se asan huelen en casa del vecino, *la Gomarra* notó que don Alonso rondaba a doña Dulce, hizo averiguaciones de él y certificada de lo que al principio pensó, que las tales cuando husmean bragueta raramente yerran, fuese a ver al conde de Cabra en su palacio de la calle Abades conociendo que la premiaría bien por la información, fuera buena o mala.

Recibióla el conde de muy buena gana pensando que le traía buenas noticias de que la voluntad de doña Dulce iba cediendo a la rigurosa batería de la vieja, pero ella, santiguándose tres veces sobre el rosario que al pecho llevaba, como suelen estas pecadoras a las que por sus malas obras verán en el infierno los que allá vayan, dijo:

—¡Juro a su excelencia por las llagas de María Santísima y por los dolores de Cristo en la Santa Cruz que me hubiera dejado arrancar una muela de tener alguna antes de venir de grado a darle las noticias que traigo, mas si con todo oso comparecer es porque la mucha voluntad que os profeso me impide pasar por alto cualquier mudanza que pudiera acarrear daño a vuestros negocios, aunque san Blas y santa Oria saben cuánto me duele ser esta vez mala mensajera la que siempre lo ha sido buena!

A lo que el conde, que era impaciente como todo ruin, le dijo, poniéndosele el rostro púrpura que lo tenía quemado de la pólvora, no en honrosa milicia sino en cacería de perdices:

—Ea, alcahueta, desembucha lo que traigas que tanto si es malo como si bueno mis reales me costará y no me quemes la paciencia ni las ganas de oírlo.

—Mi señor, debéis saber que doña Dulce tiene pretendiente en hombre viejo y manco, antiguo soldado a lo que parece, que vive en la fonda de Tomás Gutiérrez y reparte su tiempo en ir a la Audiencia y en acompañar a misa a doña Dulce, en cuya casa, según he averiguado, y mis buenos reales me costó, estuvo el otro día de contino.

Oír esto el conde de Cabra y alzarse de la silla echando llamas por los ojos y hacer añicos contra la pared una copa italiana de mucho precio, fue todo uno. *La Gomarra* lo sintió más por el vino que por la copa, que a más de sus otras tachas de bruja y enredadora era algo borracha.

—Y ese soldado que decís —bramó el conde—, ¿pasó la noche en la casa de doña Dulce?

—No por cierto —lo calmó la bruja—, que en tocando oración el galán regresó a su posada, pero al día siguiente tornó a Santa Catalina y aunque doña Dulce lo miró, y él a ella, como quienes concertados están en algún secreto, no osaron hablarse, como han seguido haciendo hasta la presente.

El conde de Cabra meditó un momento, el ceño fruncido y la mano en la boca.

—¡Eso debe ser porque se están viendo a horas más discretas!

—De tal extremo, aunque bien lo he pensado —dijo la vieja— no os puedo dar ni un sí ni un no, porque yo con buscarme el sustento todo el día no puedo seguirle los pasos como quisiera para saber qué hace, ni dónde, ni con quién, que si no tuviera mis cuidados ni fuera tan pobre como soy, ni me hallara tan desamparada como me hallo, bien que lo haría y tendría a su excelencia tan al tanto de sus negocios como si dentro de sus propios ojos vierais.

El de Cabra, siendo de humor sanguíneo, propenso al arrebato y a la siesta flatulenta, no era hombre tan apacible que se conformara con menos que los hígados de su enemigo, de manera que despidió a la vieja con un escudo por sus pesquisas y tomando capa y sombrero, con un criado, fuese al Corral de los Olmos, en uno de cuyos reservados se hizo servir vino de Cazalla y magrillas fritas mientras el criado buscaba por los garitos de la vecindad a un valentón de los que allí suelen dar al naipe.

El conde de Cabra, cuando quedó solo, paseó una mirada melancólica por el cuarto y se puso a recordar que sobre aquellos bancos anchos y capaces arrimados a la pared más de una vez había reñido fieros combates con las armas de Venus, a pelo, sin cojín ni almohada, aplastando a la hembra contra la madera nudosa; de los cuales había salido siempre muy victorioso. Suspiró pensando que los más verdes tiempos eran idos y le regresó el malhumor de considerar que un don nadie desvencijado y tullido le estuviera enturbiando el agua donde quería beber, es decir que aquel don Alonso pretendiera a doña Dulce y se hubiera hecho recibir por ella, lo que él no lograra en los dos años que llevaba de continuo asedio y galanteo.

Mientras esto acaecía, Julianillo, que así se llamaba el criado del conde de Cabra, no se había alejado treinta pasos de donde dejaba a su amo sumido en las profundas meditaciones dichas cuando encontró lo que iba buscando sin que le fuera menester salir del corral. Quiso la fortuna que aquel día que decimos, Chiquiznaque, después de que don Alonso le escribiera la carta para su enamorada, sintiéndose sediento, que es achaque común de los que militan bajo las banderas de Amor, pensó hacer estación en el bodegón de los Olmos a refrescar el gaznate. Entró por el portón y antes que llegara a donde se vende el vino, sin miramiento alguno a que había mucha parroquia aguardando, ya iba dando grandes palmadas y alborotando el patio sobre si se ha de sufrir esta infamia ¡por la soga de Judas y la perdición del bujarrón don Opas!, a ver dónde, ¡por siete santos!, se mete el puto mesonero, ¡por los cojones de Satanás que el arcángel cercena!, ¿dónde se mete el mesonero al que San Dios confunda?, que no soy hombre de sufrir que una sabandija me haga esperar por lo que de mi dinero pago.

Siendo Chiquiznaque tan notorio, fuerza fue que Julianillo reparase en él y en catando su aspecto temible, los grandes mostachos, el chambergo ancho como rueda de carro, las botas luengas y las herramientas de matar que por todas partes, cuando no asomaban, abultaban, dijo como para sí: «Julianillo, no busques más que ya ha aparecido el peine y aquí lo tenemos con sus liendrecicas vivas.» Con lo cual fuese a Chiquiznaque y sin osar acercarse mucho, por excusar sobresaltos, hablando tan blando y cortesano como supo, le dijo:

—Señor soldado, por Dios ruego a voacé que me escuche un poco y dispense la molestia, que no me atrevería a hablarle ni aun a mirarle si no fuera porque le traigo recado de muy alto y es asunto que puede redundar muy en su provecho si quisiera acompañarme a ver a mi amo que es un señalado señor cuyo nombre, por discreción, callo, el cual muy de buena gana lo convidará a beber y comer con lo mejor deste establecimiento.

A lo cual Chiquiznaque, sin dejar la altivez, más bien subiéndola y adelantando la quijada de abajo y catando al soslayo la pequeñez del que hablaba, como si viera una sabandija y dudara entre pisarla o escupirle, respondió:

—¡Sea, que hoy me he levantado por mover piernas y recibir conversación! ¿Dónde está tu amo? Y te advierto que si no salgo contento y doy el paseo en balde te he de sacar la lengua por el culo y te he de hacer albondiguillas para caridad del Hospital de los Pobres.

CAPÍTULO XV

Condujo Julianillo a Chiquiznaque al cuarto donde su amo esperaba, y el de Cabra, viendo entrar por la puerta aquella fiereza, tuvo el mandado por muy bien cumplido y se levantó a recibir la visita y le hizo mil cortesías ofreciéndole asiento y refrigerio, a lo que Chiquiznaque de muy buena gana accedió y se sirvió un vaso que bebió de un trago sin soltar la jarra que tenía asida con la otra mano. Luego farfulló algo sobre que venía sequito porque se había desayunado arenques en sal, se escanció otro vaso y lo bebió hasta la mitad, tras de lo cual, después de limpiarse los bigotes con el revés de la manga, eructó con la mayor gentileza que supo y, echando un ojo amable a su anfitrión, dijo:

—Su excelencia dirá el recado que trae, que debe ser muy importante para sacarme tan temprano de mis negocios y ocupaciones.

—Toda molestia será borrada por la esponja de mi generosidad —dijo el conde, y acercando su silla a la de Chiquiznaque y bajando la voz que no fueran oídos, aunque el criado se había ausentado después de cerrar la ventana, fue al grano y expuso el caso—: Importa mucho que, con la discreción debida y sin entremetimiento de mi persona, se escarmiente a un enemigo

110

mío que me tiene hechos muchos yerros y agravios. No es persona principal, sino un muerto de hambre sin más oficio que el de enredar en la república de los hombres honrados e importunar con requerimiento de amores a una alta dama por cuya súplica, y porque bien quiero servirla, que es viuda y no se sabe valer ella sola, es menester espantarle a este moscón que la trae tan molesta. Yo bien lo ultimaría en justo duelo con mis propias manos, que saben bien hacerlo y les sobra arrojo, pero tengo la contra de que no es noble sino villano. Podría también encargar el trabajo a mis criados si no fuera por los entorpecimientos y quebrantos y molestias de alguaciles y Audiencia y justicias reales, Dios los confunda, que se suelen seguir de tales actos.

—Eso bien lo entiendo —dijo Chiquiznaque soplando en la jarra antes de escanciarse vino otra vez como el que está acostumbrado a beberlo con mosquitos— y os sé decir que para eso estamos los amigos de los que nos muestran amistad, que el trabajo que me suplicáis es pan comido y lo digo como el que muchos lleva hechos y si su excelencia socorre mis necesidades como caballero yo pagaré esa deuda a completa satisfacción de las partes. Sólo quisiera saber si el espantamiento del moscón que dice ha de ser para la otra vida, donde dé parte de sus pecados a San Dios, o solamente en ésta, dejándole ocasión de enderezar sus pasos por más virtuosos caminos.

—Creo que con escarmiento en ésta bastará —dijo el de Cabra.

—Esto asentado, habéis de saber que los escarmientos pueden ser de dos clases principales —tornó a decir Chiquiznaque— que son, a saber: paliza o cuchillada y aun dentro de esta última hay dos formas que son: en miembro donde sane a los treinta días sin quedar señal que se vea no estando desnudo o jabeque en la cara, que se llama señal de espejo o, más finamente, elipse, con cicatriz certificada, que es renta vitalicia de lo espiritual pues hace de recordatorio y ayuda mucho a enderezar buenos pasos.

—Esa que voacé dice ahora me parece tan buena que ni pintiparada— dijo el de Cabra.

—Es la que más se lleva, ¡voto a Dios! —dijo Chiquiznaque—, y su excelencia debe saber que se cotiza a tanto el punto.

—Eso no lo entiendo.

—Pues ¡voto al diablo archimalandrín que no puede estar más claro y romance liso hablo sin entreveros de germanía, y así me capen los cojones moros turcos del Gran Bujarrón si no me está pareciendo su excelencia más estrecho de entendederas que el gorrón de Villamanrique, dicho sea en confianza sin mengua de cortesía! Le estoy queriendo decir que la cuchillada de espejo se paga según su traza y dimensión: a más puntos de sutura que el cirujano cosa, más precio, como es de ley.

—Ahora bien lo entiendo —dijo el conde disimulando agravios— y proclamo esa traza por muy discreta y justamente establecida. En lo que a mí toca bien quisiera que el tal galán no olvidara ni tuviera en poco su maldad, por lo que creo que es mejor que su chirle le coja toda la cara y sea tan grande como le quepa en ella.

—En eso cabe mucha variación —explicó Chiquiznaque—, que teniéndola grande le cabrá uno de a catorce, de barba a oreja, y si la tiene más chica alcanzará hasta diez.

—De catorce estará bien —dijo el conde—, aunque creo que es más enteco que gordo y como tal no será muy carrilludo.

—No se hable más —dijo Chiquiznaque—, que yo lo asiento en mi memoria por una mayor de la marca.

Ahora su excelencia dirá la categoría, que también en ello hay variación: si sencilla o cruzada.

—Pues, ¿cuál es la diferencia? —se extrañó el de Cabra.

—La cruzada, aun siendo más corta de trazos, deja cicatriz más fea, por la dificultad del cosido en la parte donde el aspa se cruza, donde con un poco de suerte le quedará la cara como si llevara engrudada en ella media docena de torreznos. Es fea, mejorando lo presente.

—Cruzada le estará bien —convino el de Cabra—, aunque es hombre no muy agraciado, que no es por ahí por donde quiere hacerse gallo en ajenos corrales.

—¿Y es bragado? —preguntó Chiquiznaque echándose a la boca dos magrillas fritas, con su cortecilla pilosa cuscurrante—. Quiero decir si se defenderá bien, aunque me importa el bandujo de Satanás que lo haga.

—Soldado ha sido —respondió el de Cabra—, pero ahora es viejo y aunque trae espada al cinto no pienso que la tenga muy ejercitada.

—De nada le va a valer —dijo Chiquiznaque—, que si la requiere, ¡voto al chápiro verde y a la boca del falso profeta llena de cagajones frescos que se la haré tragar con gavilanes y todo!

El conde de Cabra holgóse mucho de oír aquellas fierezas pero pensando en las costas, que no hay rosa sin espinas, preguntó:

—Ahora, si todo queda asentado, quisiera saber cuál es el monto que voacé cobra por sus buenas obras, que bien dispuesto estoy a satisfacerlo.

Quedóse Chiquiznaque un momento pensativo, masticando otras dos magrillas más pausadamente y mirando al techo con los ojos entrecerrados, como el que ajusta la cuenta y ha de repasar los costes haciendo sumas de memoria, y al cabo dijo:

—Para mi provecho y salario sólo serán treinta escudos, sobre los cuales es costumbre y ley poner otros diez que son las tasas y contribuciones para obras pías y socorro de pobres en la cofradía Garduña.

—¡Muy caro parece! —dijo el de Cabra torciendo el gesto.

—¡Si os parece mucho —tronó Chiquiznaque poniéndose en pie con mucho arrastramiento de silla y votando dos Cristos y echando tres reniegos y cuatro pesias— bien podía hacerlo su excelencia y excusarme a mí la molestia!

—No es eso —acudió el conde conciliador—, que yo de buena gana lo haría y aún más de mis propias manos, que la empresa es poca y para ella me sobran redaños, pero importa mucho, por el honor de la dama, que no se sepa de dónde pudo venir el daño. Pagaré contento lo que me pedís, aunque pienso que bien se podrán excusar los diez ducados de esas obras pías que decís, que yo las haré por mi cuenta a satisfacción de los pobres.

—¡No hay tal, por el calzón cagado de Satanás! —dijo Chiquiznaque—, que esta ley que digo no es cosa que se discuta ni desacate como las del rey nuestro señor y es tan rigurosa que, en quebrándola, puede irse la vida sin verdugo ni pregón.

Parecieron estas razones más que suficientes al conde de Cabra, pero con todo y eso escocíanle los escudos y probando a mejorar el trato dijo:

—Pues si los pobres no han de rebajar su cuota, me parece de justicia que voacé, como secutor, rebajéis la vuestra.

A lo que Chiquiznaque, torciendo el gesto y haciendo como si quisiera irse por no sufrir más tales despropósitos, replicó:

—¡Así le achicharren los menudillos al Gran Turco bujarrón si no es sinrazón lo que escucho! Treinta doblones de oro pagó el Santo Sanedrín por el apiolamiento de Nuestro Señor Jesucristo ¿y va su excelencia a regatear por un miserable monto de plata, un hombre de vuestra calidad, de cuya generosidad y amparo dependemos los desvalidos del mundo?

—No —arguyó el de Cabra—, porque a Nuestro Señor Jesucristo le cupo un trabajo completo y aun con adornos que desmenuzándolos no montarían a maravedí por puñada, ni a real por palo, ni a escudo por clavazón de mano o pie, y este del que tratando estamos, por mucho arte que se le ponga, no pasa de cuchillada doble. Cuanto más en cuanto que las treinta monedas satisfechas cuando la pasión de Nuestro Señor Jesucristo eran de plata y no de oro, y eso favorece mi argumento.

—Serían de plata, ¡voto a Belcebú! —replicó Chiquiznaque— porque no habiéndose todavía alumbrado las Indias, al no haber oro, la plata circulaba haciendo sus oficios, según tengo averiguado de los muchos sermones buenos que oigo para edificación de mi espíritu y consuelo de mi alma en las temporadas que suelo pasar acogido a iglesias y lugares santos.

Vencido por estas razones y otras no menos discretas, el conde de Cabra se resignó a pagar la cuota, que como hombre de posibles y buen cornudo *in pectore* más estimaba la satisfacción de su venganza que todas las riquezas que allegar pudiera ganándole por la mano su rival, con lo que dio por firme el trato y Chiquiznaque le estrujó la mano con la suya pringosa y recibió a cuenta tres eslabones de la tasada cadena de oro que al cuello el conde traía, de la cual pendía un mondadientes en forma de escorpión con ojos de rubí, que así iba por el mundo como el que siempre está aparejado para la gula.

Chiquiznaque guardó el adelanto en los pliegues de

un pañizuelo donde llevaba las balas del pistolete y preguntó:

—¿Y quién es el penado que hay que señalar?

—Se llama don Alonso de Quesada —dijo Cabra— y por señas es más viejo que joven, un poco chepado de espalda y manco de una mano, que la tiene engurruñida. Os será muy fácil hallarlo, que se hospeda en la posada de Tomás Gutiérrez, calle de Bayona, no lejos de aquí, y oye misa cada día a las once en Santa Catalina y luego, a lo que tengo averiguado, anda en negocios de Audiencia y almuerza algunas veces en el bodegón del Sotillo.

Chiquiznaque, al escuchar quién era su aspirante, como estaba bebiendo, se le fue el licor por el otro bajante y tuvo un golpe de tos que, a no esquivarlo el de Cabra, diera sobre él con el medio cuartillo que en la boca tenía, más recio que un escopetazo. No obstante el que tosía bebió otro poco, como para componerse la garganta, ya sin ceremonias ni finezas, a gollete de jarra, derramándose parte por las barbas, y disimulando tornó a preguntar:

—Para la información del caso habéis de saber que siento cierto regomello de apiolar a un tullido que más bien parece que dan ganas de darle una limosna.

A lo que respondió el de Cabra, altivándose un poco:

—Si voacé escrupuliza del recado, devuélvame acá el adelanto y señal recibida que no faltará quien lo cumpla.

A lo que Chiquiznaque, como discreto, pensó que mejor le sucedería a su amigo don Alonso si él tomaba sobre sus hombros el encargo, amén de la sana ganancia que aparejaba el trato, con lo que dijo:

—Su excelencia se sosiegue, que le he tomado mucha fe, ¡por el bandujo cocido de todos los luteranos de Alemaña!, y he de servirlo a plena satisfacción. No más

116

sobre ello que la última advertencia de que si el sujeto se deja hacer dentro del límite de las razonables resistencias todo irá como seda pero si resulta muy espadachín y yo soy herido o muerto, es mi deber advertir que se abonará a la Garduña todo el pago estipulado a cuenta de las misas y oficios que se han de hacer por el remedio de mis purgatorios, y si soy herido habrá de pagar las boticas sobre el montante de la señal y estaremos en paz, su excelencia con su rabia y este servidor suyo con sus males y dolores.

—No me parece que sea Quesada hombre para tales empresas —dijo el de Cabra.

—Su excelencia es afortunado al ignorar qué tiempos corren y qué nuevos géneros de cobardías alumbran los días, donde la mayor sabandija de mierda trae pistolete en faltriquera con el que apiola y parte la casta al más bravo tan a su salvo como si fuera un gorrioncillo.

El de Cabra, por excusar aumentos, no quiso saber nada más del caso, así que preguntó:

—¿Cuándo se hará el trabajo?

—De hoy en tres días.

En esto quedaron los conciertos y Chiquiznaque, después de apurar el resto de la jarra y echarse a la boca la magrilla que quedaba en el plato, se levantó con mucho arrastramiento de silla, terció se el tahalí del espadón, empujó el puño negro del pistolete donde no asomara, calóse el chambergo emplumado y haciendo amplia reverencia a lo soldado abandonó la estancia más altivo que Moisés cuando cerró el mar Rojo, dejando muy admirado al de Cabra y muy persuadido de que ya tocaban a difuntos por su rival.

Antes que apretara la calor del mediodía, Chiquiznaque diose una vuelta por la plaza de San Salvador, donde ordinariamente paran muchos esportilleros para el servicio del mercado que allá se hace, y encontró al Diego Rincón que algunas veces lo servía. Al cual, llamándolo aparte, le dijo:

—Rinconete, ¿te acuerdas de aquel manco amigo mío cuya bolsa se perdió en el Arenal?

—Sí que me acuerdo —dijo el muchacho.

—Pues en dos patadas vas a ir a su posada que es la de Gutiérrez, calle Bayona, y le dices que es de mucho servicio suyo que me vea hoy mismo.

CAPÍTULO XVI

DONDE DON ALONSO, AVISADO POR CHIQUIZNAQUE, SE MUDÓ A OTRA POSADA, COLLACIÓN DE SAN NICOLÁS

Fuese Rinconete a la posada de don Alonso y entrando al patio de la parra y el pozo encontró a Aldoncilla que barría el empedrado y preguntó por él y la moza no le pudo dar razón pues don Alonso todo el día había estado en la calle como media Sevilla, que era aquel primero de julio que toda la ciudad anduvo alborotada porque los señores de la Audiencia mandaron prender a los veinticuatros y jurados del Ayuntamiento por responsables del quebrantamiento de la cárcel sobre la rencilla de la regatona María de la O. Y a muchos prendieron y pusieron en prisión en la Torre del Oro y otros pocos, los más avisados, huyeron a los pueblos pero no se libraron de la multa de quinientos ducados más costas del proceso por quebrantamiento de cárcel y desacato a la Real Audiencia.

Don Alonso, como era tan curioso de las cosas humanas, andaba de un corro a otro, por la plaza de San Francisco y calle de las Sierpes, y si sus orejas tomáramos prestadas quedaríamos enterados de que el alcalde, el conde de Puñonrostro, no fue hallado por más que los alguaciles de la Audiencia registraron su casa palacio, y días viniendo, como se negara a satisfacer los quinientos ducados de su multa, repitieron visita y

119

arramblaron con la tapicería y algunos muebles de su casa. En medio de estas turbulencias apeló la Ciudad al rey clamando que la Audiencia les hacía fuerza contra todo fuero y derecho y el alto tribunal, comprendiendo lo que en ello de verdad había, corrigió el abuso y dispuso que la Audiencia liberara a los concejales presos y se moderara en su celo y que no se metiera en las cosas menudas de la Ciudad. En estos pulsos de las justicias, mientras el río revuelto duraba, los regatones se crecieron y aunque Puñonrostro mandaba pregonar penas de multa, vergüenza y azotes a los que cobraran más de la tasa, ellos hacían de su capa un sayo vendiendo a más de la costa como si Sevilla no tuviera leyes ni tasas. En todo esto me he extendido por tener informado al lector con adelantos, cumplido lo cual regreso al día del alboroto con don Alonso en la calle, regocijado y muy sin recelo de mal alguno.

Iba ya muriendo el día cuando nuestro hombre regresó a su posada y Aldoncilla, que toda la tarde había estado mirando si lo veía venir, le dio el recado de quién lo buscaba para asunto de mucha importancia. Don Alonso, como sabía dónde paraba Chiquiznaque a aquellas horas cuando se levantaba de la siesta los días que no tenía cabalgada de amiga, fuese a verlo al garito de la Mocha, reputado local del Arenal, y excusando disimulos, que el portero lo conocía como a parroquiano, pasó por los dos cuartos bajos, donde hay mesas grandes y arneros para los dados, con gente de medio pelo hablando alto y apostando bajo, poca cosa, y subiendo por las escaleruelas angostas fue arriba, a una sala más espaciosa y mejor amueblada, donde Chiquiznaque jugaba soltando las cartas con denuedo, sentado de cara a la puerta, el chambergo alado sobre el aparador, repantigado el asiento contra el mueble para que nadie se le colocara a la grupa a fisgarle las estampas, el espadón terciado entre los palos de la silla, a mano, y el puño negro del pistolete asomándole sobre las vueltas de la bota capitana. Lo acompañaban otros dos de su calaña y oficio entre los cuales tres andaban desplumando a un contramaestre bretón que, a juzgar por los graves semblantes que componían, se les escurría como anguila pues resultó más versado en naipes y flores que Cicerón en latines. Subían las voces y restallaban pesias y reniegos a la mala fortuna y a la cochina mala suerte, nada personal todavía.

Chiquiznaque dejó su lugar a un compadre de los que miraban y saliendo con don Alonso a una azoteílla que asomaba a la torre de la Iglesia Mayor, le dijo:

—Mi señor don Alonso, os he llamado porque un conde de Cabra, que San Dios confunda y bendiga con más cuernos que el almacén del matadero, me ha dado ciertos dineros, sin saberme vuestro servidor y amigo, para que os levante la cara sobre ciertos amores que por su dama tenéis, a lo que parece.

Maravillóse don Alonso de la noticia y tuvo muy a bien agradecerle a todos los santos y a las cortes celestiales que el de Cabra hubiera topado con Chiquiznaque y no con otro matasiete de menos compromiso. Y Chiquiznaque, que ya tenía pensadas diversas trazas para salir del negocio con bien y ganancia, que la paz del hombre en esta vida consiste en no ponerse entre los pies de las bestias, preguntó:

—¿Vuesa merced tiene, por un casual, alguna marca o señal en el cuerpo aunque sea de nacimiento o antojo o por obra de cirujano, que nos pueda ayudar en un fingimiento?

A lo que don Alonso, que bien lo entendía, repuso:

—Fuera de mi manquedad, que tú mismo viste con tus ojos cómo y dónde la cobré, sólo guardo dos señales de arcabuzazos que recibí en el mismo sitio, la una en el pecho y la otra en el hombro, pero como son viejas no sé si podrán servir.

—¿Y esa chica de la cara que junto a la boca trae vuesa merced, naciéndole de la barba y medio tapada por ella?

—Ésta no es sino de un flemón que hubo de sajarme cierto barbero de la Mancha.

—Pues a falta de cosa de más sustancia tendremos que servirnos della. Vuesa merced se quite del medio como si se lo hubiera tragado la tierra por espacio de una semana o dos, que serán las de su convalecencia, y no aparezca en ese tiempo por la iglesia donde acude su ninfa ni la ronde en modo alguno, que la tienen vigilada, y si sale a la calle por inexcusable negocio lleve vendada la cara con marcas de sangre, que yo daré fe y haré correr la voz por mentideros y barberías que recibió un jeribeque de tres puntos, aunque iba para mayor si no lo coge de refilón y al sesgo, con un puntazo hondo en el hombro señalado que compense la tarifa y vaya lo uno por lo otro que el conde de Cabra ha de quedar contento y yo cobrado y vuesa merced entero y sano para felicidad de todos.

Lo cual hicieron así tan puntualmente como se pensó.

CAPÍTULO XVII

Otro día temprano, don Alonso se mudó a cierta casa
de la collación de San Nicolás donde algunas veces posaba cuando era comisario de la Armada. La noche de
antes participó a Tomás Gutiérrez los motivos, encomendándole mucho que guardara secreto.

Bien apesadumbrada dejó a Aldoncilla, que aquella
mañana se le enfriaron las tostadas y preguntando por
don Alonso lo halló ido, sin saber adónde y sin noticia
alguna, y quedó muchos días acongojada y triste porque le había tomado mucha afición y como a un hijo,
pudiendo él ser su padre, lo trataba.

El día de marras los cofrades de Monipodio divulga-
ron la noticia de que la noche antes, en el callejón que
llaman de la Tomiza, lugar oscuro y a propósito para
coto de capeadores y malos encuentros, volviendo tarde del juego, habían dado una cuchillada en la cara a un
caballero de Madrid, que le cogió el hombro y el pecho,
de la que quedaba muy herido, aunque no de muerte, y
el dicho caballero había tomado tanta aprensión del suceso, recelando que lo buscarían para rematarlo, que se
había ausentado de su posada y nadie sabía dónde paraba. Lo cual, llegando a oídos del conde de Cabra por
diversos conductos, y más certificado por *la Gomarra*

que fue a darle nuevas de que el madriles no parecía por la iglesia a cortejar a doña Dulce, tuvo por cierto que Chiquiznaque había escarmentado puntualmente al galán, y le envió con Julianillo el resto de la tarifa quedando el trato cumplido a plena satisfacción de las partes.

Doña Dulce, como se había acostumbrado a que su enamorado fuera a verla cada día, aunque hablar no pudieran por respeto a sus votos, la mañana que don Alonso no compareció se la pasó muy desasosegada, mirando desde su oratorio por toda la iglesia, y hasta volvía la cabeza sin disimulo cada vez que oía abrirse la puerta, pero siempre tornaba a sus devociones desengañada de ver que su galán no parecía.

Don Alonso, por su parte, como no podía alejar a doña Dulce de su pensamiento, pasaba las negras horas tendido en la cama, cavilando si mandarle una cedulilla que explicara su ausencia, pero siempre se retraía y cambiaba de opinión cuando la tenía medio escrita o aun del todo, por temor a que el secreto fuera sabido por Aguedilla u otra criada y que, comunicándoselo a sus amigas, como ellas suelen, que son malas guardadoras de secretos, llegara a oídos del conde de Cabra, lo que sería echar a rodar toda la traza de Chiquiznaque y desacreditarlo. Se contuvo, pues, y procuraba entretenerse con lo que sus huéspedes le contaban de los sucesos de la ciudad. Aquellos días sólo se hablaba de lo ocurrido cuando el ejecutor de la vara prendió a cierta regatona vieja por vender calabaza a más de la postura y a su hijo y cuñado, colegas de Chiquiznaque, los cuales como bravos asaltaron la cárcel y la rescataron con pistoletazos al aire y grande alboroto y acogimiento a sagrado. Lo que a la postre valió poco, que Puñonrostro los sacó por la brava y les enjaretó doscientos azotes y diez años de galeras. Con estos ruidos, la Audiencia seguía más atenta a entorpecer las justicias de la Ciudad que a agilizar las propias, y los negocios de menor cuantía se iban dilatando para desesperación de nuestro hombre que cada día veía menguar su magra hacienda sin provecho ni adelanto. Como el que está hecho a ganarse la vida como puede, ya desde que llegó, don Alonso procuraba emplearse en algunos corretajes y tratos con los proveedores de trigo y aceite que conocía de atrás, pero las comisiones que en ello alcanzaba, siendo aquel año escaso y de poco provecho, apenas le daban con qué sustentarse un día con otro, pan para hoy y hambre para mañana, y aún esto cuando cobraba según concierto, porque las más de las veces se hacía sobre promesa y se satisfacía tarde o nunca.

Mientras así discurrían las cosas en Sevilla, en la Corte se iban aparejando otros quebrantos para acabar de certificarnos que don Alonso era hombre de menguada ventura. Es el caso que en el alto tribunal de cuentas le habían traspapelado el oficio donde daba cuenta de las averiguaciones que hizo en Vélez-Málaga cuando fue a cobrar los impuestos y los regidores de la villa le mostraron cédulas probantes de que las tasas ya estaban pagadas hasta un montante de ochenta mil maravedís, los cuales él, obrando en justicia, condonó de la suma total. Mas luego, perdido el papel de las cuentas, los de Madrid no entraban en dibujos y le reclamaban estos ochenta mil maravedís como si los tuviera cobrados.

En medio de tanta cuita mayor y de tanta miseria menuda, los encuentros con Chiquiznaque y la redacción de sus pastorales epístolas a la enamorada Florgalana le daban pretexto y ocasión para volver a las letras, con las que olvidaba desencantos, y aunque esto lo hiciera de balde, en nombre de la amistad, el pícaro a veces le daba a ganar algunos reales con otros servicios de terceros que le traía como a escribano de confianza, conociendo sus apuros, sobre los que don Alonso percibía la mitad de la tarifa de un escribano, aunque, seguramente, Chiquiznaque cobraría a los interesados la tasa entera, si es que no aumentada, que la discreción también se ha de pagar.

Olvidábaseme decir que de otras visitas y otros memoriales, unas veces por conducto de Tomás Rodaja, otras de don Florián Monedero, que eran tal para cual, y siempre a grandísima costa de ducados, don Alonso había elevado al magistrado Vallejo tres memoriales en los que blandamente le exponía su angustiosa situación, pero algún secretario de oficio, quién sabe si los mismos Rodaja y Monedero, se los contestaba con la fórmula de está en averiguación que era tanto como no decir nada.

Desde que se mudó a San Nicolás, don Alonso pasó cuatro días sin pisar la calle, que le pareció tiempo discreto, y luego, no queriendo descuidar por más tiempo sus negocios, volvió a insistir en la Audiencia. Como el que tiene aprendido en sus carnes que en los asuntos de la justicia no hay plazo que no aceleren escudos, ni atajo que no abran ducados, ni diligencia que no suavicen dineros, se fue derecho a donde Tomás Rodaja, el escribano pasicorto y flemático, que lo recibió con el mismo afecto con que la sanguijuela recibe al asno que se acerca al abrevadero, y preguntó por su asunto:

—Sepa voacé, señor don Alonso —dijo el escribano—, que su excelencia el magistrado tomó debida nota de su carta y la guardó con otras pocas para decidir con la prontitud que requiere el caso. Ahora sólo toca tener paciencia y esperar.

—Señor escribano —dijo don Alonso poniéndose serio, brazos abiertos y nudillos sobre la mesa (lo que con la manca izquierda no se lograba del todo)—, es el caso que tengo mucha priesa por arreglar mis negocios, que en Madrid me reclaman otros y tantas demoras en Sevilla, donde no hago cosa de provecho, me están costando dineros que no tengo. Ruego por tanto a vuesa merced que me diga llanamente lo que costará abreviar los trámites y qué péndolas de escribano he de untar de ducados y qué ingenios de procuradores he de avivar con doblones para que mi súplica alcance derechamente a su excelencia don Gaspar de Vallejo, de lo que se seguirá satisfacción para todos y mucho servicio a la justicia.

El escribano, componiendo semblante grave, que al olor de la ganancia los ojillos acuosos azules y rientes desmentían, repuso:

—De tanta prontitud como vuesa merced solicita mal puedo responder. Como vuesa merced no ignora, las cosas de palacio van despacio y acá lo van más por los entorpecimientos y agravios que cada día se reciben de la Ciudad, que traen tan atareados a los magistrados con aplazamiento de otras causas. No obstante siempre habrá resquicio para las más urgentes si van debidamente recomendadas.

—Ninguna irá mejor recomendada que la mía —dijo don Alonso arrojándose a la tumba abierta, como dicen, tras su esperanza— y os ruego que me digáis derechamente cuánto me va a costar sacar el carro del vado, que soy perro viejo y nada me espanta porque por todo he pasado.

Quedó pensativo el gallego y haciendo la cuenta con los dedos iba repasando como para sí, pero de modo que fuera oído por don Alonso, el monto de las manos que habría que untar, y sus tarifas según calidades e importancias, para desatascar la atarjea donde los papeles estaban detenidos. De las cuales manos unas eran ciertas y otras entremetidas a bulto para asegurarse más ganancia propia, calculando cuánto podría ordeñarse de la desesperación de aquel demandante que por las trazas no era rico ni sobrado. Luego dijo la cifra, abusiva, y la endulzó encomiando mucho la dificultad del negocio con lo que, después de algún regateo, acordaron cierta cantidad de ducados, más de la mitad de lo que a don Alonso restaba, que el demandante desembolsó inmediatamente, sobre la cual Rodaja se comprometía a rescatar el legajo de la causa del cementerio de papel donde dormía y abreviar todos los trámites necesarios y no cejar hasta ponerlo, en el término de tres días, entre los primeros que esperaban ser despachados por don Gaspar. Aparte de esto, y para mostrar su buena voluntad, le haría llegar otra carta de don Alonso en la que, con razonadas súplicas, se urgía el caso.

—Mañana os espero con la carta a don Gaspar —dijo por despedirlo.

—No será menester esperar tanto —respondió don Alonso sacando del pecho un papel lacrado— que aquí la traigo ya fechada y rubricada.

Rodaja se sonrió de tanta diligencia, que delataba las angustias de aquel pobrete, y tomando la carta fue a ponerla en el despacho contiguo, sobre la mesa, lo que don Alonso pudo comprobar por la puerta que había dejado abierta.

—Ea —dijo Rodaja volviendo—. Ahora tengamos confianza en que de esta vez salga el caso certificado.

Volvamos ahora nosotros, lector y la compaña, sobre tejados y azoteas a la casa de don Gaspar de Vallejo, y entrando en la alcoba que conocemos de la otra visita, la del gatillazo y desportillamiento del lecho, miremos a ver qué pasa. Es viernes y este día, por guardar castidad como manda la religión, su excelencia excusa la lid venérea y cambia ventajosamente gatillazo por copioso desayuno de chocolate espeso y picatostes recién

fritos, dos teleras completas, que va mojando golosa-
mente en un tazón no menos capaz que bacineta de
canónigo.

Don Gaspar después del desayuno descabeza sieste-
cita atorrada, corridas las espesas cortinas que no lo
moleste la claridad. Cuando despierta toca la campani-
ta de plata que acudan criadas a darle luz, y salta del
lecho, decir rueda del lecho sería más ajustado, cuando
está alta la mañana y el sol va derritiendo las piedras.
Siendo tan regalado y gordo, que sufre mal las calores,
don Gaspar tiene por costumbre no asomarse a la calle
hasta que, pasada la siesta, refresca algo el día, quitando algunos en que las novelerías y sucesos de la ciudad
excusan la incomodidad de la calor. Porque, a todo
esto, las rencillas entre Ayuntamiento y Audiencia son
plato cotidiano y de las injurias se ha regresado a los
palos y malas palabras entre las respectivas rondas de
alguaciles cuando de noche se topan en la calle.

CAPÍTULO XVIII

Es punto éste para señalar que doña Dulce, al tercer día de faltar su enamorado, después de la misa en Santa Catalina, fuese a consultar con la monja milagrosa, sor Reverberación de las Mayores Angustias y de las Cinco Llagas de San Francisco de Asís, en el cercano convento de Santa Inés. Doña Dulce pasó a la iglesia y dejó a Aguedilla aguardando en el recoleto compás del convento, en cuyos arriates la madre boticaria criaba perejil bendito y raras plantas indianas. Doña Dulce, como benefactora de la comunidad, gozaba del privilegio de hablar cuando quisiera con la monja milagrosa. Mientras la tornera iba a avisarla, doña Dulce pasó a la iglesia y esperó arrodillada delante del coro. Pegado a las rejas había un ataúd chico, como de niño, sin tapadera, donde reposaba la momia santa de doña María Coronel. Doña Dulce, introduciendo una mano entre los hierros, acarició los apergaminados brazos de la difunta, la boca abierta y seca, los pies retorcidos, ungiendo de santidad la mano antes de santiguarse con ella. Doña María Coronel es el más alto ejemplo de honestidad natural que han visto los siglos pasados y esperan ver los venideros, la mujer que fue capaz, por preservar su virtud, de una famosa hazaña (por la cual también es conocida como *la dama del tizón*). El autor que trata el caso cuenta que estando ausente el marido de doña María Coronel, vínole a ella tan grande tentación de la carne que por no quebrantar la castidad y fe debida al matrimonio eligió antes morir y metióse un tizón ardiendo por su miembro natural, del cual murió, cosa por cierto hazañosa y digna de perpetua memoria.

Hacía cincuenta años que durante unas obras en la iglesia se había descubierto casualmente el sepulcro de doña María Coronel. Aunque la dama llevaba dos siglos muerta, su cadáver apareció entero y hermoso, con grandes colores en el rostro, gran blancura en las manos, el cabello como madeja de oro fino y una suavísima fragancia emanando de todo su cuerpo que las monjitas no se cansaban de oler los días que la tuvieron descubierta para besarla y abrazarse con ella y acariciarla, como si realmente estuviera viva. Desde entonces la veneraban por santa y ella tenía muy favorecido al convento y muy visitado y limosneado de las muchas devotas que entre altas señoras de la ciudad y aun de fuera cobraba cada día por sus milagros y favores.

Resonó un picaporte en el recogido silencio de la iglesia, se abrió una puerta y salió a la reja del coro una monja mínima, una ancianita de piel tersa y blanca, la carita como de niña si no fuera por la pelusilla de melocotón de las mejillas, en la que doña Dulce reconoció a su querida madre sor Reverberación de las Mayores Angustias y de las Cinco Llagas de San Francisco de Asís. Llevaba las manos vendadas y tenía sobre el hábito, en el lado del corazón, una ventanita a través de la cual, sin desvestirse, se curaba la llaga que por intercesión divina tenía abierta en el pecho, en el mismo lugar donde Jesucristo recibió la lanzada. Ya iba para treinta años que la sufría y nunca había dejado de destilar sacratísimo licor sanguinolento en el que empapaba escapularios que la madre abadesa visaba con el certificado de autenticidad de su sello y regalaba a los benefactores de la comunidad.

Doña Dulce, arrodillándose, tomó la bendición de la monja y besó su escapulario que ella le tendió. Luego se sentaron como otras veces en el extremo de la capilla, la reja por medio, y doña Dulce expuso su consulta:

—Madre, a mis años y a mis viudeces estoy que no duermo ni como ni tengo reposo porque ando herida de penas de amor.

Calló y humilló la mirada esperando el regaño de la monja, pero sor Reverberación, sonriendo un poco de su rostro mínimo y luminoso, la contempló con sus ojos azules clarísimos con los que raramente miraba a rostro alguno, y con un hilo fino de muy bella voz, le dijo:

—Dios, en su infinita misericordia, sabe cuándo y por qué pone amor en los corazones y si no fuera porque el diablo, que todo lo enreda, a veces pone también falsos sentimientos que nos parecen amor sin serlo, fuera éste el mayor regalo de Dios a sus criaturas para que siempre lo estuviésemos alabando. Pero, antes de pasar adelante, decidme, ¿quién es el galán?

Refirió doña Dulce la historia de don Alonso hasta donde ella la sabía desde los tiempos mozos en que fueron novios hasta su reciente encuentro y conversación, sin ocultar ninguno de los menudos detalles que tenía averiguados sobre los que *la Gomarra* la había visitado y la había puesto al tanto mientras cuidaba de convencerla que no le convenía favorecer a un muerto de hambre teniendo tan alto pretendiente como el conde de Cabra, el cual aunque no vaya con intención matrimonial, quién sabe si, bien llevado, dará en casarse, que ya es viejo y no está para los grandes vuelos de antes.

—¿Vos amáis a don Alonso? —preguntó la monja.

—Madre, si no es amor esta dulcísima congoja que no me deja dormir y me angustia y me trae todo el día como en un sobresalto, entonces no sé quién soy ni dónde estoy.

—Creo que sí es amor —dijo la monja— porque lo siento aquí en mi corazón, hija mía. Siendo así regocijaos y amadlo.

—Madre —objetó doña Dulce—, es que tengo una recia promesa de no mirar varón para alabar a Dios porque parezca mi hijo Sebastianillo, el que me robaron.

—¿Cuánto tiempo hace que observáis esa promesa?

—Va para dieciocho años, madre.

—Es tiempo bastante para que Dios se apiade de sus criaturas. Daos ya por satisfecha y si sentís amor no le pongáis más freno que el de vuestra natural honestidad y dejadlo que triunfe que ésa es quizá la señal del cielo de que las cosas, aunque nada sepamos ni entendamos de ellas, se aparejan de la forma más conveniente.

—¿Quiere decir su reverencia que si don Alonso torna a mí debo darle entrada?

—Obrad por vuestro corazón —dijo la monja con una sonrisa. Y ofreciendo de nuevo su escapulario a los labios de doña Dulce la bendijo otra vez y dando por acabada la consulta tornó a sus rezos. Doña Dulce, como la que contenta va y gozosa, vació la faltriquera para limosnas y obras del convento y se volvió a su casa alegre y de tal guisa que apenas hubiera podido disimular el gozo que le salía por las costuras, como dicen, si no fuera porque lo atemperaba con el triste pensamiento de no saber qué había sido de don Alonso ni dónde paraba.

CAPÍTULO XIX

Donde el magistrado don Gaspar de Vallejo
encuentra las cartas de requiebro que Chiquiznaque
enviaba a doña Salud, por las que viene a saber
que ha ingresado en la concurrida cofradía
de los cornudos

Así las cosas, quiso el diablo, que no duerme y todo lo añasca, que don Gaspar viniese a sospechar que su santa esposa tenía algún enredo por ciertos cárdenos indicios de entusiasmo garañón, de los que comúnmente se cobran en campos de pluma, que a veces le encontraba en los muslos y brazos, amén de mordiscos en el pescuezo que él no recordaba habérselos dado nunca ni las medidas de los dientes eran las suyas. Con lo cual, sospechando que doña Salud apagaba sus ardores con otro en figura de cugucia o adulterio, aprovechó una de sus ausencias para poner patas arriba el cuarto de la costura y buscando en cada posible escondrijo halló las cartas de Chiquiznaque debajo del forro de la canastilla de la labor. Tomó una, leyó la sarta de requiebros pastoriles y fuésele parando mortal el rostro. Luego leyó otra y otra, todas de la misma guisa. Finalmente apartó algunas, volvió las otras a su escondite y lo dejó todo como lo encontró para que nada fuese notado y se encerró en el excusado a examinar las pruebas. Aunque las cartas estaban firmadas por un tal Elicio e iban dirigidas a una

134

tal Florgalana, no era menester ser una lumbrera por Salamanca y la Sorbona para advertir que aquéllos eran nombres pastoriles y postizos. Quedóse don Gaspar suspenso y volvió a leer y releer las cartas juntando indicios, comparando pistas y tirando de todos los cabos por donde podía llegarse a la verdad. Primero vino a sospechar, por el donaire del estilo, lo primoroso de los requiebros y lo concertado de las razones, que las escribía algún cura o poeta o entrambas cosas a un tiempo, poeta y cura, que es aún peor y más dañino, mas luego, examinando con más detenimiento otros indicios y mirando al trasluz la marca de agua le asaltó la sospecha de que aquella letra, aquella tinta y aquel papel los había visto en otra parte y le eran familiares y anduvo recorriendo la memoria por ver si daba con ello hasta que se acordó de ciertos memoriales que en la Audiencia había recibido días atrás. Como la cornamenta es recia cosa que no se puede llevar con paciencia, fuese inmediatamente a la Audiencia, sin cuidar de las grandes calores del día, que su corazón estaba tan helado que no sentía más que escalofríos, encerróse en su sala, buscó en las gavetas, cotejó papeles, dio con los oficios de don Alonso, comparó letras y tildes y hallándolas iguales confirmó su sospecha de que los escritos que el pastor Elicio dirigía a Florgalana habían salido de la mano de aquel Alonso de Quesada que llevaba dos meses importunándolo con demandas de audiencia y justicia.

—¡Justicia te voy a dar yo, grandísimo bellaco, hideputa! —dijo don Gaspar hecho un león—. ¡Por estos cuernos que te he de clavar y poco he de valer si no sales pregonado y das con tus huesos en el infierno!

CAPÍTULO XX

Donde don Alonso de Quesada sufre persecución por la justicia y es estrechamente interrogado sobre las cuentas de sus comisiones por el juez don Gaspar de Vallejo, capítulo no tan ameno como otros pero igualmente necesario para el lector discreto que quiera saber todos los entresijos de este cuento

Seis de septiembre del año de gracia de 1597, su señoría don Gaspar de Vallejo, juez de la Audiencia de los Grados de Sevilla, ordenó la comparecencia de don Alonso de Quesada en las salas de su tribunal para prestar declaración sobre causas seguidas por la justicia real en aquella Audiencia, lo cual, para excusar demoras, se notificó de oficio al interesado mediante cedulilla de citación debidamente sellada que un alguacil, personándose en la casa de la collación de San Nicolás donde don Alonso moraba, entregó al susodicho en propia mano, apercibiéndolo oralmente de que, sin dilación ni excusa, compareciera a declarar sobre su causa otro día a las diez.

¡Larga se hizo aquella noche! Aquí tenemos a don Alonso bendiciendo la hora en que la Providencia le dio luces para abrir el corazón y la bolsa al socaliña Rodaja que tan bien había resultado y tantas molestias y entorpecimientos le iba a excusar según de bien encaminado veía su negocio y creyendo que ya llegaban a su fin los afanes y dilaciones y que en alcanzando pronta justicia, como sin sombra de duda se prometía, llegaba al punto en que su vida se enderezaría de allí en adelante y comenzarían a irle bien todas las cosas que hasta entonces, desde que salió del vientre de su madre, le habían ido mal. Aquella certeza causaba tal contento al pobrete que no conseguía conciliar el sueño y daba vueltas en la estrecha cama cavilando trazas y avivando proyectos como el que ignora que por salir de la sartén va a caer en la brasa.

Si don Alonso no dormía, su gran e impensado enemigo, el juez Vallejo, otro tanto velaba. Aquella noche se le pasó sin advertirla y lo tomaron las claras del alba sobre los papeles, cuentas y declaraciones del legajo de don Alonso, que se había llevado a casa para con mayor comodidad y escrutinio repasar papeles, tomar notas, cotejar noticias y sacar indicios por sutiles y delgados que fueran si pudieran ayudar a perder y sepultar al fautor de su deshonra bajo una montaña de cargos y papel de tasa. Esta mudanza en los reposados hábitos del juez no dejó de intrigar a doña Salud. Tan desacostumbrada estaba a que su marido se esforzara en algo, que con curiosidad le preguntaba por la novedad cuando entraba en su despacho a visitarlo con pretexto de llevarle ligera colación de limonada y mazapanes de monja, ponche de huevo o pestiños de anís, y morcón o morcilla garrapiñada y otros ligeros refrigerios porcinos. Notó doña Salud que su marido, aunque disimulaba y se esforzaba como podía, no correspondía a su solicitud como otras veces, de donde barruntó que aquella mudanza podía traerle aparejado algún daño, pero por más que quiso no pudo nada averiguar ni sacar en limpio cosa alguna, que don Gaspar, con achaque del sigilo que las cosas del rey requieren, no soltó prenda sobre la urgencia que lo tenía soliviantado.

A otro día, antes de la hora señalada, don Alonso compareció en la Audiencia, vestido con su mejor camisa y su juboncillo remendado. Tomás Rodaja, solícito y cortés como quien por tan buen cliente lo apreciaba, lo acomodó en la sala de autos donde ya estaba apercibido el escribano que tomaría declaración con su recado de escribir, tintero de cuartillo y salvadera de arena. Sobre la mesa de cinco asientos del tribunal, cubierta con tapete carmesí y filos y cierres dorados, estaba el legajo mediano de la causa. A poco llegó don Gaspar, que entró por la puerta chica que detrás de su mesa estaba, y excusando saludos y cortesías, tomó asiento en su sillón alto forrado de terciopelo. Por buena industria lo tenía puesto contra la ventana, de manera que la sala, cegada por la luz, no le distinguiese la cara y no se pudiese notar si la ponía buena o mala, ni se le pudieran adivinar los pensamientos, ni mucho menos se advirtiese si bostezaba o daba cabezadas. Don Alonso no percibió la gran enemistad y odio con que el juez examinaba su persona. Encontrando tan ruin y de poco monto, amén de lisiado, al que pensaba amante de su mujer, don Gaspar redoblaba su ira y su sed de venganza preguntándose qué podía haber encontrado doña Salud en aquel desgraciado que no tuviera una persona de tantos quilates y aun de tantas arrobas como él.

Don Gaspar hizo seña con la cabeza al secretario que comenzara las preguntas de rutina para juramento del declarante y filiación, nombre, nacimiento, cargos u oficios, etcétera, cumplido lo cual don Gaspar carraspeó ligeramente para aclararse la voz y tras consultar despaciosamente la lista de los cargos comenzó la pesquisa cuyas preguntas y respuestas el escribano asentaba en sus papeles.

—¿Qué oficios habéis desempeñado por comisión real?

—He sido comisario de víveres para la Real Armada durante cinco campañas, entre 1587 y 1594, en que las dichas comisiones fueron liquidadas. Aparte de eso, desde 1594 y hasta hace unos meses fui agente del fisco en el reino de Granada.

Don Gaspar, con la voz impostada con que solía acusar, lanzó la primera estocada.

—Veo por los papeles que en ese tiempo habéis sufrido algunos procesos.

—Todos favorables, señoría —se apresuró a responder don Alonso—. Constará que en 1588 el regidor de la villa de Écija me acusó de malversar fondos de la requisa y si tal infundio prosperó fue porque a la sazón yo estaba en Marchena, donde no podía conocer lo menudo de los cargos ni citar testigos a defenderme. El juez real hizo sus averiguaciones y se percató de la pasión, odio y enemistad con que deponía el demandante. Al cabo mi refutación fue debidamente admitida y quedé exculpado.

—Sí —replicó don Gaspar—, pero aquí consta que en 1590 vuesa merced fue llamado a Madrid para responder ante el tribunal de cuentas de cargos relacionados con los anteriores y se excusó de ir. ¿Es que temía el escrutinio más perito de los contadores?

—Es muy cierto que fui requerido, señoría —explicó don Alonso—, pero no pude comparecer porque, como aduje en su momento, no tenía con qué hacer el viaje, pues la hacienda real me debía todavía las pagas de un año.

—Porque había pleito sobre que os habíais lucrado fraudulentamente.

—Ese pleito lo aplicaban por sistema a todos los comisarios de abastecimientos metiendo en el mismo saco a justos y pecadores. Primero nos acusaron de ladrones y luego nos exculparon a los que pudimos probar nuestra inocencia. Si me pagaron lo que reclamaba es demostración de que, aunque no conste, hallaron mis cuentas limpias. Además me abona que el secretario general Pedro de Isanza me prorrogara los contratos, lo que es también suficiente probanza de mi honradez.

—Eso que decís —tornó la grave voz tenora de don Gaspar—, no siendo conformado por pesquisa ni aprobado por tribunal sobre testimonio de testigos ratificados, conforme a derecho *nihil probant*.

Don Gaspar volvió a consultar despaciosamente sus notas. Pasaba folios sueltos cuidando dejarlos bien barajados, los repasaba de arriba abajo moviendo la cabeza, absorto, como si buscara algo que luego terminaba consultando en el papel de la minuta donde había asentado detalladamente los cargos. Con el dedo blanco y gordezuelo, sobre el que cabalgaba un rubí tamañón, señaló un apunte:

—Y ese mismo año, en una requisa de aceite en Teba, fuisteis también inculpado.

—Y nuevamente probé mi inocencia —se apresuró a decir don Alonso— porque de las malversaciones, que eran ciertas, salieron culpables Nicolás Benito de Meno y otros oficiales del servicio que a mis espaldas, sin yo saberlo ni tener parte en ello, se lucraban, y por este y otros delitos fueron luego ahorcados en el Puerto de Santa María, como es notorio.

Don Gaspar de Vallejo tornaba a pasar folios dejando que la sala quedara en silencio apenas perturbado por el acompasado rasgueo de la péndola del escribano. Luego tornaba a la minuta y pasaba a otro apartado. Quería cansar a su presa, jugando con ella, acorralarla y angustiarla, antes de asestarle la estocada de muerte. Daba golpecitos con la uña sobre el papel como si lo quisiera clavar en el tablero de la mesa:

—Tendréis que refrescar vuestra memoria —le dirigió una helada sonrisa—. Aquí consta que os inculpasteis al año siguiente sobre el mismo asunto.

—Señoría, como responsable del antedicho Benito de Meno era, según la ley, partícipe de su culpa, pero siendo inocente de todo hurto, sólo quise que mi superior, Isunza, saliera limpio de toda sospecha porque ya que él me hacía favor de renovarme los cargos no me parecía justo desatenderlo y dejar que cargara con penas de otros. Pero luego mostró ser tan honrado y cabal que murió de allí a poco, de la pesadumbre de aquellos pleitos. Debo decir además, en esclarecimiento de la causa, sobre los casos de Teba, de Écija y aun de Castro del Río que no sé si figurarán en esos papeles, que de todos alcancé razón contra lo que pretendía Moscoso, el regidor de Écija, y así lo prueba que obtuviera la sexta comisión y que no cesara en el cargo hasta que, en abril de 1594, Miguel de Oviedo liquidó las comisiones. Y aún más lo prueba, aunque no sea materia de tribunal, que habiendo salido tantos ricos del mismo ministerio yo siga siendo pobre después de tantos servicios.

Diciendo estas últimas palabras don Alonso había hablado con el corazón, demudada la voz, como quien muy a lo vivo siente los casos de su honra y las injusticias que sufre. Notándolo, don Gaspar pensó si sería ésta la blanda condición de poetas y músicos que por tales femeniles aficiones gustan a las damas y las inducen a cometer adulterio. También pudiera ser que fuera un bribón simulador y tuviera muy bien aprendido el papel de honrado, así que, por más indagar sobre ello, le preguntó:

—¿Queréis decir que no sacasteis ganancia en limpio?

—Así es, señoría, que en siete años de arduos trabajos, de muchos barros del invierno, de calores grandes del verano, de malas posadas y peores camas llenas de chinches, de malas noches y peores días, de soportar las calumnias de los regidores, los desprecios de los alcaldes, las sospechas de los tinterillos, los enfados de los clérigos, la enemiga de los ricos y el odio de los pobres, sólo por servir al rey nuestro señor, vime cómo llegué, sin ganancia alguna fuera de mi escaso mantenimiento y sin recompensa y aun hube de darme por contento de no salir dañado en mi fama o en mi hacienda por los dichos procesos.

—No comprendo cómo —dijo con sorna el juez—, si tan mal os fue, volvisteis tan presto a las andadas y aceptasteis ser comisario de Hacienda.

—Señoría, lo tomé por necesidad, porque habiendo regresado a la Corte y buscado un cargo durante meses no hallé ninguno fuera de la dicha cobranza de tasas que me ofrecieron y que hube de fiar con mis propios bienes y con los de mi hermana Magdalena, no siendo suficiente garantía mi fiador Suárez Gasco.

—¿Y pretendéis que tampoco esta vez os lucrasteis?

—Así es, señoría, que habiendo presentado las cuentas que traía al cobro, me fueron mostrados recibos de haber satisfecho ya al fisco parte de las cantidades reclamadas, de lo que informé debidamente a Madrid y pasé adelante con mi comisión sin inquirir más pero en el camino se cruzaron mis papeles con otros del tribunal de cuentas que me conminaba a entregar las sumas dichas.

—En esa parte ya vamos entrando en la materia que hoy nos ocupa —dijo el juez—. Y hay algo más, que son las cuentas de Ronda y Vélez-Málaga.

—En esos dos lugares —dijo don Alonso— hube de aprobar las transacciones que se me presentaban por defectos de contabilidad de mis predecesores, que no habían asentado las partidas y es cosa que se probará si se repasan otra vez las sumas.

—Sin contar esas sumas —dijo don Gaspar suavemente, sonriendo como hiena—, faltan por depositar ciento cuarenta mil maravedís.

—Su señoría conoce —dijo don Alonso— como el que en Sevilla vive y sabe los percances de la justicia que en la ciudad ocurren, que el banquero Simón Freire, en cuya casa deposité esas sumas y otras de mi peculio personal, como prueban las cédulas de recibo que obran en el Tribunal de Cuentas y las copias notariales que aquí tengo entregadas, hace tres meses que anda huido y buscado de la justicia y sus bienes están en comisión de embargo para pagar deudas, empezando por las del rey, con lo que vengo a suponer, como es de justicia, que la cantidad que yo deposité está segura y no ha de perderse.

—Vuestro daño está —dijo don Gaspar— en que, según se desprende de estos documentos, dejasteis de presentar en el tribunal de cuentas el balance detallado de vuestras pesquisas y aquí tengo un mandamiento del Tesoro en marzo del presente año por el cual se ordena vuestra prisión hasta que deis cuenta de las comisiones de 1591 y 1592.

—Señoría, como las cifras cobradas estaban claras lo creí innecesario y eso ya anda allí aclarado.

—No tan aclarado —replicó el juez sonriendo—, que el tribunal reclama ahora los ochenta mil maravedís que decís que condonasteis a los agentes de Vélez-Málaga.

—¡Consta en el informe, señoría!

—Ese informe que decís no consta en el tribunal de cuentas del Tesoro.

—Mientras se aclara el caso tengo mi fiador Suárez Gasco, señoría.

Tornó a mostrar sus cariados dientes el juez con su sonrisa de hiena antes de pronunciar:

—Ese amigo vuestro anda receloso al parecer de

que escapéis y tenga que pechar él con la deuda y arregló que la justicia reclamara vuestra comparecencia ejecutiva en veinte días. Por otra parte, aunque los papeles de Madrid dicen que no respondéis de esos ochenta mil maravedís, se menciona la cifra de los dos millones y yo tengo que suponer, en estricta justicia, que también lo debéis, por lo que, mientras ello está en averiguación, iréis a la cárcel si no tenéis alguien que pueda salir fiador.

¡Dos millones y medio! Don Alonso perdió la color y sintiéndose desfallecer tuvo que apoyarse en el banco que tenía delante. Aquellos dineros eran más de los que en toda su vida le parecía que vería en junto y no le cabía en la cabeza, ignorante de la malicia del juez, que tal desfalco pudiera barajarse en su causa.

—¡Por Dios, señoría, que de esa cifra fui haciendo diversos pagos y libramientos a satisfacción del tribunal de cuentas, quitando el malentendido de los referidos ochenta mil maravedís de Vélez-Málaga!

—Si sois inocente, se probará; pero mientras se aclaran las cuentas me es forzoso teneros en prisión si no tenéis quien os fíe esa suma.

—¡Señoría, tengo testigos!

—Ninguna fe hacen los tales testigos *quia testes, licet recipiantur et ratificentur ante litem contestatam vel quasi, non solum non probant sed nec juditium faciunt, etcaetera.*

Don Alonso, que era hombre de algunas letras pero de pocos latines, se perdió.

—Señoría, sólo pido justicia de un gran atropello que se me hace.

—Ésa se os hará y la más rigurosa del mundo, no lo dudéis.

Don Gaspar de Vallejo hizo una seña al escribano, el cual fue por dos alguaciles que llevaron a don Alonso.

Despidió su señoría al escribano y quedó solo en la sala tercera de la Audiencia. Don Gaspar de Vallejo, juez de grados de la Audiencia Real, se rebañó la nariz con el índice de la mano derecha, donde llevaba el sortijón con rubí, y laboriosamente extrajo un moco casi seco en su principio, más blando y elástico en el final, y lo sostuvo pendiente de la uña contemplando al trasluz su color verdoso. Luego se lo echó a la boca y lo deglutió despaciosamente. Don Gaspar no se tenía por guarro asqueroso, un hombre de su calidad no puede serlo; si se comía los mocos, sólo en la intimidad, nunca cuando estaba presidiendo un tribunal, con la sala llena, ni en el Acuerdo solemnemente reunido, era porque estaba convencido de que el moco, como excremento pituitoso o superfluidad del cerebro portaba sustancias nutrientes del cerebro que se reciclaban y criaban magín.

CAPÍTULO XXI

Donde se habla de la cárcel real de Sevilla,
a la que han llamado antesala del infierno
y otras lindezas

Don Alonso de Quesada cruzó la plaza de San Francisco cabizbajo, entre dos corchetes, a los cuales adelantaba con prisa por abreviar el paseo, pues le avergonzaba hacer gentes en ágora tan concurrida donde le parecía que todos sus conocidos de Sevilla se hubiera congregado para verlo preso.

El paseo fue breve, que la cárcel real estaba cerca de la Audiencia, al comienzo de la calle de las Sierpes. El edificio de la cárcel era de tres plantas, todo de muros altos pintados de negro excepto en la puerta monumental, que era de piedra vista y de mucho mérito y belleza y estaba adornada con tres hermosas estatuas de bulto redondo de la Justicia, la Fortaleza y la Templanza, la una con su espada y balanza y las otras con las alegorías que comúnmente las representan, amén de cartelas y leyendas que las declaraban. Don Alonso, en sus paseos por Sevilla, se había detenido más de una vez a contemplar esta puerta y descifrar los cuarteles del hermoso escudo real que coronaba el remate del frontón, que, en su aprecio, esta fachada superaba la de cuantos palacios se labraban en la ciudad. Cuando pisó el escalón de mármol de la entrada se le oscurecieron los ojos y le pareció que aquella sala lóbrega era el zaguán del infierno, por más que lo desmintiera el altar de la Virgen de la Visitación que a un lado se alzaba iluminado con una docena de lamparicas de aceite y algunas velas de cera. Allí dieron comienzo sus días aciagos y sus horas menguadas.

Cronistas buenos de entonces nos han contado cómo era la cárcel de Sevilla. Cristóbal de Chaves la tenía por la jaula mejor de todo el mundo «y no tiene ella la culpa —dice— sino los pájaros que vienen a ella», y Cervantes por lugar donde toda incomodidad tiene su asiento y todo triste ruido hace su habitación.

Los trámites carcelarios no eran menos penosos que la propia prisión. El corchete que llevaba la cedulilla de don Alonso pasó a la cámara del portero para asentar al preso en el libro de entradas y allá se estuvo platicando gran pieza con el oficial del registro que era amigo suyo, el cual, cuando hubieron departido cuanto quisieron muy a su sabor, se acordó de asomarse a ver el preso y lo hizo pasar, que le quería hablar, quedando los corchetes fuera.

Entró don Alonso en la cámara de los libros donde se guardaban las vidas y las miserias de tanta gente como pasaba por la cárcel real y el oficial que lo recibió era un meco de encendidos mofletes, amujerado, gordo y suavón, el cual, ofreciéndole asiento en un banco arrimado a la pared, se acomodó a su lado sobre un cojín que tenía prevenido y le empezó a decir con voz suave:

—Voacé, aunque se vea en estos malos pasos por maldad de la adversa fortuna, se echa de ver que es hombre de bien, y en esto yo tengo tal ojo que no suelo errar, y como a tal quisiera que aquí se le tratara y aunque, a lo que en los papeles aparece, viene por deudas e impagos de la Casa Real, que es tacha grave, no obstante quisiera, franqueándome como quien tiene buena

147

voluntad de servirlo, preguntarle con qué medios cuenta para favorecer su causa de puertas adentro.

Mientras el otro hablaba, don Alonso, que había conocido bien la música que le estaban tañendo, descubrió que junto al armario de los legajos había un escribano bisojo y mal encarado, la piel como la cera, que más le pareció gusano que se nutría de la podredumbre de aquellos papeles de tasa, el cual, oyendo las declaraciones de su compinche, se reía por lo bajo.

—Si me pregunta vuesa merced por dineros —dijo don Alonso—, os diré que, fuera de unos pocos reales que acá traigo y que pienso conservar, nada tengo.

El meco pareció descontento de la respuesta de don Alonso, pero después de pensársela un momento dio un suspiro y prosiguió:

—Antes que vuesa merced entre en el propio dominio de esta cárcel, que puede ser su morada por mucho tiempo y hasta su sepultura, me cumple, porque aprecio en vuesa merced prendas de caballero y hombre de bien, mostrarle cuáles son sus reglas y sus engaños, que no entre a ciegas, por si quiere quitarse de daños y arrepentimientos.

—Eso apreciaré yo mucho —dijo don Alonso.

—Vuesa merced advierta —prosiguió el meco— que ahí delante, al otro lado del apeadero, hay una reja, luego dos puertas chicas a un lado y una grande al otro, luego otra reja y luego una puerta más y una tercera reja tras de la cual está el patio y el lugar de los presos comunes, al que dicen Infierno. A la primera reja llamamos del Oro; la segunda es la de Hierro y la tercera es la de Plata. Si el preso que llega tiene oro puede quedarse tras la primera, hospedado en los aposentos más nobles y hasta en la casa del alcaide, y las del escribano mayor y la del capellán. Los que allá están, viven a mesa y mantel, con todo miramiento, y entran y salen liberalmente y no sienten la cárcel más que si tuvieran posada pagada en ella. Luego están aquellos a los que a tanto no se les alarga la hacienda, pero estos que no alcanzan la puerta del Oro aún pueden quedarse tras la de Hierro si tienen buenos dineros de cobre y vellón con los que pagar a porteros y corchetes para que los tengan en sus escaleras y aposentos. Finalmente la última reja, la que linda con la casa común, es la de Plata porque es menester tenerla y gastarla para estar allí sin grillos o porque la incomodidad de dentro sólo la plata la alivia y la falta de plata la acrecienta. Y muchos que quisieron ahorrar el hierro de la segunda puerta vinieron para su daño a gastar plata para poder medio vivir detrás de la tercera. Es advertencia que encierra mucha filosofía y que todo discreto sabrá apreciar.

Don Alonso, como hombre muy vivido que era, sabía que la cárcel era la alcancía del duque de Alcalá, al que el rey había cedido su administración para que se cobrara en ella los muchos dineros que había prestado a la casa real. El lector no ignora que su católica majestad Felipe II, debido a su mala administración y a su loable y meritísimo empeño en sostener en Europa la verdadera religión, cuyos intereses había antepuesto a los de la nación, incurría en grandes dispendios para financiar ruinosas empresas militares y no teniendo bastante con la plata que venía de las Indias ni con los abusivos impuestos que pagaban los humildes de Castilla (no las otras regiones, ni los nobles ni la Iglesia en cuyas manos estaba casi toda la riqueza) y habiendo fracasado los alquimistas que contrató para fabricar plata, no tenía más remedio que financiarse con onerosos empréstitos de banqueros extranjeros que tenían comido el país como sanguijuelas con sus usuras, o, finalmente, haciendo colecta entre los nobles ricos a los que concedía grandes privilegios, entre ellos al duque de Alcalá, al cual cedió a cambio la administración de la cárcel real. El duque, empeñado en resarcirse de lo dado al rey y en sacar las mayores rentas posibles, no dudaba en exprimir la sangre de sus presos, vendiendo los cargos de la cárcel o dándolos a sus criados. Con muchísima razón se quejaban las personas de orden de que los mayores delincuentes que había en la cárcel de puertas adentro no eran los presos sino el alcaide, su mayordomo, que asienta por gasto lo que no compraron, y sus oficiales, que todos eran, del más alto al más bajo, arañas chupadoras tras el jugo de cuanto desdichado caía en su jurisdicción. Todo el mundo sabía que cuando entraba un preso los oficiales y justicias cargaban con él como buitres sobre carroña hasta dejarlo en los huesos mondos y luego, cuando lo habían exprimido tanto que ya no le quedaba nada que dar, lo dejaban pudrirse allí olvidado.

Bien comprobó don Alonso en sus propias desdichadas carnes que al que llegaba se le hacía el tratamiento que su bolsa merecía.

—Mucho me pesa oír —dijo al carcelero— que en tantas partes se divida la justicia del rey y tan mal se administre. Y yo que ya he padecido por servirlo crudas prisiones y mazmorras en Argel, siendo pobre, estoy bien dispuesto a sufrir con paciencia las injusticias de sus reales prisiones pues no tengo más fiador que Dios, en cuyas manos me encomiendo.

El oficial, viendo que el preso no tenía dinero ni amigos o familia que se lo procuraran, cesó en la gentileza y en los honrados discursos y, olvidando la paciencia y buen semblante que hasta entonces había usado, dijo:

—¡Habláramos para hoy! ¡Acuéstese de día quien no tenga con qué alumbrarse!

Y levantándose de su asiento, se asomó a la puerta, llamó al alguacil Marco Caña y le dijo: «Alojad a este honrado caballero en la Pestilencia.» El escribano de los ojos desgobernados sonrió como si hubiera escuchado un gran donaire y mojando la pluma en las negras hieles de su tintero anotó en el libro de asientos junto al nombre de don Alonso su destino: «Pestilencia.»

Siendo tan pobre, a don Alonso se le abrieron sin engorroso trámite las puertas de la casa por lo que pasando las tres rejas ligeramente, como era hombre de ingenio y éste algunas veces acude al socorro del alma en las mayores desdichas, murmuró entre dientes: «Verdaderamente esta casa es el Cielo donde los bien aventurados pobres entramos los primeros y antes pasará un camello por el ojo de una aguja que entre aquí un rico.» Sólo que aquel Cielo de desdichas era más bien infierno de tres bocas que con rumor de hierros íbanse cerrando a sus espaldas.

Pasó, pues, nuestro penado y vio que detrás de la tercera puerta, la dicha de la Plata, se abría un patio amplio de soportales como de claustro u hospital en el cual bullía una ruidosa muchedumbre así de visitantes como de presos, los unos paseando, los otros encaminándose a sus quehaceres, los otros platicando en corros de pie o sentados en el suelo arrimados a las paredes, los más de ellos sueltos y sin grillos. Notó don Alonso que en aquel gentío los asquerosos desharrapados y en vivas carnes superaban con mucho a los decentemente vestidos, lo que unido al hedor que los cuerpos desprendían, a la confusión de los caminos y al vocerío de las conversaciones que tanta aglomeración levantaba componía un cuadro espantable que más que de humana concurrencia parecía verdaderamente representación del infierno sobre la tierra.

Viendo que Marco Caña traía preso nuevo, algunos

de los antiguos que cerca de la puerta estaban fueron a ver quién era y el alguacil, llamando a uno que conocía, le dijo:

—Acérquese don Juan Palomeque *el Zurdo* y hágase cargo de este nuevo cofrade que acaba de alcanzar hospedaje en la galera Pestilencia por merced del rey. En sus buenas manos y amparo lo dejo para que le haga los honores de la casa y lo instruya en sus costumbres y policía. ¡Y sean todos con Dios y su compaña que yo torno a mis asuntos!

Con lo cual volviéndose a don Alonso le dijo con una media sonrisa de enemigo y un algo de sorna:

—Vaya vuesa merced tranquilo que estando con el licenciado don Juan Palomeque queda vuesa merced en muy buenas manos.

Don Alonso, como en desgracia uno se acorre a cualquier esperanza buena por ilusoria que sea, no sospechó dañada intención, mucho menos porque el dicho Palomeque era un hombre como de cincuenta años honradamente vestido y no mal parecido que si la cara fuera siempre el espejo del alma, como dicen, bien pudiera pasar por otro santo del cielo allí enviado para consuelo y guía de desdichados, el cual, llegándose a don Alonso, se presentó con estas palabras:

—Señor hidalgo, sepa vuesa merced que pertenezco a la numerosa cofradía de los hombres honrados que aquí, por reveses de la mala fortuna, sufren prisión, entre los cuales es norma y costumbre, cuando llega alguno nuevo, practicar la caridad de acompañarlo por la casa y mostrarle sus partes y tachas, para salvarlo de daños y malos pasos que provengan de no conocer los peligros que aquí se encierran.

Con estas y otras muchas razones corteses, Juan Palomeque tomó a don Alonso bajo su tutela y ahuyentando con su autoridad a la cáfila de andrajosos que había acudido a importunar al recién llegado con demandas de limosna, le dijo:

—Vuesa merced disculpe la insolencia de estos desgraciados y alguna vez se apiade de ellos conociendo a los más humildes y sepa que todos son pobres de necesidad porque en esta casa pasan de doscientos los que no tienen de qué comer y viven de la sopa de la cárcel que es, las más de las veces, agua y cebolla, y ya habrían muerto todos de puras hambres si no fuera porque el padre León pide limosna por la ciudad para sustentarlos. Y advierta que muchos de ellos entraron como nosotros y luego, viéndose sin socorro de amigos, dieron en descamisados que en viéndolos pobres nadie se ocupa de ellos y la justicia, después de sacado lo que tienen, nunca más los oye.

Con esto, abriéndose paso entre la muchedumbre, sacó a don Alonso del patio y lo llevó a la galera o sala que llaman Nueva y por el camino le iba hablando de la cárcel y mostrándole cada aposento con la misma gravedad y tino con que enseñaría su palacio el duque de Alba:

—Sabed, mi buen amigo, que este edificio y fábrica, adonde vuestro infortunio y el mío nos juntan hoy, es el mayor y mejor custodiado que existe sobre la redondez de la Tierra. Aquí veis el patio principal, en cuya fuente central mana el caño de agua del que se surten y beben todos los habitantes de esta posada, que pasan de mil, de los que ya veréis que, siendo todos reos, ninguno se confiesa por culpado ni su delito es grave y si están aquí es sólo por indicios flacos y por la enemiga de jueces logreros. En este patio se hace también mucho comercio tanto del claro como del encubierto, quiero decir que hay tenderos que si tenéis dinero os venderán mercancía y hay mercaderes que por la tasa tratada os comprarán el cohecho de un juez o el favor del mismo rey si menester fuera. También veréis la gula, la embriaguez, las usuras, las rencillas, los juramentos, los engaños y las blasfemias más que si en tierra de turcos anduviéredes.

Con esto llegaron a donde comenzaba la escalera y, antes de subir, Juan Palomeque dijo:

—Aquellas catorce puertas ferradas que veis alrededor del patio son otros tantos calabozos donde se guardan los presos de mayor prevención y éstos no salen ni andan libres como todos los que aquí sueltos veis, sino que están encerrados y con grillos en los pies. Aquellos portones de allá, de donde entra y sale tanta gente reidora y alegre, son los cuatro bodegones en los que por licencia real se vende vino a los presos y visitas, el cual, como en esta república de infelices no hay otro que comprar, ya conoceréis que es de ínfima calidad, pura hiel y vinagre, que peor no se lo dieron a Nuestro Señor Jesucristo y tengo para mí que si no nos labra un boquete en los desmedrados estómagos es porque el piadoso tabernero (que por su afición a bautizar llamamos Cisnerillos) le añade otro tanto de agua para que amanse su fiereza y apague sus malos ardores. Esas tiendas que veis junto a las bodegas son de otros oficiales de la prisión, los cuales tienen licencia para vender fruta y aceite, que aquí, teniendo dinero, nadie pasa malos tragos fuera de los del vino, a los que uno también se acostumbra.

Calló Juan Palomeque y haciendo señal a don Alonso que lo siguiera fue subiendo las anchas escaleras de piedra que conducían al piso de arriba por donde bajaba y subía mucha gente. Y Juan Palomeque algunas veces se paraba a saludar a algún conocido, y le presentaba a don Alonso, alabándolo como persona principal, y le rogaba al otro que los acompañara. Otras veces mandaba a alguno que avisara a otro de que andaba enseñando la cárcel a un recién llegado, hombre de gran calidad, al que quería que viniera a servir. De lo que don Alonso, como era de natural modesto, sintiéndose tratar tan por encima de su posición, iba un poco avergonzado y hacía propósito de sacar del error a su amable anfitrión en cuanto se le presentara ocasión y quedaran a solas, por no contradecirlo ni desautorizarlo delante de testigos.

Llegados al corredor de la primera crujía que llaman de la Galera Nueva, Juan Palomeque iba mostrando las dependencias, aquí las cárceles rigurosas, habitadas por presos de grandes delitos, y se divide en siete salas grandes que llaman ranchos, cuyas lindes y jurisdicciones, a falta de tabiques y paredes, marcan unas mantas colgadas de los tirantes del techo. El primer rancho es el de la Troya y allá se albergan los blasfemos y jugadores de ventaja; el segundo, el de la Rasca, que es asilo de ladrones; el tercero, el de Goz, la casa de los rufianes; el cuarto, la Crujía, paraíso de los galeotes; en el quinto, la Feria, se vende y se compra; en el sexto, la Gula, se come y se bebe; el séptimo, Laberinto, es de toda gente revuelta como cochinos de diezmos, con todos los delitos chicos y grandes que inventó Caco, así propios como ajenos.

Salieron de la galera y doblando el corredor entraron en un aposento grande que se llama Ladronera, donde había muchos jugadores dando al naipe en diversas suertes sobre míseras tablas y sillas y otros tiraban los dados sobre artesillas remendadas y todos contendían con gran griterío y barullo entre muchos mirantes que animaban a unos u otros con esperanza de alcanzar barato y propina.

—Acá están los que se desuellan sobre el juego donde hay más flores que mayo y más tahúres de naipe marcado que en la corte de Satanás —dijo Juan Palomeque censurando como hombre de bien— y más de uno veréis entrar vestido y calzado y salir a poco desnudo y descalzo y hasta desollado si por la piel le dieran un cuarto, que acá adentro se juega con más rigor que en las casas de conversación del Arenal, como que los que aquí viven tienen en menos miramiento hacienda y honra y por cada incauto que acá se acerca hay dos enganchadores que lo traen, tres rufianes que lo despluman, cuatro dobles que lo sangran y nueve coimeros que lo guisan.

Pasaron de largo y Palomeque fue refiriendo a don Alonso que en aquella república o casa de locos todo iba a la taberna y a la tabla de juego y el vicio es tanto que hay muchos que, estando desnudos y sin camisa en lo crudo del invierno, si por limosna les dan algo con que cubrir sus carnes luego lo pregonan y venden para vino y naipe y se juegan hasta lo que tienen para comer en el día, por lo cual abundan tanto los logreros que prestan sobre prendas y luego las venden.

Sobre la timba había un aposentillo al que se ascendía por tres descompuestos peldaños, con una puerta recia pintada de verde sobre cuyas maderas a punta de cuchillo se habían grabado muchas cruces y letras.

—Ése es el cuarto donde confiesan y se ponen a bien con Dios los que han de morir por justicia —dijo Juan Palomeque y siguió adelante persignándose, lo que fue imitado por los que con él iban, ninguno de los cuales decía palabra, aunque a veces andaban en cuchicheos detrás.

—A esta parte de Levante del primer piso —dijo deteniéndose en un punto desde el que bien se veía lo que mostraba— se extiende la Galera Vieja, que está dividida en cuatro salas o ranchos. A la primera llaman del Traidor porque tiene oculta la entrada tras ese revellín que allá aparece; a la segunda, donde viven los bravos, llaman la de la Tragedia, y detrás está la de la Venta, donde pagan escote todos los presos nuevos.

Con esto llegaron otra vez a la escalera y subiéndola fueron a la Galera Alta, donde Juan Palomeque, prosiguiendo su lección, dijo a don Alonso:

—En estos entresuelos verá vuesa merced cuatro salas que son llamadas Pestilencia, donde estáis alojado, Miserable, Ginebra y Lima Sorda o Chupadera y este aposentillo pequeño que llaman Casa de Meca. Aquélla es la Gran Cámara de Hierro, tan nombrada e insigne, donde están los más bravos habitantes de esta casa, los que echan mil por vida y todo su trato es de cuestiones y pendencias, no de metafísica. Éstos vienen repartidos en tres salas: la primera es la de los Matantes; la segunda es la de los Delitos; la tercera, la de las Malas Lenguas, donde no queda honra enhiesta.

CAPÍTULO XXII

Donde don Alonso convida a su pesar a una chusma
de capigorras

Al cabo de la visita, la comitiva de penados que Juan
Palomeque había ido convidando pasaba ya de quince,
los cuales andaban en torno a Palomeque y don Alonso
afectando mejor crianza de la que sus semblantes y ca-
taduras delataban, de donde don Alonso, como estaba
muy asendereado en los desengaños de la vida, comenzó a barruntar que tanta cortesía encerraba algún mal
paso, como así se manifestó, pues en llegando otra vez
al rancho llamado Venta, donde habían comenzado la
visita, Juan Palomeque se volvió y dijo:

—En este punto, mi querido compadre don Alonso,
como introductor vuestro y padrino y fiador de vos en
esta honrada cofradía, es mi deber instruiros de que es
antigua costumbre que el que llega aquí de nuevo se
franquee amistad con los residentes más veteranos pa-
gándoles un convite con algo de vino y munición de
boca que sirva para hacer paz y amistad con ellos, con
lo cual los tendrá muy obligados y todos a uno se harán
cuadrilla para defenderlo de las malas acechanzas y
burlas que acá se usan con el chepetón y novato.

Don Alonso, manifestado el fin de tanta cortesía en
la casa donde nadie da nada por nada, comprendió,
como sabio, que era mejor parecer liberal y dar de gra-

do lo que tal como se aparejaban las cosas le hubieran tomado por la fuerza siendo ellos tantos y él uno solo. Así que sacó la faltriquera la cual, tan pronto como se vio, Juan Palomeque arrebató de sus manos diciendo:

—Por Dios, mi señor don Alonso, que no es éste lugar a propósito para hacer alarde de dineros pues, aunque esta concurrencia sea toda de hombres honrados y sin tacha, otros pueden vernos que no lo sean tanto y andarán de noche a visitarlo por robársela. Démosla al punto a maese Tenorio Hernández, que es el honrado prioste cirilero de esta cofradía, y él bajará a los bodegones a comprar cuanto sea menester, sin excederse en gastos, y luego nos traerá la cuenta limpia, que es hombre de acrisolada honradez y gran conciencia.

Y antes de que don Alonso pudiera pensar que lo estaban caballerosamente esquilmando, el dicho Tenorio Hernández había tomado su faltriquera de las manos de Juan Palomeque y seguido de otros dos o tres honrados tunantes que le hicieran de escolta y de esportilleros de la vianda salió del rancho y bajó escaleras abajo tan aprisa como si hubiera un fuego.

Desparramóse el resto, cada cual por su rincón, a hurgar de sus petates y al punto volvieron provistos de desportillados jarros y maltratadas escudillas mientras otros, apartando dos jergoncillos, despejaron un tablero y arrastrando caballetes a la parte más espaciosa del rancho montaron una gentil mesa de banquete a la cual arrimaron sillas y taburetes de muy diversas formas, todos desportillados, cojos y mancos y mientras unos lo hacían, otros echaban de allí, de muy malos modos, a estacazos y puñadas, y con palabras gruesas y denuestos, a los gorrones que de todas partes acudían al olor del festín, de los cuales sólo dejaron pasar a media docena de valentones, entre los cuales don Alonso conoció de vista a dos o tres rufianes capeadores y matadores que hacía tiempo no veía merodear por el Arenal. Y el más calificado de todos parecía ser el llamado Maniferro, valentón muy temido, bigotes de a cuarta, el cual no pudiendo sufrir aquella algarabía y canalla a las puertas de los hombres honrados dio un puñetazo en el tablero que por poco lo desconcierta, tiró la silla al levantarse y echando fuego por los ojos se fue para donde los gorrones querían pasar llevando en la mano una daga ancha, rota de la espada de Goliat, que se sacó de los pechos del jubón negro de cuero. Con esto se amedrentaron los pretendientes y al punto cesó la algarabía y los de fuera contuvieron sus denuestos y volvieron a guardar algunos pastorcillos y cuchillos de cachas amarillas que antes habían sacado al sostenimiento de sus causas. Querrá el lector saber que los pastorcillos eran palos de madera afilados y endurecidos al fuego, tan agudos que, dando puñalada, herían como cuchillos y al que daban de lleno quedaba para requiescat.

Subieron Tenorio Hernández y los otros trayendo una espuerta de queso y tocino asado y otra de teleras y un pellejo de vino de dos arrobas y otro pellejo chico exhausto y vacío en el que el triste don Alonso reconoció su bolsa, la cual, como venía vuelta por el forro, no le fue menester sopesarla para adivinar que los pocos ducados y reales que solía contener habían volado. En esto Juan Palomeque recibió el mandado puesto en pie y, sin permitir que nadie pusiera la mano en nada, hizo las partes y bendijo el banquete disponiéndolo todo como el más cumplido maestresala y decía a los que mirando y tragando saliva estaban:

—¡Ténganse, caballeros, y nadie sea osado meter la mano en nada hasta que hagamos la salva y honores a nuestro anfitrión por cuya generosidad sacáis hoy el vientre de mal año! ¡Venga acá una copa limpia donde he de escanciar a él el primero y bebamos luego todos a su salud!

Alargó Tenorio Hernández un cubilete desportillado y no muy limpio que sobre una repisa había con señales manifiestas de haber servido de portavelas y Juan Palomeque escanció en él media copa del comienzo del pellejo, donde suelen flotar los posos removidos de la pez del barril, y la presentó a don Alonso muy cortesanamente, como si le hiciera gran merced, tras de lo cual todos se abalanzaron sobre el vino y las viandas y en el tiempo que duró el banquete, que tampoco fue mucho, no le volvieron a hacer caso ni le ofrecieron migaja alguna. Al cabo, cuando hubieron comido y bebido muy regaladamente, Juan Palomeque, que hasta entonces había estado a lo suyo en el oficio de maestresala, dando y comiendo y dirigiendo y reservando las mejores tajadas y las copas más llenas para él y para Maniferro, el valentón, volvióse a don Alonso, que todo el banquete había estado como alelado, sin beber ni comer, asistiendo sólo a la riza de su hacienda, y le dijo:

—Alegre el semblante vuesa merced y sepa que en la presente liberalidad no pierde nada y que esos dineros que en la bolsa tenía, y que ahora todo el mundo sabe que le han volado, le han comprado quizá la vida porque en estos mares que ha entrado a navegar no es posible a un hombre solo y nuevo conservar la bolsa, y luego que cayera la noche se la iban a robar de todos modos y quién sabe si con fuerza y daño, que no sería el primero que amanece degollado y pierde, con la hacienda, la vida. Dese, pues, por muy satisfecho de que nos deja a sus buenos amigos muy obligados con su convite y a los malos enemigos advertidos de que nada podrán sacarle así lo despellejen como a un san Bartolomé. Y bien veréis, en estando aquí unos días, que tenéis motivo de agradecerme la gran merced que os hago.

A lo que Pedro Martínez y Tenorio Hernández y los otros compadres muy gravemente asentían y no hubiera parecido burla si a algunos más simples, descomponiéndoseles los semblantes por no poder reprimir las risas, que el vino se las había aflojado, no dieran en reír y chancearse groseramente haciendo burla y escarnio del novato, sobre lo que don Alonso, con ser paciente y sufrido, aunque sintió arder la sangre, prefirió sosegarse por no dar más que reír y procuró consolarse pensando que quizá algo de verdad habría en lo de estar ahora a salvo de ratones y ganzúas.

Con ello, y ya comidas hasta las migajas y apuradas las escurriduras del pellejo, los comensales deshicieron la mesa y unos con cumplido a Juan Palomeque y otros sin él, cada cual se volvió a sus paseos y desocupaciones.

Viéndose solo y esquilmado, don Alonso tornó a su rancho y se sentó en el poyo corrido donde se armaban los camastros y poniendo la cabeza entre las manos se mesaba los cabellos y se quería arrancar las barbas: «¡Desdichado de mí —decía—, y a qué tristes términos me ha traído mi mala fortuna!» Y cayóle tal melancolía que a un paso anduvo de ahorcarse.

Así estuvo un largo espacio de tiempo, pero luego, andando la tarde, se consoló algo como suele acaecer con los tristes que no tienen quien los consuele, y más si son compendio de tan malas experiencias como don Alonso era, y argumentando consigo mismo que aquellas prisiones no habrían de ser peores ni tan crudas como las de Argel, aunque el pensamiento de que eran más injustas no cesaba de reconcomerlo, reponiéndose un poco, y haciendo como dicen de tripas corazón decidió salir a explorar su nueva casa, que en medio de la desgracia no perdía el gusto de ver gentes y observar la vida.

CAPÍTULO XXIII

Donde don Alonso sufre culebrazo y se cuentan
otras cosas tocantes a la cárcel real

Ya queda dicho que la prisión real estaba concurrida
como feria todo el día, así de los presos como de las
gentes que venían a verlos con permiso de los porteros,
a los que daban propina, y en esto el entrar y el salir era
continuo como de hormiguero, en perpetua procesión,
trayendo unos camas, otros comida, otros ropa y hasta
contrabando de toda clase de armas sobre lo cual, con
estar tan prohibido, también hacían la vista gorda los
porteros si se les untaba la mano con la salva corres-
pondiente. Fuera de este jubileo, la cárcel era más mo-
nasterio que cuartel, pues todo se regía por toque de
campana y comenzaba y terminaba en oración desde
que se abrían las puertas, a la salida del sol, hasta las
diez de la noche, que se cerraban después de que los
visitantes salieran y los presos se retiraran a sus calabozos y galeras. Delante de la puerta del alcaide, a la caída
de la tarde, se formaba la fila de los que querían salir a
dormir a sus casas para volver al otro día, cosa hacedera
si se tentaba con cierta cantidad de dinero y los que
tenían posibles solían hacerlo un día o dos por semana
para dormir con sus mujeres o amigas, y otros que a
tanto no llegaban, o menos obligados por la honestidad
y buenas costumbres, recibían allí mismo a sus mujeres

163

y se ayuntaban con ellas en la galera común, al resguardo de unas mantas o a la vista del que pasara, que a ellos les importaba un comino que los vieran y no era infrecuente toparlos copulando pues todo el día había muy gran comercio de rameras y mujerzuelas por los pasillos y ranchos del penal, las cuales entraban a llevar vestido y alimento a sus rufianes o a ejercer sus comercios con los que lo demandaren y de ellas, un día con otro, más de cien bellaconas se quedaban guardadas a pasar la noche en las camas de sus amigos. El alcaide, aunque bien lo sabía, lo consentía, cobrando por ello, aunque algunas veces, por guardar apariencias y contentar al capellán, hacía inspección nocturna y rebato con toda la plana de los bastoneros y corchetes, portando linternas y hachas encendidas, y era de ver cómo sacaban a las mujeres de debajo de las camas, unas en camisa y otras en cueros, con mucho alboroto de ellas y protesta de sus rufianes, que si las prendían era quitarles a ellos la comida.

Así llegó la noche, amparo de todos los vicios y miserias, y, después de retirarse los visitantes, tocó segunda vez la campana y juntáronse todos a hacer oración, cada cual ante el altar de su rancho, que eran todos distintos, según los mismos presos los adornaban compitiendo en tener el mejor, y ponían muchas cintas de colores, flores de trapo y maderitas talladas haciendo marco a las estampas azafranadas de Nuestra Señora y lámparas encendidas, candelabros de barro y velas de cera. Cada altar era custodiado por un preso, que hacía de sacristán y dirigía las preces. Hincados de rodillas cantaban la salve y rezaban tres oraciones, con el Señor Mío Jesucristo y el acto de contrición, el cual en aquella república se decía de otra manera: «Dichosa soga, dichosa horca que sois instrumento para que no peque más.»

Don Alonso, rezando, recordó que cuando era libre, algunas veces, al pasar por el barrio, oía el clamor como de mar que levantaban aquellas concertadas oraciones, a cuyo rumor los más devotos interrumpían sus pláticas y quehaceres y se santiguaban como si tocaran el Ángelus, pero él nunca pensara oírlo tan de cerca.

Acabado el rezo, los sacristanes mataron las velas y candelicas y dieron palmadas para que cada cual se retrajera a su camastro. Eso hicieron y a poco sonó tercera campana, aviso de silencio y comienzo de la primera ronda de corchetes. Las rondas eran tres, en las que iba el alcaide (o solamente su sombrero sobre la cabeza del alguacil decano) acompañado de sus bastoneros recorriendo todas las estancias aunque entrando en pocas por excusar el hedor y las groseras chanzas, pues en sintiendo que llegaban, muchos que se hacían los dormidos estaban apercibidos para recibir a la autoridad con tal graneo de cuescos que más que soplo de parte humana parecían respuestas de arcabuz.

A don Alonso, tendido e inmóvil sobre unas tablas cubiertas de raída manta, no le consentía conciliar el sueño el desasosiego que los malos sucesos del día daban a su ánima y el que los chinches de la cama y los roncadores de la sala daban a su cuerpo, e iba oyendo de vez en vez, como cuando era soldado, las distantes voces de los centinelas: ¡Vela, vela, aho! ¡Vela, vela, ahooo!

Luego, entrando la noche, como los sobresaltos del día lo habían agotado, se quedó dormido. Quiso su mala ventura que aquel día se hubiera corrido la voz de dar culebrazo bravo, que así llaman los presos a un juego muy pesado en que, en medio de la noche, cuando todo el mundo duerme, se levantan los concertados y al grito de ¡Allá va la culebra; por acá viene la culebra; atento a la culebra; ¿quién ha visto la culebra?; acá la tenemos; no, que está allá! apagan las luces y la emprenden a botazos, a correazos y a palos con los durmientes y ricamente se zamarrean con muletas y bordones y aun a pedradas, a diestro y siniestro, en medio de las tinieblas, sin mirar dónde ni a quién, y entran los de un rancho a repasar las espaldas a los de otro y en medio de la cerrada oscuridad se entablan campales batallas en las que al principio hay muchas risas y chuflas y al final mucha tabla rota, muchos lastimados, muchos aporreados, muchos ayes e incluso si llega el caso alguna muerte y en medio de todo ello están los ciegos que en comenzando la riza se retraen, como quien bien anda a oscuras, y ponen al cobro en un resguardo del patio donde se dan a tocar la gaita zamorana y los demás instrumentos de su orquesta tan reciamente que no dejan oír los unos a los otros hasta que acuden corchetes y les saludan las espaldas con sus varas y van entrando los justicias con luces por los ranchos apaleando y poniendo grillos a los que contienden hasta que se da fin al culebrazo con el día y con desapartarse los apaleados apaleadores.

Comenzó, pues, la culebra la noche que decimos y don Alonso, despertando sobresaltado en medio de aquel estruendo, pensó que el mundo se acababa y el tejado se le venía encima, pues antes de que acertara a levantarse, en la ciega zarabanda que lo rodeaba, algunos le echaron una manta por la cabeza sobre la que menudearon palos y gentes hasta que al peso excesivo quebraron las tablas de su cama y dieron con la yacija por los suelos.

Esto fue la primera noche, y donde don Alonso creyó advertir ración completa y sobrada no hubo más que aperitivo porque a la segunda noche, aunque no hubo culebrazo, le fue peor, que como era novato los de su rancho le hicieron el cruel juego de la marsopa, y estando dormido le insertaron entre dos dedos del pie un libramiento o pliego de papel muy bien doblado en tiras largas y untado de aceite al que pegaron fuego en el extremo, y cuando consumiéndose le llegó el fuego a la carne y despertó al dolor ya tenía muy bien chamuscados los dedos. A sus lamentos, los mismos que le habían hecho la burla se removieron quejosos en sus camastros como si despertaran de un profundo sueño y aguantando la risa se levantaban con ojos adormilados haciéndose de nuevas y luego de informados protestaban que no hay derecho que esto se haga a un hombre honrado, no sé a dónde vamos a llegar con la desvergüenza de los tiempos donde nada se respeta, mal tornado le dé Dios al que tal hizo, ¿le duele mucho a vuesa merced?, pues no se queje que desta misma burla andan por esta santa casa algunos lisiados y cojos, bendiga a Dios que tuvo suerte y despertó pronto; a ver, que un alma caritativa le traiga aceite de la lamparilla que es mano de santo y bálsamo de Fierabrás y mañana vaya a ver al cirujano que le dé emplastos de yerbas. Sobre estos juegos suele haber nudos y pendencias pero don Alonso, aunque bien conocía que los burladores eran los que más piadosos se hacían, se lo tomó con paciencia y lo dejó pasar.

CAPÍTULO XXIV

Amaneció otro día y andaba todo el rancho revuelto con las risas y comentarios de la burla del novato, y don Alonso, que no había podido dormir más y estaba de muy mal humor, no pudiéndolo sufrir, arremetió contra uno de los principales burladores y le dio un mojicón en la cara que le bañó en sangre los dientes, lo cual visto por sus compinches, arremetieron todos en cuadrilla contra don Alonso, como la gente cobarde y vil que eran, y desconcertándole otra vez el mal compuesto camastro dieron con él en el suelo, donde comenzaron a aporrearlo muy a sabor dándole no se cuántas coces con un número no sabido de puñadas, pescozadas y torniscones. En ello estaban y nuestro desventurado amigo lo hubiera pasado peor que mal de no acudir en su auxilio muy oportunamente el valentón Maniferro, cuyo aspecto bastara para espantar al diablo, el cual, subiendo de dos en dos los peldaños de la escalera del patio, penetró en la galera donde hacían rebatiña sobre las costillas de don Alonso y apartando gentes con violencia repicaba con el puño de hierro que traía en lugar de mano encima los espinazos de los que ofendían a don Alonso y a grandes voces, entre otras muchas malas palabras que por buen respeto se callan, iba diciendo:

—¡Teneos, follones, gafes, putos, traidores, herejes, bellacones, desuellacaras, hijos de treinta padres, todos cornudos entrando en cuadrilla en los coños pelados de vuestras putísimas madres si no os hiede la vida y estimáis en algo vuestros pellejos de cabrones no demos de comer al diablo y váyase cada cual a sus negocios, que al que toque al Manco aunque sea un pelo de su ropa le voy a moler los huesos y le voy a pelar las barbas y poner el cuero de cuchilladas que no servirá ni para parche de botija, grandísimos cabrones, que sois leones con las ovejas y corderos con los hombres, teneos si queréis excusar tan grandes duelos como no se recuerdan en esta comunidad, porque vive el Dador que se me sube la cólera al campanario y estoy por desorejaros a todos!

Cesó el tumulto y apartándose los que estrechaban a don Alonso, cada cual con su dolor y algunos por los suelos, que sin resuello y como privados habían quedado de las ferradas puñadas del valiente. Maniferro, más bravo que Amadís, ofreció su mano sana a don Alonso y ayudándolo a levantarse, prosiguió:

—Voacé, mi señor don Alonso, como hombre de bien aunque con poca sal en la mollera, podríais muy bien haberme visitado y dicho que sois deudo de mi compadre Chiquiznaque y no esperar a que *la Gananciosa* me trajera su recado. De este modo habríais excusado los quebrantos y malos usos que lleváis sufridos, mas, puesto que eso ya no tiene remedio, pelillos a la mar que yo sabré tenerme obligado el tiempo que permanezcáis aquí y me hincaré un clavo en la frente por serviros y nadie osará punto contra vuesa merced ni claros enojo pues ¡voto a San Dios y a sus catorce santos! que los asuntos de mi compadre Chiquiznaque en más estimo que los míos propios y daré la mano por servirlo.

Hubiera Maniferro llegado un avemaría antes y hubiera excusado don Alonso visitar la enfermería, lugar muy necesario en la casa donde tan frecuentes heridas se padecen en reyertas, disputas y pendencias. Como estaba tan maltrecho que no se podía valer ni menear, lleváronlo allá almas piadosas, que, por congraciarse con Maniferro, en seguida surgieron muchas que antes no lo eran y lo entregaron al barbero y al enfermero mayor, los cuales, al saber de parte de quién venía, se esmeraron por servirlo y le estuvieron curando las heridas y lavándoselas con vino. Allá fueron a visitarlo el cocinero y el despensero de la cárcel, que entrambos eran amigos de Maniferro, y le trajeron una taza de caldo de gallina y un cartucho de cerezas. Digamos, en fin, que don Alonso, en los tres días que allá estuvo, se vio tan regalado como si persona principal fuese y hasta la mujer que lava la ropa de los enfermos lavó la suya y le dio aguas de olor.

Mientras allá estaba corrió la voz por la cárcel de que era pariente de Maniferro y fue mano de santo porque cuando nuestro hombre volvió a su rancho halló que todos sus camaradas disputaban por atenderlo y hasta tablas nuevas sobre las que hacer la cama y almohada de borra que antes no tenía y en los días que siguieron, y aún en los meses, ningún rufián osó enojarlo por miedo a Maniferro, que estrechamente velaba por él, con lo cual, aunque el lugar era bien triste, se le hizo más llevadero de lo que al principio pensara.

Así corrieron los ardientes días del verano y fue entrando el otoño plomizo y don Alonso se acomodó a la vida del cautivo que quema sus horas como lenta cera, paseando patios, conversando con algunos discretos que padecían su mismo infortunio, escribiendo o leyendo algunas cartas a los que lo habían menester, de lo que recibía algún real con que ayudarse, y tratando en los corrillos, como se suele, asuntos familiares y del común interés, de solturas de presos y alivios de prisiones. En sus carnes se percató don Alonso de que el negocio de la administración es mar sin fondo en el que todos, del más alto al más bajo, meten las manos sin rendir cuentas a Dios ni a la justicia y ninguno piensa que un día se las tomará Nuestro Señor Jesucristo. Tuvo también que escapar de las acechanzas de muchos bellacones que bajo capa de tener aldabas intentaban sacarle lo que no tenía, el uno diciendo ser amigo del juez, el otro del escribano, el otro, que dentro de dos horas haría que le diesen de fiado o que su negocio era tan fácil que con seis reales procuraría que lo soltaran.

En este tiempo don Alonso elevó muchos memoriales y súplicas a las autoridades y dirigió varias cartas a su majestad católica Felipe II, denunciando la arbitrariedad que con él se cometía. También escribió a su amigo Agustín de Cetina, el cual abogaba en Madrid por ver si lo sacaba libre. Y de una y otras gestiones se derivó que el Tribunal de Cuentas, examinando otra vez los cargos y echando de ver que don Alonso padecía injusta cárcel, enviara un escrito a la Audiencia de Sevilla, ordenando al juez don Gaspar de Vallejo soltar al preso para que compareciera en Madrid, ante el Tesoro, en término de un mes y admitiendo que aunque no compareciera quedaría libre si sus fiadores satisfacían los ochenta mil maravedíes de la primera cuenta, lo cual era como decir que el Tesoro reconocía la inocencia de don Alonso y censuraba el exceso de celo de su captor, pero el juez Vallejo, como era cornudo atravesado (que es la peor especie que de cornudos hay) traspapeló la orden e hizo caso omiso a lo que se le pedía y multiplicó las maniobras dilatorias y no libertó al preso hasta cuatro meses después.

Excusaremos, por no pecar de prolijos, el desmenuzado recuento de lo que don Alonso vivió y vio en la cárcel. Pasaremos por alto los arduos momentos; nada diremos del hedor, que era insufrible, más que si fuera casa de locos, y, en fin, omitiremos casi todo lo que vivió y padeció en aquel lugar que otros mejores ingenios que éste han llamado paradero de necios, escarmiento forzoso, prueba de amigos, venganza de enemigos, república confusa, infierno breve, puerto de suspiros, donde cada uno grita y trata de su locura. Sólo diremos que don Alonso tuvo tiempo de sobra para acomodarse a la vida de aquella república, de aprender sus figuras, caracteres, vidas y milagros, y de admirarse con las costumbres de los que en ella hacían penosa morada y sus juegos, sus latrocinios, sus pendencias, sus heridas y sus muertes cuando por pretexto fútil al momento se levantaba tormenta y volaban jarros, platos y escudillas, con lo que se engendraban odios más duraderos que luego se pudrían en los corazones y daban en bandos y cuadrillas entre la rigurosa cofradía de los bravos. Era de todo punto inevitable que los que pasaban el día haciendo valentonadas sin cuento y demostraciones y virajes de despreciar la vida y no temer la muerte, alguna vez tuvieran que mantener sus altas opiniones trabándose en campal batalla con las más diversas y fieras armas, que aunque estaban prohibidas, cada día entraban y no había registro que las descubriese ni confiscación que las agotase: terciados, cuchillos, medias espadas, dagas y pastorcillos de palo.

Tiempo pasado, más que las jornadas de sangre recordaría don Alonso las festivas, y entre ellas una en que subió a los terrados, unido al regocijo común de ver cómo se las componían los corchetes para atrapar a un preso que huyendo de ellos se había refugiado en el patio de atrás, en cuyo centro estaba la servidumbre o retrete, el lugar más repugnante del mundo, un mediano algibe a cielo abierto sobre el que volaban algunos tablones que servían para apoyar los pies al que obraba del vientre. Y el depósito era de tal magnitud que cada cuatro meses se vaciaba y no lo podían agotar cien bestias de acarreo. Para entrar en tal lugar había que satisfacer al portero cuatro maravedíes, dos si se era pobre, para alcabala de bravos. El fugitivo de marras se metió en la alberca con la inmundicia hasta la barbilla y cuando los bastoneros querían prenderlo, él les lanzaba pelladas de excrementos de las que ellos huían o procuraban hurtarse, entre las grandes risotadas y pullas de la regocijada canalla que desde ventanas y terrados asistían al maloliente teatro. El cual solía ser entremés de mayores tragedias pues muchas veces los que allá se refugiaban eran condenados a muerte que no querían entrar en capilla, pero, aunque aplazaran su muerte una hora o dos, al final fatalmente sucumbían y habían de salir del fétido baño para darse otro en la pila del agua del patio de arriba hasta que parecían limpios, que el olor se les metía en el cuero y les duraba muchos días con atufamiento de ranchos y estancias (si de por sí no hubieran sido tan pestilentes) y al final los pobretes no tenían otro fin que dejarse conducir como corderos a la mesa de matarife donde Ganzúa, el verdugo, los esperaba.

CAPÍTULO XXV

Don Alonso, como forzado súbdito de aquella confusa república, vino a conocer a los honrados presos por deudas, a los embaucadores de labia y a los ladrones de mano, a los valientes y rufianes de grandes bigotes estirados, y hasta a los sayones endurecidos que matarían a su padre por un altramuz, los que viven sin pensamiento de castigo ni se acuerdan de la justicia de esta vida ni de la otra. De los cuales algunos eran por diversos medios celebrados y andaban siempre en grandes compañías de otros que los servían y agasajaban como a principales. En lo que don Alonso, con honda filosofía, veía señas claras de que la cárcel es la abreviatura de la vida o lo es del infierno o de las dos cosas juntas, donde los débiles son devorados por los fuertes, que ésta es la más cruda metáfora del mundo, y los que tienen la fuerza son tenidos por nobles con supuesta excelencia y doblegan las leyes a su conveniencia.

Trató también don Alonso al capellán de la prisión, el padre León, jesuita esforzado, el cual, pudiendo por su cuna ser regalado canónigo de esos que dejan de decir misa si el vino está repuntadillo, había escogido vivir entre míseros reclusos comidos de búas y tiña y piojos esforzándose en socorrer a los pobres y luchar con denuedo por salvar las almas de aquella gente desgarrada de los cuales muchos por burla le pedían confesión por llenarle la cabeza de valentías e impertinencias, historias y cuentos disparatados y él con paciencia se dejaba burlar con tal de que luego le oyeran sus pláticas por las que quería llevar a buen camino a los que traían la vida gentilizada y sin Dios ni ley. No le parecía a don Alonso que la religión tuviera mucho adelanto entre tales gentes, que de tenerse en cuenta las blasfemias que a cada paso proferían, en sólo un día se hubiera vaciado la cárcel real y todos habrían mudado a la de la Inquisición, pero con todo el padre León se persuadía de que, con haber entre aquella canalla tan mala gente, sin embargo conocían a Dios a su manera y no de otro modo pudiera entenderse que llegando la Semana Santa saliera de ellos tan gran número de disciplinantes para hacer procesión, con sus pasos, estandartes y bocinas, por patios y galerías, azotándose con fervor, derramando mucha sangre y vaciando los ojos de llanto cuando escuchaban la plática del padre León diciéndoles «ved, hermanos, que esta cárcel comparada con la de los condenados por Dios se tomara por alcázares y jardines: velad por vuestra alma y tened paciencia». Y a él Dios le recompensaba la suya permitiendo que de vez en cuando algún buen peje cayera en la red de la divina palabra.

Don Alonso bien agradecía que los amigos vinieran a visitarlo, pero teniendo tan pocos no recibió muchas visitas fuera de las tres o cuatro que le hizo Tomás Gutiérrez, el cual procuraba distraerlo con noticias de fuera, y le daba parte de cómo iban las enemistades entre Audiencia y Ciudad, de los asesinatos y reyertas, del naufragio de la barca de Poco Trigo en el río con carga de ladrillos que los buceadores rescataron, de los alardes que los arcabuceros municipales hacían delante del alcalde Puñonrostro, del ahorcamiento de un soldado con tambores destemplados por homicida de un amigo y de otras menudencias que en Sevilla acaecían, pero siempre encontraba a su amigo meditabundo y filosófico y oía de él, preguntándole si algo le embargaba, que allá aprendía paciencia y resignación.

Algunas veces, por entretenerse, los presos hacían un desfile de los ajusticiados, como ensayo de la muerte, y formábase cortejo numeroso de hasta doscientos penados, cada cual muy en su papel, con autoridades al frente, el verdugo vestido de tal, el escribano, los alguaciles sufridores de rechifla, el condenado cariacontecido o diciendo valentías y donaires, el confesor grave y los hermanos de la Caridad piadosos. Este desfile recorría con solemnidad los pasillos y estancias de la casa, subía y bajaba los pisos hasta el patio, el pregonero diciendo «ésta es la justicia que manda hacer el rey nuestro señor», y al final se rompía en risas de espectadores y saludos del condenado, como cumple a hombre bragado que entre tales gentes se admira y tiene por ejemplo, los que dan higas a la vida y hacen fiesta de la muerte. A veces, porfiando en valentías, las cosas iban a más y el que hacía de verdugo les ponía al cuello la soga y lo que comenzó de mentira fácilmente se tornaba verdad y más de uno se colgó de veras.

Otros días había juego de cañas en el patio, al que concurrían cuadrillas de reclusos subidos unos a hombros de otros, unos haciendo de caballos y otros de caballeros, como en la vida de afuera, y vestidos de muy grandes galas que les traían sus amigas, con muchos colores y bandas, y se embestían gentilmente y quebraban cañas con gran denuedo, que mejor y más gravemente no se hiciera siendo el acto verdadero.

En estos juegos y enredos y pláticas se iban los días de los más y en planear con mucho secreto trazas con que huir del cautiverio, que las más de las veces quedaban en humo de pajas y en nada, siempre celebrando el famoso gustaparo o butrón que hicieron una vez algunos por el que más de doscientos escaparon, aunque pocos tenían memoria de que casi todos ellos murieron sofocados por los vapores de los pozos ciegos y los pocos que pudieron salir por una alcantarilla a la plaza de San Francisco fueron presos y enviados a galeras.

En su vejez, don Alonso, tendido en el sopor suave de sus siestas vallisoletanas con el cuartillo de vino almorzado, recordaría a menudo casos y personas de la cárcel de Sevilla y a veces riéndose, su mujer, que lo oía desde la habitación contigua, creía que chocheaba. No sabía que andaba recordando los casos chuscos de la cárcel, aquella conversación entre don Beltrán de Galarza, hombre de algunas letras que estaba preso por abandonar a su mujer, y el escribano Gabriel Vázquez, que lo estaba por el mismo delito, sobre lo cual solían contender y hacerse burlas.

—Es la esposa accidente insuperable —observaba Galarza.

—Es lazo tal que, si una vez echáis al cuello, se vuelve nudo gordiano —asentía Vázquez.

—¡Pesada cruz es la del matrimonio! —exclamaba Galarza.

Y Vázquez, recordando que su amigo estaba casado con una mulata grande y gorda que no bajaría de ocho arrobas, replicaba con donaire:

—¡Y más siendo tan gruesa y de ébano como la de vuesa merced!

Recordaba también don Alonso a un condenado que, resistiéndose a salir para su ejecución, con el crucifijo de la puerta le dio un cristazo al portero que le abrió la cabeza, o los dichos y ocurrencias de aquel preso, Juan de la Cruz, que eran celebrados en toda la cárcel, por los cuales muchos lo seguían de contino, o aquella vez que unos dejaron a un niño de pecho como fianza y lloraba por la noche con tal brío que el rancho entero estaba desvelado y el valentón que lo tenía diciendo ¡rorro, rorro! no lo podía acallar, antes bien se le hizo sus necesidades en la cama en lo que hubo gran enojo y al final, desesperado, lo tuvo que dar de balde antes que sus camaradas, a los que el llanto del niño tenía en vela, lo baldaran.

Con menos regocijo recordaba el espantable caso de Juan Otero, el cual estaba condenado a muerte por asesinar a la cuñada con la que se entendía, pero la justicia no se determinaba a ahorcarlo porque el reo daba señas manifiestas de tener perdido el juicio y así lo tenían retenido por ver si su locura era fingimiento para salvar la vida. Ya iba para dos años de ello y aunque muchos lo espiaban día y noche por averiguar la verdad de su secreto, si era loco o fingía, nadie en este tiempo le había conocido una señal de juicio. Él estaba todo el día sentado en una silleja baja, sin hablar con nadie, comiéndose de piojos y dejando entrar y salir de su boca las moscas sin hacer otra cosa que menear la cabeza de un lado a otro y aun comiendo la misma suciedad de las narices y, lo que es más, las propias heces suyas de la cámara, cosas que ponían grandísimo asco a los que lo veían. Tan mala gente como hay en la cárcel, le hacían comer vedijas de lana con suciedad, y las comía y sufría palos y libramientos sin quejarse. Algunas veces don Alonso, apiadándose de él, le lavó las heridas que los otros le hacían y le puso vendas por apartarle las moscas o le dio algo de comer y el loco reía alelado y miraba a su benefactor sin dar muestras de conocer ni agradecer. Así estuvo un tiempo hasta que, dándolo por loco, lo trasladaron al hospital de los inocentes, del que escapó al otro día y, pasando a Portugal, embarcó para Holanda, tan cuerdo como el que más, y estableciéndose allí de mercader prosperó y toda la vida se estuvo riendo de las justicias que teniéndolo condenado a muerte lo habían dejado escapar.

Otro hombre conoció, de nombre Pablillos, que estaba preso porque en la plaza del Salvador vendía polvos de adivinar a cuarto la papelina y un mal día acaeció que un caballero veinticuatro le compró una y abriéndola en su casa encontró que contenía un polvillo ocre. Echóselo a la boca y lo paladeó y halló que no era sino mierda seca muy bien molida, por lo cual lo hizo prender y lo llevó a la cárcel.

—Es injusticia que se me hace —se quejaba Pablillos— porque dije que eran polvos de adivinar y el veinticuatro adivinó lo que eran.

Luego don Alonso recordaba otros casos en que no había fingimiento ni burlas sino arrepentimiento y virtud, como un famoso ladrón al que ninguna puerta ni arcón se resistía si sobre ello ponía su mano, que estando en prisión decía que se esforzaba ahora en abrir el costado y las llagas de Cristo y, aunque deseaba que su tormento durara muchísimo por lo mucho que había ofendido a Dios, murió a poco con muy grandes muestras de salvación.

CAPÍTULO XXVI

Donde se cuenta la historia de Moquimber, mancebo anglicano

Una buena mañana estaba don Alonso meditando en su camastro sobre cierta historia de un hidalgo loco, la cual pensaba escribir cuando saliera de la cárcel, cuando entró en el rancho uno de los compinches de Juan Palomeque con la noticia de que los cofrades capigorras habían cazado a un mancebo incauto, el cual, a juzgar por la buena apariencia de las galas que vestía y por su talle y porte, parecía ser persona tan principal que, si la bolsa correspondía a lo demás, era seguro que tendrían a su costa un banquete memorable. Don Alonso, conociendo el fin de aquellas cortesías, compadecióse del muchacho y sintió lástima de su poca edad e inexperiencia y resolvió advertirlo, sin pensar que se ponía en gran peligro por socorrer a quien no conocía. Más la fortuna, la que traba las cosas y engarza los acontecimientos, estuvo esta vez de parte de don Alonso porque en llegando a la Galera Nueva encontró a los pegadillos y cofrades de la gorra muy corridos y contrariados y supo que, habiendo dado el salto en la bolsa del mozo, hallaron que ni siquiera la tenía, y él, advirtiendo la dañada intención que habían tenido, estaba en medio de ellos riendo el suceso y les decía:

—Vuesas mercedes sabrán disculpar mi desamparo,

que según noto es el de todos, y perdonarán que no los convide con nada pero es que los señores inquisidores ya se hicieron cargo de cuanto tenía y me sacaron hasta el negro de las uñas para ayuda de costas. Quede para otra vez lo de convidarlos, que si la vida me favorece yo espero mejorar de estado y dejarlos satisfechos a todos.

Rió don Alonso la agudeza del mozo y por allanar las cosas y quitar de enemistades, pues muchos gorristas ponían cara de no querer bien al que tan sin culpa los había burlado, le dijo:

—Señor, porque vuestra lengua y vuestro traje muestran ser persona de calidad aunque extranjero y no es frecuente que gentes así recalen en esta comunidad, yo os rogaría que para satisfacer a estos señores y a los otros que aquí llegamos hagáis sobremesa del banquete que no hubo y nos deis parte de quién sois y por qué razón habéis venido a la presente desventura, que así como pan, vino y tocino son alimento del cuerpo, no teniendo con qué convidarlos bien podríais cambiarlos por las palabras que son alimento del alma y vaya lo uno por lo otro.

A lo que el muchacho accedió de muy buena gana y tomando asiento en una banqueta dio espacio a que todos se acomodaran a la redonda, unos en el suelo, otros sobre escabeles y taburetes traídos de los ranchos vecinos, y cuando se hubo hecho el silencio y cesaron las toses, el mancebo comenzó a decir de esta manera:

—Sabed, distinguidos señores, que me llamo Moquimber y soy de nación inglesa y entre mis muchas desdichas figura la de no saber dónde tomó principio mi linaje ni quiénes fueron los padres que me engendraron, pues los que por tales me han criado, aunque nobles de la más alta nobleza de Inglaterra, me salvaron siendo niño de poca edad de un naufragio donde habían perecido los verdaderos fautores de mis días, los

181

cuales, a lo que parece, eran comerciantes holandeses o franceses que escapando de las guerras y calamidades de su patria pasaban a Inglaterra en busca de lugar sosegado donde criarme. Y sé decir que, aunque de ellos no guarde memoria alguna, bendígolos cada noche y los tengo por los mejores padres que en el mundo han sido, pues sacrificaron sus vidas por mejorar la mía.

—Dios los tendrá en su gloria —dijo Pedro Ramírez— y si esto os sirve de consuelo muchos de los que aquí estamos tampoco hemos conocido a nuestro padre, aunque madre hayamos tenido, y así como medio huérfanos y sin linaje andamos por el mundo y aun diría que bastantes de los que creen conocer a su padre no lo conocen, y el día del Juicio Final llevarán grandes sorpresas de saber que es aquel vecino cagapoquito, quién lo iba a decir, o el desuellacaras que un día sacó el pozo negro o el cura.

—¿Callarás por ventura y dejarás que prosiga el mancebo? —dijo Juan Palomeque interrumpiéndolo.

Calló Ramírez, aunque quería seguir, y prosiguió Moquimber:

—La fortuna, que por un lado quita y por el otro da, quiso que un conde inglés que por allí con su nave acertó a pasar acudiera al salvamento del naufragio donde pensé perecer y del laberinto de tablazón rescató una barrica nueva en la cual, como a Moisés, mis padres me habían puesto en cobro cuando se fueron a pique confiándome en las manos de Dios. Este señor, como digo, me recogió y me llevó a su palacio, en Lichefilde, gran ciudad en el corazón de Inglaterra donde hay catedral con tres torres que terminan en pico y muchos curas, muchas tabernas y muchas izas, amén de buenos campos de labor y huertas. Allá me confió a su honrada esposa, que me tomó por hijo en el lugar de uno suyo de mi edad que se le había muerto poco antes y me criaron con regalo y me educaron temeroso de Dios y deseoso de servirlo y de hacer buenas obras en la fe cristiana según en aquellos reinos se usa, que es la anglicana (de donde hoy me viene el daño con la Inquisición).

—Nadie está limpio de imperfecciones —intervino Pedro Ramírez—. Vuesa merced es hereje como éste es manco y aquél cojo y aquel de más allá sospecho que malato, que son tachas que da la vida y no hay que hacer sino resignarse.

Iba a decir más, pero cruzó su mirada con la de Juan Palomeque que con el ceño fruncido lo llamaba al orden, y guardó silencio. Prosiguió Moquimber su historia en los siguientes términos:

—Decía que crecí y me eduqué en los usos de cualquier mozuelo de mi condición y acompañando a mi padre me enseñé en viajes de navegación y aprendí la mar y cuanto compete saber a un buen capitán de la armada. Lo que mostré en diversas ocasiones y guerras en las que estuve presente y que no detallo por no alargar el cuento en prolijidades.

—Voacé lo alargue cuanto quiera y le venga en gana —dijo Juan Palomeque— que bien me parece que ninguno de estos caballeros hace idea de salir hoy a dar un paseo ni a visitar deudos, sino que muy de su grado se estarán acá escuchándolo cuanto sea menester.

—Sus mercedes recordarán que hará ahora tres años la armada inglesa vino sobre Cádiz y saqueó la ciudad por espacio de quince días. Yo excusaría esta parte del cuento estando entre honrados españoles que de ella pueden cobrar enojo, si no fuera porque es la parte central y cogollo de la historia, sin la cual no se entendería cómo he venido a parar a estas prisiones ni cuáles son las cuitas invencibles por las que este buen hombre preguntándome dio comienzo a que yo contara mi vida.

—Excusado estáis por adelantado —dijo don Alonso—, que entre los que aquí nos sentamos somos muchos los antiguos soldados que hemos combatido con honor por nuestro rey, al que Dios guarde (aunque luego nos veamos mal pagados con grilletes y destemplanzas) y bien entendemos que cada hombre ha de defender su tierra y seguir tras sus banderas sea justa o no la causa que persiguen, tanto más cuanto, a lo que se me alcanza, la escuadra que atacó Cádiz no hizo sino prevenir el gran nublado de otra mayor que sobre Inglaterra aparejaba su católica majestad, y nosotros, llegando allá, hubiéramos obrado del mismo modo. Pero prosiga sin disculpa, señor marino, que a todos nos tiene prendidos de su palabra.

A lo que Moquimber siguió diciendo:

—Pues sabrán sus mercedes que Isabela, la reina de los ingleses, juntó en sus puertos reales hasta cuarenta navíos de guerra, todos muy marineros, y obra de setenta navíos de carga en los cuales conjuntamente embarcaron hasta siete mil hombres con el mando del conde de Leste y el almirante Jouardo, los cuales con justicia son tenidos por los mejores generales de Inglaterra. Pues siendo mi padre servidor del conde me hallé mandando un buque en aquella jornada y desembarcando con los míos participé en el asalto de Cádiz, cuyos sangrientos y tristes detalles pasaré por alto porque no añaden nada a la historia y sólo servirán para reverdecer heridas y criar enojos. Pues es el caso que en el botín de los soldados que a mi mando estaban me cupo una doncella de como trece años de edad, la cual era la más bella criatura que humanos ojos hayan visto e igualmente destacada por su calidad, bondad y virtud, y habiéndola llevado con otras ganancias a mi cuartel, que había establecido en una de las casas principales de la ciudad, ella con tiernas lágrimas y conmovedoras razones se echó a mis pies pidiendo sobre el nombre de Cristo que la respetara y no acreciera con la deshonra el doloroso trance de verse presa en manos enemigas y tan sin amparo a tan tierna edad. A lo que yo, que había quedado prendado de ella desde el mismo instante en que la vi y por servirla con gusto hubiera dado la vida, le rogué que se alzara y le di mi palabra de que mientras estuviera bajo mi mano no tendría que temer torpeza alguna, pues soy de la opinión de que la guerra y las violencias sólo se han de hacer con el justo enemigo que tiene armas con que defenderse y no con los débiles ni con las mujeres.

—En eso está vuesa merced bien aconsejado y toda la presente asamblea de personas honorables suscribe esa cláusula— volvió a decir Ramírez.

A lo que los demás contestaron con señales de aprobación y de que se callara, que querían saber cómo acababa la historia.

—Yo, cada día —prosiguió Moquimber— salía de la cámara para ir al consejo del conde de Leste, en cuyas deliberaciones, por hacer honor a mi padre, me había admitido y allí se discutía lo que cumplía hacer, si quedar más tiempo en Cádiz o levar anclas y poner velas al mar antes de que llegaran las fuerzas que aprestaba el duque de Medina según nuestras noticias.

—Hubiérades podido quedar allí de por vida y criado nietos sin moveros del asiento —intervino don Alonso— si por el duque de Medina fuera.

Rieron todos la gracia entendiendo que el duque de Medina aguardó las noticias de que los ingleses eran idos antes de acudir con sus tropas al salvamento de Cádiz.

—Pues es el caso —prosiguió Moquimber que el conde de Leste exigía crecido rescate por la ciudad y las negociaciones iban lentas y el tiempo apremiaba, por lo que al final determinó salirse al mar sin más ganancia que lo saqueado, que por ser la ciudad principal y rica del comercio indiano fue mucho, y bastantes de los nuestros quedaron abastados y socorridos de su natural pobreza. Volviendo a lo mío he de deciros que en los quince días que permanecí en Cádiz hube mucho espacio de platicar con doña Guiomar de Enríquez, que así se llamaba mi cautiva, y mi benevolencia primera fue dando espacio a otros más destilados sentimientos y fui sintiendo por ella tanto amor como un corazón generoso pueda sentir. El día último que la escuadra levaba anclas procuré salir de los postreros de la zaga por dejarla más a salvo y la confié a algunas buenas gentes de las que habían quedado en la ciudad encareciéndoles mucho que la devolvieran a sus padres tan a salvo como yo se la entregaba. Con esto me partí y saliendo al mar con mi bajel torné a mis oficios con propósito de olvidarla, pero bien pronto advertí que no podría vivir un día de contento si no estaba cerca de doña Guiomar.

—Cosa maravillosa es el poder del amor —dijo don Alonso—, que por él se mueven guerras y pestes y se perdió Troya, pero también, como dice un poeta, se mueven el sol y las otras estrellas.

A lo que todos asintieron de muy buena gana, que el que más el que menos, sin ser aquélla la academia platónica, había tenido alguna afección en el mundo.

—En los dos años que llevo sufriendo ausencias —prosiguió Moquimber— no ha conocido mi corazón sosiego y así en mar como en tierra, en paz como en guerra, de día como en lo más quieto de la noche, doquiera me hallaba, el recuerdo de doña Guiomar me perseguía agrandando la llaga y robándome la paz. Con esto determiné volver por ella en cuanto tuviera ocasión y declararle mi amor y hacer cuanto pudiera por merecer el suyo. Sobre esto bien puedo decir que unas desgracias han traído otras, como cerezas que trabadas salen del cestillo de mis penas, pues en este tiempo ha muerto mi padre el duque en la peste que de un tiempo a esta parte aquejó a Inglaterra, con lo que viéndome por segunda vez huérfano y desamparado del mundo, aunque bien podía triunfar de riquezas y honores en el favor de la reina Isabela y en la heredad que recibía, determiné de fletar dos naves a mis expensas y partir hacia Cádiz con achaque de que iba a guerra de corso pero sin más trazas ni pensamiento que el de desembarcar secretamente cerca de la ciudad y buscar allá a los padres de doña Guiomar para, postrándome ante ellos, declarar mis sentimientos y ofrecerme a servirlos en cuerpo y alma y hacer lo que menester fuere por alcanzar a su hija. Así las cosas, quiso mi mala fortuna que llegando frente a las selvas de la parte de Sanlúcar avistáramos una galera grande genovesa que iba embocando la barra para subir el Guadalquivir, a lo que parece cargada de preciadas mercaderías según de pesada iba, con lo que a mis hombres vino la codicia de la ganancia, y como yo quisiera contenerlos, pues había hecho firme proposito de no ofender ni mover guerras contra la nación de la que, Dios mediante, sería mi esposa, a la que ya iba sintiendo como mi segunda patria, no pudiendo el freno de la disciplina contra el acicate de la avaricia, amotináronse y pusiéronme en grilletes tras de lo cual quisieron abordar a la galera genovesa, pero ésta, habiendo advertido el peligro, se dio a la fuga por bajíos de la barra que su piloto bien conocía y se puso al cobro. Quedaron con esto burlados los alzados y deliberando sobre lo que cumplía hacer conmigo, como estuvieran temerosos de volver a Inglaterra, donde serían colgados por su fechoría, determinaron tornarse moros y darse al corso en la parte del rey de Argel y a mí, después de deliberar sobre si pasarme por la barra, colgarme de una verga o venderme por esclavo, se impuso la opinión de los más moderados que en pago a mis buenos tratos y razonables favores proponían que se me dejara en el esquife con ración de agua y galleta para una semana, en alta mar, donde tierra no pareciera por parte alguna, con una velilla mezquina. De esta guisa estuve obra de nueve días queriendo alcanzar tierra y siendo arrastrado siempre mar adentro por las corrientes y vientos adversos que se levantan en la confluencia de los dos mares, tras de lo cual, cuando ya desfallecían mis fuerzas y creía morir, acertó a pasar no lejos el galeón correo que anuncia la llegada de la flota de Indias, desde el cual me avistaron y recogiéndome me llevaron a Sanlúcar, donde tres días me tuvieron preso en las cárceles del duque, en las covachas que están en la Cuesta bajo su palacio, desfallecido de hambre, comiendo solamente unas feas sabandijas llamadas langostinos que allá se pescan revueltas con peces más nobles, las cuales me tiraban sus criados desde la cámara de arriba donde tienen habitación, y por beber me daban un vino que allá crían, de malísima color, que llaman manzanilla. De estos rigores, a los que debo confesar que en seguida me aficioné, pasé a otros aún mayores cuando el duque me entregó a la Inquisición, que me puso en grandes prisiones por ser hereje. Del resto de mi historia nada diré que no sepáis sino que no habiendo espacio para mí en las cárceles del castillo de San Jorge, donde los inquisidores tienen su barra y cadena, me han trasladado a ésta, de donde, cuando Dios sea servido, me sacarán para condenarme y quemarme como ya han hecho con otros de mi nación.

—Roguemos a Dios porque no sean tan rigurosos —dijo don Alonso—; tanto más cuando, a lo que vemos, vos sois hombre de prendas que muchos católicos bien quisieran tener y sin la especie de que seáis hereje, lo cual no es achacable a dañada intención sino a accidente de la fortuna, bien es de esperar de la misericordia divina que salgáis con bien de este trance como todos deseamos.

Lo cual, así como don Alonso, manifestaron todos los que suspensos habían escuchado la historia de Moquimber, tras de lo cual volviéronse a sus desocupaciones muy bien instruidos de quién era el nuevo camarada, aunque sin comer y en ayunas.

CAPÍTULO XXVII

QUE TRATA DE LA CONVERSIÓN DE DON MOQUIMBER,
ASÍ COMO DEL RECONOCIMIENTO QUE DON ALONSO,
DESPIOJÁNDOLO, HIZO DE SER EL HIJO PERDIDO DE DOÑA
DULCE DE CASTRO

Llegaron los días turbios y chubascosos de enero y en la cárcel de Sevilla hacía un aire que llevaba la cara y un frío como si lobos corrieran las heladas galerías con carámbanos en los hocicos negros. Con este tiempo la comunidad reclusa se apiñaba en los ranchos de abajo lo más del día, tapando los vanos y ventanas con mantas y haciendo braseros y calentándose malamente cada cual como mejor podía porque aquel invierno fue tan de los más crudos que allá se recordaban que algunos desventurados amanecían muertos y tiesos como palo. En las noches largas holgaban los bien avenidos en juntarse a platicar y el mozo Moquimber buscaba a don Alonso, al que se aficionó mucho y del que mucho mundo aprendía; y era de gran amenidad oírlos a entrambos parlar de las milicias marineras que cada cual había vivido.

Como el fuego que en secreto arde no puede mucho tiempo permanecer encubierto, estos coloquios frecuentemente venían a parar en devociones y teologías, que si empezaban a comentar las de los moros, por ser terreno en que, como cristianos, profesaban las mismas opiniones sobre parecerles gente obcecada y de poco seso que de su no comer cerdo ni beber vino les viene esta envidia y grande enemiga que tienen contra los cristianos, de ellas pasaban sutilmente a las diferencias entre católicos y anglicanos cuya fuente última es, como se sabe, la rijosa entrepierna de un monarca pelirrojo, que es el color de las barbas de Satanás, como don Alonso decía y Moquimber reía. Con estos y otros indicios vino don Alonso a sospechar que su amigo, al que tanto apreciaba, aunque hereje anglicano como los más de su nación, no estaba del todo perdido, sino que presentaba trazas de estar en disposición de tornar al católico rebaño. Y don Alonso, no queriéndose meter en teologías que pudieran, mal expresadas y torcidamente entendidas, enturbiar la fe del muchacho y matarla en su delicado raigón (aparte de que es materia que ha llevado a muchos discretos al brasero), rogó al padre León que viniera a platicar con el mozo y a Moquimber lo llevó a algunos sermones del padre León, capellán de la cárcel real, con lo que, andando el tiempo, Moquimber claramente manifestó sus deseos de ser bautizado e ingresar oveja en el redil romano.

Así se iban aparejando las cosas, con gran satisfacción de todos, cuando un buen día el mozo Moquimber, sufriendo mucha comezón de piojos, pues, como establece Dioscórides y no lo desmiente Avicena, al calor de las hogueras fácilmente se abren las liendreras y paren muchedumbres de ellos, pidió a don Alonso si quería despiojarlo, como es de uso frecuente entre presos amigos y aun vecinos, y estando nuestro amigo en la labor de quitarle las liendres e irlas quemando en un cabo de vela donde, como es sabido, dan un estallido pequeño que es muy deleitoso a entrambos oídos de despiojador y despiojado, descubrió que el mozo Moquimber tenía detrás de la oreja izquierda un lunar grande medio oculto por el pelo. Acordóse al punto de que el hijo que a doña Dulce de Castro le habían robado los piratas tenía esa misma señal en parecido lugar y, acometiéndole la sospecha, se quedó parado, con la color del rostro demudada, y dijo:

—¡Por tu vida, Moquimber, te suplico que me digas si así como detrás de esta oreja tienes esta mancha que te veo, tienes también en la planta del pie derecho una cicatriz grande!

A lo que Moquimber, perplejo, respondió:

—Así es como vuesa merced dice, que en la planta del pie traigo una cicatriz grande de un corte que me di, siendo niño, por andar descalzo en el jardín de mi casa.

Y quitándose el zapato mostró a don Alonso la planta del pie donde, a pesar de la mucha roña que gastaba por la mengua de higiene que en la cárcel real se padece, era bien visible una raya blanca y grande que hacía como garabato de notario.

—¿Y tú recuerdas que estabas en el jardín cuando te diste esa herida? —tornó a inquirir don Alonso.

—No lo recuerdo —dijo Moquimber—, sino que eso es lo que desde chico me han contado.

—Pues yo tengo vehemente sospecha —dijo don Alonso— de que esa herida no la cobraste en el jardín y de que tú no eres quien crees que eres.

Y le refirió lo del rapto del hijo de doña Dulce de Castro, que por ser ya conocido de los lectores y aparecer en el capítulo XI de esta verdadera historia excusaremos repetir. Escuchó Moquimber el parte de su origen y linaje y quedó tan maravillado que tardó un buen rato en venirle otra vez el habla, como si le hubieran dado la sorpresa de su vida. Pero luego, siendo entrambos juiciosos, decidieron mantener el secreto hasta que avisada doña Dulce de Castro y examinadas las partes pudieran cerciorarse y tomar mayor certeza de que Moquimber fuera Sebastianillo de Fernandes de Luna, como don Alonso sospechaba.

—Si tal fuera —decía Moquimber para sí— resultaría que soy católico y español, hijo de padres ricos y honrados, lo cual, sobre salvarme de las garras de la Inquisición y quitarme de prisiones y peligros, allanaría mucho mi vida para buscar a doña Guiomar de Enríquez, alcanzar su mano y vivir feliz y libre de cuidados.

Estas consideraciones y, sobre ellas en principalísimo lugar, el gozo inmenso de profesar en la verdadera religión, juntamente con la natural impaciencia de su juventud, lo espoleaban a buscar término y confirmación de sus sospechadas certezas. Y don Alonso, no queriendo poner en ellas el freno que su madurez aconsejaba, como quien también respondía de un corazón enamorado, aquel mismo día escribió una larga epístola a doña Dulce en la que daba extensa noticia de su cautiverio y le refería todo lo concerniente al mozo Moquimber. Después de lo cual fue a ver al padre León y exponiéndole el caso le entregó la carta que él de muy buena gana se ofreció a llevar a doña Dulce, así como a hablarle del preso que podía ser su hijo.

El mismo día que doña Dulce recibió la carta, que la dejó temblorosa como azogada y loca de alegría, después del sofoco insomne en que pasó la siesta, no pudiendo aguardar más ni queriendo dilatar la esperanza que a cada instante se agrandaba en el maternal pecho, ni aplazar la decepción que por los mismos motivos a cada hora pasada en incertidumbre podía ser mayor y más cruel si el muchacho no resultaba ser quien ella fervientemente pedía a Dios y a todos sus santos que fuera, concertó con el padre León que iría a ver al preso, y el padre le ofreció que se encontraran en su celda, pasando la puerta de Oro, por excusar que dama de calidad entrara en el patio común con la canalla y las coimas y la grita. Allá, con especial permiso del alcaide, cuya gentileza retribuyó doña Dulce con generoso presente, se encontraron don Alonso y Moquimber con doña Dulce y el padre León.

No tendría palabras para describir aquel encuentro según de especiado y regado de lágrimas fue: por una parte, la madre y el hijo, que en cuanto se vieron, por la fuerza natural de la sangre que misteriosamente rige los impulsos y humores, mutuamente se certificaron de ser cierta la gozosa sospecha y así tiernamente se abrazaron regándose entrambos con muchas y ardientes lágrimas; por otra parte, don Alonso, que aunque corrido de comparecer ante su amada con ropas alquiladas algo raídas y no muy limpias ni bien olientes y el mal semblante donde se leían las fatigas de la prisión, tornaba a ver a doña Dulce como el que después de la noche oscura y larga de una mazmorra sarracena recobra la libertad y vuelve a ver el sol. Nada diremos de lo mucho que discretísimamente departieron los tres toda la tarde, nada de los arrobos y ternezas que como madre e hijo se hicieron después de compararse las manos y el rostro y encontrarse las señales que comúnmente se hallan entre personas de una misma sangre, nada de los mil extremos de amor que se profesaron, entre los cuales, menudeando en recuerdos que Moquimber borrosamente guardaba de sus años de cuna, doña Dulce le cantó con su voz melodiosa como la de los ángeles una nana con la que solía dormirlo, aquella que dice:

Dormi, dormi, chiquitico,
dormi, dormi, con sabor,
cierra tu lindos ojicos,
dormi, dormi, con amor.

Que Moquimber, como si despertara de un sueño, sin recordar haberla escuchado nunca, al punto empezó a cantarla, haciendo dúo con su madre, con lo cual se certificó ya, si alguna sombra de duda cupiera, de que él era efectivamente el Sebastianillo raptado.

CAPÍTULO XXVIII

De cómo don Alonso salió libre y de sus tratos
con doña Dulce de Castro

Quiso Dios premiar los buenos oficios que don Alonso
hiciera en la conversión de don Moquimber y la vuelta
del borrego descarriado al redil de la verdadera religión
encaminando derechamente sus negocios en los tribunales de la Corte, donde sus deudos y amigos tanto im-
portunaron a los jueces y tantos memoriales de justas
causas dirigieron que el alto tribunal expidió finalmente un mandamiento real, con todos sus apremios y avíos,
para que la Audiencia de Sevilla libertara sin más dilación a don Alonso de Quesada. Y aunque don Gaspar
de Vallejo lo quería perder e hizo cuantas diligencias
supo para embarullar procedimientos, aplazar firmas,
traspapelar cédulas y dudar certezas, al final no halló
pretexto alguno al que asirse que no lo comprometiera
delante de los que sobre él estaban, y temiendo que si
las cosas iban a más algunos colegas suyos podrían averiguar la fuente de su enemiga contra don Alonso, y por
ende su cabronez, con harto dolor de corazón se resignó a expedirle cédula de libertad.

Difícil sería encarecer las cortesías y ofrecimientos
con que don Alonso se despidió de sus buenos amigos
del cautiverio y en especial de don Moquimber y de
Maniferro, a los cuales prometió que vendría a visitar-

los con bastante frecuencia como quien se honraba libre de la amistad y afición que les cobró cautivo. Tras lo cual, desasiéndose de los brazos amigos que lo retenían, tornó a pasar las rejas de Plata, de Hierro y de Oro y saliendo a la calle de las Sierpes era tal el contento que lo embargaba que por disimular las lágrimas y sosegarse un poco hubo de huir de la humana compañía metiéndose por callejas solitarias. Era abril y Sevilla, reían las flores por los voladizos de los tejados y rompía el azahar en los regados patios cuando aún no ofendía la calor y el aire era manso y el callejeo apacible. Lleváronlo sus pasos a la iglesia de Santa Catalina, donde hincado de hinojos tornó a llorar por la libertad recobrada y pidió a Dios que olvidando sus muchos yerros le concediera en lo venidero más fácil pasar o al menos no lo tratara con tanto rigor, después de lo cual, ya cerca la hora del yantar, fuese a su antigua posada de la calle de Bayona, donde su compadre Tomás Gutiérrez lo recibió con albricias y lo convidó a comer en el bodegón del Soriano.

Pasada la hora de la siesta, que don Alonso pasó, como solía, en el frescor del patio junto al pozo, salió a la plaza del Salvador donde los esportilleros paran y preguntó por aquel Diego Rincón, el cofrade del señor Monipodio, y le dio un real para que llevara una carta a doña Dulce de Castro a tales y tales señas, lo que el muchacho cumplió con alegre diligencia. Y en la dicha carta, entre otras corteses razones, don Alonso daba noticia de su libertad y de lo bien que quedaba don Moquimber, ofreciéndose mucho para lo que ella ordenara. Doña Dulce, antes de despedir a Rincón, le dio una cedulilla en la que rogaba a don Alonso que viniera a visitarla pues no era tanto el rigor de su clausura que no permitiera en su honesta viudedad recibir a un amigo y benefactor de su hijo. Con lo cual don Alonso, otro día de mañana, a hora prudente, dio tres golpes quedos, ni demasiado bajos ni muy altos, en el llamador de la puerta del jardín, y Aguedilla (que en aquellos meses de ausencia había enruchado y echado tetas y ensanchado de caderas que daba gusto verla) salió a abrirle la puerta y lo recibió con muchas zalemas como a quien su ama tanto apreciaba, haciéndolo pasar a donde doña Dulce lo esperaba, la sala de tapices que ya conocemos de la otra vez. No dejó de percatarse don Alonso de que doña Dulce se había ataviado con toda la gentileza de Sevilla y había aliviado sus lutos, como la que razón para ellos no tiene, y estaba vestida de saya de raso granate acuchillada y forrada en fina holanda y sobre las tomadas las cuchilladas, con unos rodetes bordados de gran primor, mientras que el pelo, que era castaño y suave como seda y surcado por levísimas hebras de oro, llevaba recogido en adusto moño que dejaba al descubierto, por ir destocada, un cuello que don Alonso guardaba más esbelto en su recuerdo, como hubiera sido de no poner los años las carnes donde suelen. Mas, con todo, aquel morrillo era apetecible y la boca era fresca y los pechos, aunque fajados de terciopelos, parecían valientes, y, en suma, doña Dulce se le antojaba la belleza misma y su sola presencia le aceleraba los pulsos y le colmaba el corazón de reposado gozo, sin más merma que la del sentimiento de parecerle mal su pobreza junto a la galanura de la dama, pues el cuitado se veía insignificante dentro de su juboncillo raído y sus zapatos, aunque limpios, ya abarquillados de la edad y su camisa otra vez prestada de las de Tomás Gutiérrez.

Pasada la calor, cuando refrescó la tarde, don Alonso y doña Dulce salieron al patio regado y hasta que se hizo de noche departieron muy gentilmente a la fresca sombra de las velas. Y el tiempo alargándose, dio espacio para que merendaran pestiños de miel y sorbetes de limón y canela y más adelante chocolate con picatostes, de los que don Alonso se fue cenado. Hubieran tornado a ser, cada uno en su sentimiento, los enamorados que en los años verdes fueran, de no ser porque todavía doña Dulce andaba como aturdida, a causa de las grandes mudanzas que la recuperación de su Sebastianillo traía a su vida, y no tenía sosiego para cobijar galanterías ni notar otros sentimientos que por debajo de los de madre le rebullían.

En los días que siguieron, don Alonso se hizo estafeta entre doña Dulce y don Moquimber, que así seguiremos llamando a don Sebastián como otros autores de mayor fuste hacen por no cambiar el primer nombre con que lo conocimos. Holgaba mucho don Alonso con estos cargos pues el menester de correo le daba ocasión de visitar a doña Dulce y de pasar con ella ratos de mucha contemplación y honesta charla a lo platónico.

CAPÍTULO XXIX

Donde se contiene el discurso de los males de España
que don Alonso de Quesada hizo al mancebo
Moquimber en el celebrado trance de tornarse
a su española naturaleza

Muchos autores que esta verdadera historia trataron, así hispanos como extranjeros, se complacen en recoger los discretos parlamentos que entre el mozo Moquimber y don Alonso pasaban alumbrando las cosas del mundo y poniéndolo a concierto. De los cuales, porque nos sirva de muestra, es razón que tomemos uno que don Alonso hizo a su pupilo en el recio trance de explicarle los males de España como quien de allí adelante iba a sufrirlos o hacerlos sufrir.

Paseando por la crujía alta de la cárcel, donde más sosiego había, don Alonso dijo:

—Español naciste, Moquimber amigo, y español has de morir a pesar de las ciegas lanzadas que la fortuna asesta, en la que los creyentes hemos de ver secretos designios de la Providencia. Ahora quisiera que mi lengua y mi entendimiento fueran capaces de manifestarte lo diferente que es la España que has visto o crees que has visto de la que verás cuando Dios sea loado sacarte de este mal paso, como a quien ajeno y descuidado de esta tierra y sus usos ha vivido. Lo digo porque la humana experiencia muestra que contemplando un pala-

200

cio desde fuera se echan de ver solamente sus excelencias, los fuertes muros, las espesas rejas, las altas finistras, los hachones lucientes y las decoradas cornisas y sólo el que dentro habita sabe de las corrientes y malos pasos, escalones desnivelados, buhardillas mohosas, husillos goteantes, puertas mal ajustadas, cuartos lóbregos y salitrosos y pestes y malos olores de atascados bajantes, baldosas sueltas que suenan al pisarlas y barandas mal trabadas que esperan que alguien se eche de pechos para darle costalada con descalabro de cabeza y quebranto de costillas.

A lo que don Moquimber, como discreto, repuso:

—Por vuestra vida os ruego que me contéis esas tachas y cualesquiera otras que pudiera haber en esta casa española, que yo holgaré de oírlas y os sé decir que, fuera de ser los naturales de esta nación (desde hoy mis hermanos) algo arrogantes y crueles y morenos tirando a bajitos, no conocía otras y más bien me admira el valor, la industria y la riqueza con que saben tener las riquezas del orbe buscándolas donde están y no compartiéndolas con nadie.

—Esas riquezas —repuso don Alonso— falso espejismo son y tan engañosas que en verdad puede decirse que son la principal causa de la ruina de España.

—Por vuestra vida os ruego que me expliquéis la paradoja de ese jeroglífico —dijo don Moquimber— y cómo pueden ser riqueza y honor causa de ruina.

—Mi honrado amigo —repuso don Alonso—, dice el concertado filósofo, y nadie probará lo contrario, que sobre el trabajo de sus moradores se sustenta una casa y de otro modo da en fatal ruina. Incluso el más alto y fuerte edificio se agrieta, cría goteras y acaba finalmente viniéndose abajo si regularmente no se le hacen reparos y mantenimientos. Has de saber que el país que te espera ahí fuera y que de hoy en adelante será tuyo cada día que pasa se empobrece más por la mengua del trabajo y el desgobierno de los que dan en seguir la vana honra del mundo, pues entre ricos que huelgan, religiosos que sólo trabajan las cosas del espíritu y humildes que visten la pereza so capa de pobreza y labradores que con el más fútil pretexto declaran día feriado, nadie trabaja. Hay tantas novenas, procesiones, octavas, autos de fe, canonizaciones, Semana Santa, fiestas de patrones, y otros mil pretextos píos de holganza, que los días laborables no alcanzan a la tercera parte del año y por milagro se encuentra alguien que con su trabajo los sustente a todos, de lo que se derivan los grandes males de hoy y se aparejan los mucho peores del mañana. Por otra parte, en esta casa fatigosa nuestra de España hay tan gran suma de hijosdalgo, monasterios, clérigos y otras personas de orden, a los que se excusa pechar y pagar tributos, que necesariamente todo el peso del mantenimiento del reino descansa sobre los débiles lomos de unos pocos, los cuales lo tienen a maldición y sólo sueñan con pasarse al número de los que viven de rentas y no pagan impuestos. De ahí procede la miseria y despoblamiento del campo y la decadencia de los talleres, el aumento de los precios y las compras de cédulas y letras que arruinan las ferias.

—No entiendo yo bien —dijo Moquimber— el porqué de ese despego al trabajo que me decís.

—Es por el honor —dijo don Alonso.

—¿Queréis decir que el trabajo deshonra?

—Eso es lo que por nuestro daño en estos reinos comúnmente se piensa —respondió don Alonso—. En estos reinos hay dos clases de linajes: cristianos viejos y cristianos nuevos.

—Eso no lo entiendo —dijo don Moquimber.

—Son cristianos nuevos los que descienden de judíos o moros o herejes a los que se odia porque se piensa que su sangre está infectada de mal y les impide tener limpieza y honor. Éstos y sus descendientes están vetados de cargos públicos, de profesiones liberales y de honor. Los otros, los cristianos viejos, sin mancha de moro o judío, tienen la sangre limpia y a esta excelencia se le llama honor, que es patrimonio del alma. El honor es el desquite del villano. El honor es su único patrimonio; teniéndolo puede pasarse sin la honra. La Inquisición, cuyos rigores estás sufriendo, es la máquina encargada de velar por el honor de Dios, arrancar la mala hierba y quemarla para que no inficione la mies divina. Si Dios os da vida ya veréis los cuidados y temores de muchos, las pesquisas, indagaciones, informaciones, cuestionarios, archivos secretos, visitas, memoriales, registros, comprobaciones, delaciones y apresamientos. ¿Qué fin puede aguardar a un reino que premia malsines, alimenta cuadrillas de ladrones, destierra vasallos, destruye bienes, ensalza libelos, no oye a las partes, calla a los testigos, ataja la población, ama arbitrios, roba a los pueblos, vende noblezas, condena inocentes, alienta gabelas y arruina el derecho de gentes?

Quedó don Moquimber muy espantado de lo que oía, mas con todo, con gran curiosidad de saber, preguntó a don Alonso:

—No entiendo bien qué es el honor y qué la honra —dijo Moquimber—, pues en la tierra de donde vengo suelen ser la misma cosa.

—Aquí son distintas —dijo don Alonso—. La honra es una excelencia que el noble hereda por la sangre. Los villanos no pueden alcanzarla, pero, en desquite, tienen honor, que es una limpieza con la que todo hombre nace, si es de sangre limpia sin contaminación de moro o judío o hereje. El honor es la nobleza del pobre, la nobleza del cielo; así como la honra es la nobleza de la tierra. La honra se alcanza con hazañas guerreras en servicio del rey; el honor, no: el honor ya lo tiene uno al nacer. Solamente debe conservarlo y no perderlo.

—Entonces, si todos lo tienen al nacer, todos son iguales.

—Ahí está el daño, que no todos son iguales. El que desciende de cristianos nuevos nace sin honor, y siendo éstos tantos cada cual ha de trabajar activamente por demostrar que no es de ellos. Al que nada tiene, consuela mucho tener honor y trabaja por mostrarlo.

—¿Cómo puede mostrar tal cosa?

—Haciendo alarde de tenerlo en cosas muy simples: no trabajar si se puede, que es indicio de sangre limpia porque los moros y judíos eran gente muy laboriosa y hasta los ricos entre ellos iban mal vestidos por juntar patrimonio. El cristiano viejo debe mostrar desprecio al trabajo y amor al lujo, que se vea que las inclinaciones de su sangre son muy contrarias a las de la mala raza. La otra manera de destacar entre los iguales es demostrando que los otros no proceden de buena sangre.

—Recia cosa es lo que me decís —dijo don Moquimber.

—Más recia os parecerá cuando entréis a padecerla —dijo don Alonso—. La fascinación del honor ha engendrado una república de hombres encantados que viven fuera del orden natural. Cualquier menester distinto al de las armas o al religioso puede ser tenido por indicio de sangre impura, de ahí que se abomine el trato y la banca por ser cosa de judíos y las labores del campo, que son propias de moriscos.

—Aun así —dijo don Moquimber— este país puede vivir de sus rentas siendo tan rico que tiene bajo su jurisdicción los tesoros de las Indias, sus minas y la especiería del orbe.

—Trabas son más que otra cosa, la riqueza no depende del oro, amigo Moquimber, sino del trabajo y el dinero, y el oro, a la postre, poco aprovecha porque su católica majestad, que Dios guarde muchos años y al que santa Lucía guíe, habiéndose declarado campeón de la fe católica, es proclive a implicarnos en grandes empresas de armas, y el mantenimiento de tropas, campañas y guerras consume tal copia de millones que no abastarían otras tres Indias que hubiese con mil Potosíes para safisfacerlo, ni añadiendo todo el oro y las perlas del orbe.

—Entonces ¿de dónde saca el rey esos dineros? —quiso saber Moquimber.

—Pide prestado cuanto necesita a los banqueros genoveses —respondió don Alonso— y los extranjeros nos hacen cruda guerra con el dinero que por otros medios les damos a ganar. Al rey le prestan los banqueros genoveses y él les entrega en prendas las riquezas nacionales, sobre las rentas de la plata que llegue de Indias, con lo cual los extranjeros chupan como sanguijuelas y rigen nuestra hacienda y la riqueza que a una mano llega a costa de los padecimientos y sangre de los que con las armas a la mano están, por la otra dadivosa y mal administrada se va, de manera que en el país nada queda y lo poco que queda no aprovecha, pues se va en lujos y boatos e insolencias y fanfarronerías de parecer más que nadie. La polilla del lujo y la vanidad nos pierde: todo es nuevo, todo hecho de ayer para vestirlo hoy y arrojarlo mañana, gastos en aire que no aprovecha, en guantes y volantes, en tocas y juguetes, en pebetes y cazoletas, en vidrios y musarañas. No hay recato ni se guarda el decoro, todo es burlería, manta al hombro y frecuencia de visitas; nadie considera lo que vales, sino lo que tienes; no tu virtud, sino tu bolsa.

—Mucho me maravilla —dijo Moquimberque gentes tan de corazón y acometedoras con las armas no lo sean igualmente en las industrias de la paz.

—El daño reside —prosiguió don Alonso— en que la funesta opinión de que el trabajo deshonra al hombre ha echado raíces en esta tierra, abonada por la ilusión de prosperidad, y ha producido tal cantidad de parásitos que el día que se abra esa liendrera, perdida está, con toda seguridad, España. Es el caso que los oficios se reputan como innobles y menesteres despreciables indignos de hombres libres y por esta causa abundan más que en otros lugares los holgazanes y las malas mujeres, además de los vicios que a la ociosidad acompañan: el noble quiere vivir de sus rentas; el pechero que nada tiene, queriendo subir de estado, abandona el campo y va a la ciudad, donde se hace criado de boca y mesa y pierde la vergüenza que en su aldea, por ser conocido, solía tener, sin hacer nada, todo el día siguiendo al amo como el rabo sigue al perro, por tristes salarios, en voz de pajes, de esportilleros, de lacayos, de escuderos, de triperos, de mozos de espuela, de rascamulas, de galopines, de pinches, de pasteleros o de apagavelas, de aguadores, de especieros, y los otros mil oficios que debieran dar riqueza al país quedan improductivos. Otros se hacen pícaros rascabolsas y viven al amparo del noble sin cuidados o, si se hacen mercaderes y mejoran, lo que sueñan es ahidalgarse y emparentar con el estado noble casando sus hijos con nobles para que sus nietos no tengan que trabajar y así, en cuanto pueden, liquidan los negocios para comprar rentas y vivir noblemente.

—Esto me maravilla —dijo Moquimber— pues, a lo que yo tengo visto en Inglaterra y en Flandes y otros lugares que he visitado, el más humilde pellejero, aunque más rico se haga, sigue en su oficio y adiestra en el trato a su hijo y éste al suyo...

—Y así crecen las riquezas y estados de esos reinos que me dices —repuso don Alonso— pero acá, por nuestros pecados, sucede al contrario que en uno se hallan siete u ocho oficios que tan presto como un hombre es albardero y muda a una casa de más apariencia ya se quiere titular jubetero de jumentos, y al calcetero, cuando comienza a destacar en el oficio y trato, le parece poco y trabaja de subir para hacerse mercader, compra mula con gualdrapa y gasta capa larga y si despunta en lo de mercader, hele que con apetito de nobleza e hidalguías gasta fortunas en apariencias ataviando a su mujer como a muñeca de joyero y manteniendo más criados de los que ha menester para que sus vecinos vean su importancia.

—Si esto es así, mal avisados me parecen y aun malos cristianos porque Dios manda que se trabaje —dijo Moquimber.

—Eso no los convencerá —dijo don Alonso—, que ellos creen que Dios los aplaude y está de su lado y para ello se nos va la fuerza en procesiones y rogativas para que el Altísimo ayude a la monarquía, de lo cual resulta que, fiándolo todo a la Providencia, allá estamos mano sobre mano. Y mientras tanta calamidad se apareja, los mejores ingenios se gastan en obras vanas y en palabras huecas y en disputas estériles. Reparad tan sólo en que hay amigos y familias y cofradías y ciudades que se enemistan disputando sobre si quedó Adán imperfecto quitándole Dios la costilla, como dicen los agustinos, o si fue sólo carne la que llenó el hueco, como sostienen los trinitarios, o sobre cuál de los Juanes es mejor, si el Bautista o el Evangelista, y el mismo encarnizamiento hay entre los que sostienen que la Virgen no sufrió la mácula del pecado original y los dominicos, que se empeñan en probar lo contrario.

—¿A cuáles pertenecéis vos? —preguntó don Moquimber.

—Yo soy de los primeros —contestó don Alonso—, y si no fuera apartarse de nuestro principal discurso os podría citar en apoyo de esa tesis muchos textos sagrados que prueban que la Virgen era de modestia tal que no sabía dar fe del rostro del varón.

Con estas y otras razones semejantes estuvo don Alonso toda la tarde platicando sobre los males de España y sus arbitrios con el mozo Moquimber, el cual todo lo oía y todo lo preguntaba y en todo se iba informando, de lo que quedó muy escarmentado y apercibido.

—Con todo esto que me decís, mi buen amigo don Alonso —dijo Moquimber—, os tengo que declarar que así como los padres quieren más al hijo que les ha salido con defecto, tuerto o cojo, o con un aire alelado que se le cae la baba, y con su amor suplen las menguas que en él permitió la Providencia y hasta lo quieren más que a los otros sanos y enteros que tuvieron, así yo me determino querer más a este país de mis pecados que por patria recibo y hasta me determino a procurar enmendarlo desde lo que a mis humildes manos alcanzara, porque, a lo que me parece, si muchos hijos de él acudiéramos con el remedio de nuestras propias vidas y el ejemplo de nuestras labores, pudiera llegar un día en que, por nuestro arbitrio, las cosas se fueran enderezando y acabaran menos negras de las que hoy me pintáis.

—¡Dios lo haga como puede! —dijo don Alonso—, que lo que decís demuestra vuestra nobleza de sentimientos y me certifica en el orgullo que siento de honrarme con vuestra amistad.

Estaba don Alonso diciendo estas palabras cuando tañeron la campana de aviso y las visitas fueron saliéndose antes que los guardas cerraran las rejas y don Alonso y don Moquimber, abrazándose, se departieron y el uno quedó en rancho y jaula y el otro tornó a Sevilla.

Aquel día don Alonso cenó carnero y vino blanco del Aljarafe en el bodegón del Pozo, vianda que, como es sabido, es alimento que, debido a su natural complixión, saca del cerebro melancolías y quita gota y pesares a los que padecen mal de amores. Luego fuese a dormir a su posada después de pasear un rato por la orilla queda del Guadalquivir y de ver las barcas y enramadas que en esta buena estación van y vienen de Triana por las aguas quietas del río celando amantes y encubriendo gustosos tratos y alguna que otra cabroncía. Don Alonso, regresando con pasos tardos y cansados a su posada, concibió algunas ensoñaciones galantes que le alentaba su natural melancólico y con muchos suspiros no se podía quitar a doña Dulce de la imaginación por más que quería apartarla de ella. A poco, yaciendo desnudo sobre el cobertor de la estrecha cama, por ser la noche algo calurosa debajo del caballete del tejado, cuando ya estaba para dormirse acaeció que las tablas carcomidas sobre el cañizo crujieron y se percibió rumor de pasos. Don Alonso se despabiló con el temor de que alguien hubiera entrado en su cuarto para robar o hacer males mayores, sin descontar bujarrón sodomita, que en esas posadas de Dios el cristiano puede toparse cualquier cosa. Iba a tirar de espada, que en la silla sobre la cabecera la tenía apercibida, cuando creyó oír la voz de Aldoncilla, que muy quedamente decía:

—¡Ox, mi señor don Alonso: no alborote la posada, que soy Aldoncilla que vengo a servirlo!

—¿Qué haces aquí, chiquilla? —dijo don Alonso, como si el recado no estuviera claro.

Y ella, llegándose a la humilde cama, le tanteó en los pies lugar donde sentarse y dijo:

—¡Ay, mi señor don Alonsico de mis entretelas, que lo he visto entrar muy triste y venía aquí por darle consuelo con mis prendas de mujer!

Encontráronse a tientas las manos de uno y otra en medio de las tinieblas y tras de ellas vinieron los brazos y los cuerpos a juntarse en cerrado abrazo, sin mediar más palabra, yendo la moza a don Alonso y saliendo él a su encuentro, y Aldoncilla sin decir nada se sacó por la cabeza el camisón largo que traía y quedó desnuda como su madre la parió y se abrazó a don Alonso con tanta vehemencia que no parecía sino que le quería quebrantar las costillas. Y él, desconcertado, no sabía bien qué hacer ni qué decir sintiendo que ella no estaba por hablar ni escuchar y notando que le corrían por los hombros y le bañaban el pecho dos torrentes de lágrimas que la moza quedamente lloraba. Así se estuvieron quietos grande pieza, desnudos y silenciosos, ella abrazada a él y él acariciándole suavemente la espalda y besando sus manos pequeñas, ásperas e hinchadas, hasta que ella se consoló y se quedó dormida y ello duró el tiempo que invierte el Carro en girar su medio camino en el cielo. Velaba don Alonso pensando en doña Dulce y contemplaba las estrellas por su ventanuco abierto y no osaba menearse temiendo despertar a la muchacha. Había pasado la tercera ronda de corchetes y los saludadores de las ánimas con su oración y pregón y faltaba poco para que amaneciera cuando Aldoncilla despertó y notando dónde estaba y lo que había pasado, creyendo que don Alonso dormía, le confesó quedito cuánto lo amaba, con suaves y sencillas razones, pero hondas, que él nunca hubiera esperado de mujer tan simple y sin letras, como dictadas por el corazón, que siempre halla sabios caminos sin gramáticas ni retóricas, y cuando ella hubo callado y le besaba suavemente los labios, él le devolvió el beso y tomándola de más cerca se llegó a ella carnalmente con mutuo consentimiento y deleite. Tras de lo cual durmieron entrambos otro rato y cuando don Alonso recordó, entrada la mañana, se encontró otra vez solo. Percibía la voz de Aldoncilla, que fregaba ollas en el patio y cantaba más alegre que de ordinario. ¡Bendito sea Dios, que usa de piedad con sus criaturas y junta a los desvalidos!

CAPÍTULO XXX

Donde se cuenta y da noticia de quién era doña
Guiomar de Enríquez y de las bodas que sus padres
tenían concertadas, con otros sucesos

Acá se apareja el momento de hablar de aquella doncella de la que don Moquimber se prendó en el saco de
Cádiz y por cuya causa había tornado a España y siendo
preso padecía persecución por la justicia. Doña Guiomar de Enríquez, que así dejamos dicho que se llamaba
la doncella, era hija única de un mercader rico y viudo,
de nombre Bartolomé Enríquez, el cual moraba en una
casa grande de la calle de Francos y como padre profe-
saba a su hija tan tierno y extremado amor que por no
darle madrastra, siendo discreto y sabiendo que por milagro sale una buena, había optado por no casar de nuevo y consagrar sus soledades a su hija y al acrecenta-
miento de su fortuna por dejarla bien dotada y
prepararle buenas bodas y, en suma, a vivir no para él
sino enteramente para ella. Y la niña, habiendo crecido
con todo el regalo que en una mujer de principal linaje
se pueda hallar, era, al propio tiempo, por la inclinación
benéfica de su sangre, humilde, hacendosa y la más en-
cantadora criatura que en el mundo hallarse pueda. Habiendo alcanzado Bartolomé Enríquez una edad en que
sus fuerzas menguaban y sus achaques crecían, mientras
que doña Guiomar resplandecía en lo lozano de su ju-

ventud, determinó buscarle marido y teniendo tratos con don Gaspar de Vallejo, el juez de grados que era algo pariente suyo por sus oriundos de Santander, prometieron a sus hijos en matrimonio, en lo cual hemos de ver la mano de doña Salud de Canal y Pimentel, la esposa de don Gaspar, que era gran muñidora y casamentera y tenía echado el ojo a la fortuna del viejo mercader.

Acá aparece, en los días cuya crónica hacemos, don Florindo de Vallejo, el novio, que viene de Flandes, donde su padre, moviendo influencias, le buscó empleo de capitán de los tercios y es mucho mejor que vuelva porque de las capitanías de tercio que hasta ahora ha desempeñado, todas las ha hecho cuartos, siendo el más negado Marte que jamás se haya conocido en la española milicia de Viriato acá. Don Florindo, digámoslo al lector ya sin rodeos, era puto bardaje, o sea maricón, y andaba con tantas galas que más parecía mujer que hombre, los cabellos rizados, los cuellos altos, adornado de puntas y copetes, con mechones blancos en la cabellera retinta a la moda, y era más inclinado a afeitarse, a untarse cremas y a hacer posturas delante del espejo que a mirar el rostro feo de la guerra. No ignoraba su general que aquel capitán entendía más de uniformes y tocados que de campañas, apreciaba más las blondas que las balas, más los guardainfantes que las culebrinas, más las tenacillas de rizar guedejas que las espadas, más los canutos de alheña que los arcabuces, y era de tal inclinación que por gastar el cofre del regimiento en encajes y valonas y pomos de olor, y en convidar a meriendas a mocitos galanes, y vestir a sus soldados con banderolas rosa y fucsia y emplumarles los morriones con boas, los traía armados de malas pólvoras y caballeros en lamentables caballos, pero, con todo, lo mantuvo en milicia por ciertos señaladísimos favores que debía a don Gaspar.

Tenía don Florindo su consuelo en un negrazo mulato retinto que había adquirido en Amberes con la paga de las soldadas del regimiento, al cual luego dio carta de libertad atándolo con sus otras prendas posteriores, que también el africano era bujarrón, o, a lo que parece, de pelo y pluma, y el tal mulato respondía por Varejón y tenía una natura tan desproporcionada que, en arrodillándose, le tocaba al suelo, lo cual es más propio de acémila mular que de persona (entiéndase la natura, que no el arrodillarse).

Es el caso que doña Salud tenía por costumbre acudir todos los martes a la casa de *la Ronquilla*, donde, so capa de que la vieja le daba friegas muy buenas para el mal de ijada, saciaba sus apetitos de algo más abajo con Chiquiznaque y luego íbase a edificar su alma a la vigilia de santa Nefija. Allá estaba cierto día, cuando entre las medias palabras de algunas beatas que le preguntaban por su hijo don Florindito, recién regresado de Flandes, creyó percibir cierto retintín y dañada intención. Después de esto entró en sospechas y se puso en averiguación sobre el particular y, como acá todo se sabe, encomendándole el caso a Chiquiznaque, supo por testigos que don Florindito era notorio practicante del vicio nefando y que tenía por pareja, como antes doña Salud sospechaba, a su conmilitón el mulato. Supo también que los tórtolos habían establecido su amoroso nido en ciertos aposentos alquilados de la venta de la Barqueta. El asunto era grueso como para alarmar a una madre, aunque ellas todo lo saben perdonar, pues, por un lado, si la tacha se divulgaba, lo que se cumpliría a no tardar siguiendo las cosas por su camino natural, como más lastima una onza de deshonra pública que una arroba de infamia secreta, ello sería echarle por alto al mancebo la muy buena boda que tenía apalabrada con la hija de Bartolomé Enríquez, el mercader. Por otro lado, si el asunto trascendía y llegaba a los despiertos oídos de la Inquisición, ello podía acarrear desastrosísimas consecuencias. En la memoria de todos, por lo reciente, estaba el caso de don Alonso Girón, el cual, perteneciendo a la más granada nobleza de Sevilla y aun de España toda, no pudo evitar que lo sacaran, hacía de esto un año, sobre mula a vergüenza pública y lo degollaran y quemaran, no por matar a su mujer, que ello, con ser grave, hubiera admitido enmienda de considerandos, atenuantes y eximentes, sino porque en la probanza del caso se le averiguó que cometía pecado nefando con un criadito suyo. Doña Salud comunicó su descubrimiento a su marido, y don Gaspar, como perito en jurisprudencia, examinado el caso y explorados sus recovecos legales, decidió agarrar el toro por los cuernos, como dicen, y mandando que le aparejasen una litera fuese a visitar al inquisidor mayor en su residencia y cárcel del castillo de Triana, ribera opuesta del Guadalquivir.

El inquisidor don León de Zapata y Osorio, eclesiástico honradísimo y doctísimo, era muy oscuro de piel, carrilludo y macizo. Llegó a Sevilla de las aulas salmantinas mal comido y enteco, pero en cuanto echó raíces a la ribera del Betis engordó y cobró lustre que se volvió devoto de las tostadas con aceite después de vísperas, a la oreja de porcino asada después de maitines, con su cuartejo de vino del Condado, y al jamón de Aracena y a la repostería de las monjitas de San Leandro a cualquier hora, que todas son de Dios. Sin embargo, créase o no, no había catado mujer en su vida a pesar de los tiempos pecadores que corren. En los días que historiamos acababa de cumplir los cincuenta, quicio del siglo y cabo de las tormentas de la castidad, como advierte san Juan Crisóstomo y prueba san Benito, y ya lo iba tentando el diablo que muchas mañanas se quedaba alelado en la ventana de su estudio, la que daba al altozano, palpando, con aquellos ojos hechos al comento de los padres de la Iglesia y santo Tomás, los traseros y pecheras de las vendedoras que, fuera, a pie de muro, montaban tenderetes de huevos y hortalizas. Otrosí, no se perdía una sesión de tortura si era moza mollar la que estaba en el potro y cuando aullaba la desgraciada a él se le iluminaban los ojillos y se pasaba la lengua húmeda por los labios bermejos y gordezuelos.

Ya tenemos sentados en la Sala del Secreto, más por ser la más fresquita del castillo que por algún otro acomodo, a su señoría don Gaspar de Vallejo, juez de grados de la Real Audiencia y a su ilustrísima don León de Zapata y Osorio, inquisidor Contra la Herética Parvedad y Apostasía, titular del tribunal de Sevilla. Los dos juristas, después de las zalemas y cumplimientos que hacen al caso, estuvieron examinando los graves asuntos de la monarquía, los precios de la libra de carnero, del manojo de rábanos, de la medida de aceitunas aliñadas, la cotización de las perlas, el bochorno que se levanta por la tarde, las inundaciones que se esperan si lloviera en otoño que viene, del corso berberisco que amenaza, los conciertos del turco en Oriente, el costo de la vara de cinta de aljófar y la nueva moda de los carruajes. Luego callaron y dieron espacio sobrado para que un ángel gordezuelo, barroco, con hinchados ropajes de damasco por paño de pureza, los sobrevolara esparciendo puntos suspensivos. Finalmente don Gaspar se fajó al tema principal de su visita y, después de carraspear brevemente para afinar la timbrada voz que usaba en la sala de consejo, comenzó a decir:

—Ilustrísima: ha muchos años que nos conocemos y creo que hasta la presente ha habido entre nosotros más que cordialidad y mutua estima, lo cual ha redundado, a mi parecer, en buen entendimiento y provecho de las causas de la justicia, cada uno en su jurisdicción.

—Así ha sido, en efecto, y me huelgo de ello —corroboró Osorio, y quedó ojo avizor esperando la siguiente salva, que bien entendía que algo grave había de venir de la inesperada visita del magistrado, aparte de que él estaba hecho a oler la carroña a mucha distancia como el que fundamenta su ganancia en las angustias y pecados del prójimo.

Así que prosiguió don Gaspar:

—Es el caso que tengo un grave problema de conciencia y quisiera comunicároslo más en confesión, como cristiano, que en consulta como jurista, aunque ciertamente vuestra experiencia de hombre de leyes añadida a la de padre de almas vendrá muy al caso dada la delicada índole de lo que voy a tratar.

Su ilustrísima hizo un gesto de entendimiento con las manos abiertas e hizo un esfuerzo por aparentar cortés indiferencia. Sólo dijo:

—Proseguid, que os escucho.

—Bien, iré al grano —dijo el juez, algo atribulado—. Es el caso que, como sabréis, tengo un hijo, llamado don Florencio de Vallejo, el cual ha regresado recientemente a Sevilla después de servir en Flandes al rey nuestro señor donde, aunque me esté mal el decirlo, se ha cubierto de gloria al frente de varios tercios y las ejecutorias que trae no le caben en un cartucho y las lleva en un canalón. Según me escriben los amigos de allá, ha dejado tal memoria de sí que pasará mucho tiempo antes que lo olviden.

—Me huelgo de oírlo y os felicito por ello —dijo Osorio.

—Gracias, muchas gracias, ilustrísima. Pues bien, yendo al grano de nuevo, el caso es que este hijo mío, siendo muy perito y entendido en los asuntos de la milicia y en la vida de las armas, no lo es tanto en las otras industrias de la vida que acá comúnmente son tan necesarias o más que aquéllos y es el caso que ha regresado trayendo a un amigo o, mejor que amigo, paje, pues fue esclavo, un mulato de nombre Varejón, que ni cristiano me parece, aunque me consta que el caníbal está bautizado y lleva nombre de cristiano, con el que circula por ahí. Como padre preocupado de las buenas andanzas de mi hijo he indagado sobre las prendas de este Varejón y he venido a saber con gran asco y sorpresa que es sodomita activo y pasivo y grandísimo bujarrón de los que comúnmente montan el tenderete de su comercio nefando en el higueral de la Huerta del Rey. Os podéis imaginar cómo estoy.

Su ilustrísima el inquisidor Osorio se sonrió imaginando lo que el juez le iba a pedir y el alto precio al que él podía vender el favor, pero no dijo nada. Su señoría don Gaspar de Vallejo prosiguió:

—Yo sé de cierto, por haber hecho mis averiguaciones, que mi hijo es hombre enterísimo y bien certificado de doñeador y pesquisidor de virgos, como, modestia aparte, lo fue su padre en su verde mocedad, y no está contaminado del nefando ni nada que a cien leguas se le parezca, pero bien quisiera, como padre, apartarlo de tal compañía por lo que, sin ser cierto, la gente mala pudiera presumir continuando el trato.

—No veo en ello daño alguno —dijo Osorio—: denúnciese a la Inquisición y nosotros quitaremos la manzana podrida de la vecindad de la sana, tanto más tratándose de un hijo de vuestra señoría. Aparte de que, como vuestra señoría no ignora, la reciente premática del rey nuestro señor dispone que la sodomía se castigue con la hoguera aunque no esté probado más que por tres testigos contestes, bastando tres testigos singulares que no sean enemigos del acusado. Será cosa fácil

217

hacer chicharrones a ese Varejón que decís y así quedarán servidos Dios y vuestra señoría sin daño de parte limpia... —entornó sus ojillos suspicaces y prosiguió bajando algo la voz— en el supuesto, claro está, de que no medie confesión contraria o sospecha de que vuestro hijo, el campeón de Flandes, esté también inficionado del nefando.

Don Gaspar se puso pálido como el papel y suspiró profundamente. Estaba claro que el inquisidor quería sacar tajada de su angustia.

—Eso lo veo yo bien, ilustrísima —dijo al cabo—. El daño está en que bien me supongo que ese mulato es persona astuta y taimada, como el que tiene dadas cumplidas muestras de ello, y suponiendo de dónde partió la denuncia, hábilmente interrogado por vuestra ilustrísima, querrá inculpar a mi hijo y convencer a vuestra ilustrísima de que también pertenece a su mismo palo, siquiera sea por enredarlo en sus marañas y mentiras y perjudicarlo, y de este modo vengarse en nosotros, o porque, siendo hijo de quien es, pensará que por no echar la soga tras el caldero, como suele decirse, y por miramientos a la Audiencia quizá no se atrevan a dar sobre él.

—Eso no será así si queremos evitarlo, y sea hoy por vuestra señoría y mañana por mí, que para servirnos estamos —dijo su ilustrísima sonriendo—, pues no he de tratar yo a un buen amigo, como es vuestra señoría, con el común rasero que mide a la gente menuda y conociendo esa coyuntura no será tenido en cuenta, ni siquiera asentado por declaración lo que allá se diga por inculpar a vuestro hijo.

Aún departieron por espacio de una buena hora perfilando detalles y limando aristas, para que nada se supiera cuando Varejón fuera detenido. A cambio don Gaspar se comprometió a favorecer mucho cuantos negocios le propuso el inquisidor en asuntos tocantes a los tribunales de la Audiencia. Tras de lo cual, y cerrado el trato, el inquisidor hizo sonar su campanilla y a su son acudió un sochantre hético trayendo una bandejilla de peltre con ciertas perrunas correosas, dos vasos no iguales y un frasco de vino.

Elogió don Gaspar, cumplido, la calidad y fortaleza del vino, que era el peor caldo que un cristiano pueda ingerir, procedente de unas viñas malas y enfermas que los inquisidores habían requisado a un judaizante portugués.

—Vuestra señoría me favorece inmerecidamente y me halaga —contestó Osorio al cumplido—, lo que ocurre es que acá no tenemos la bolsa con alientos para comprar los buenos caldos a que vuestras señorías los de la Audiencia están acostumbrados.

Don Gaspar entendió la indirecta y al día siguiente envió a los inquisidores una barrica de vino de Bollullos, excelentísimo, de su propia bodega, que fue para él como si se lo sangraran de las venas, y un pernil curado de los que le criaban en Aracena, descolgado del soberado de la casa, que fue como si se lo arrancaran de sus carnes. El que algo quiere algo le cuesta.

Quede aquí suspendida la narración de lo tocante al juez Vallejo y al inquisidor Osorio y regresemos a las páginas pasadas en el punto en que vimos salir libre de su cruda prisión a don Alonso.

Cuando don Alonso abandonó la cárcel, Moquimber le había entregado una larga carta para su amada doña Guiomar pensando que las señas de su mucha hermosura y ser hija de un rico comerciante sevillano serían bastante indicio para hallarla sin necesidad de pregón y darle discreta razón de los infortunios que Moquimber pasaba por ganarla en la paz como la ganó en la guerra. No le fue difícil a don Alonso, preguntando a su compadre Tomás Gutiérrez, que como posadero a todo el mundo conocía, dar con las señas de doña Guiomar. Tras de lo cual buscó a la alcahueta *Ronquilla* y le encomendó que de su parte le llevara el recado, pues convenía hacerlo con gran prevención y cuidado, evitando que el padre de la doncella supiera del caso antes de tiempo pues a nadie gusta casar a su única hija con un penado renegado y pirata, secuestrador y enemigo, hereje anglicano y señalado por la Inquisición, y don Moquimber reunía todas estas prendas y algunas más. Aunque sus asuntos se estuvieran aparejando gentilmente para rehabilitarlo, aún era pronto para cantar victoria.

Cumplió su recado *la Ronquilla* so capa de ofrecer ciertas cintas a doña Guiomar, que, como moza casadera, estaba ya cosiendo su ajuar, y a doña Guiomar, cuando le dijo al oído de parte de quién venía y le puso la carta en la mano, le vinieron tales temblores de azogada que la vieja temió que entregara el alma allí mismo de la recia impresión. Luego, reponiéndose a medias, rompió a llorar, más por ser de complixión nerviosa que por la pena, a lo que parecía, y se encerró en un retrete donde leyó la carta mil veces, derramando sobre ella tiernas lágrimas y besándola otras mil veces y secándola con mil suspiros que parecía que el corazón se le iba a salir por la boca, y un color se le iba y otro se le venía y entre sofocos veníanle ganas de salir al patio a gritar su gozo debajo del cielo donde Dios y sus ángeles habitan porque llevaba dos años mustia y triste poniendo velas y lamparicas a santa María, sin poder olvidar al mancebo inglés y sin poder apartar su querida imagen de la memoria.

Luego, serenándose, obró como discreta y regresó a donde la alcahueta la esperaba y volviendo a hablar de las mercaderías que traía y de las que tenía en otra parte, le encargó algunas de diferente guisa que no las llevaba en la cesta, para que las trajera a otro día, pensando en tener preparada carta de respuesta. La cual escribió aquella noche y en ella declaraba a don Moquimber su alegría de saberlo en Sevilla, tan cerca de ella que los dos podían mirando al cielo ver volar los mismos pájaros bajo iguales nubes, y aunque en tristes prisiones anduviera, el gozo de saberlo católico y español era bastante para esperar que la Providencia concediera un fin feliz a tantos afanes, con lo cual hacía fervientes votos de darse a él por esposa eterna aunque hubiera de aguardarlo cien años con esperanza como lo había esperado dos sin ella.

CAPÍTULO XXXI

Día catorce de abril contrajo matrimonio la hija del
conde de Trampas Hondas con don Próspero de Caudales, caballero del hábito de Santiago, nieto de Felipe
Pilips, el mercader de bujías flamenco, un asno cargado
de ducados, a lo que decían, que venía a sacar de malos
pasos a los padres de la novia y a llenarles los vientres
porque, según se rumoreaba, muchas noches acostá-
banse sin cenar, más por necesidad que por dieta, y no
les quedaba más patrimonio que un par de arcones viejos ratonados y vacíos y el venir de los godos.

Dieron banquete en la alquería del novio, en los jardines del Aljarafe, lugar muy poblado de selvas de va-
riados árboles y amenos y frescos prados bañados por
las claras aguas de un arroyuelo. De la gran abundancia
de aquella jornada será mejor que nada diga, pues su
prodigalidad fue tal que anda puesta en romances y aún
celebran las trompetas de la Fama, pues cosa igual no
se viera en Sevilla desde las celebradas bodas del emperador. Por cierto que fue aquélla la última vez que se
preparó el nombrado relleno imperial ahoyado según la
fórmula del afamado cocinero maese Néstor, la cual,
como se sabe, consiste en meter una almendra en una
aceituna deshuesada, y ésta dentro de un huevo duro,

que a su vez se mete dentro de un zorzal, el cual va estofado en el vientre de una perdiz, y ésta dentro de una gallina que se mete dentro de un pavo, y éste dentro de un cordero, el cual va dentro de un cerdo, y éste en la panza vacía de un buey, todo bien cosido y frotado por dentro y por fuera con sus justas especias y yerbas y bañado en caldos aromáticos y luego puesto en espetón, que un herrero de las atarazanas había fabricado ex profeso, lo asaron lentísimamente con adición de sus jugos y yerbas. Concurrieron también otros cien platos, si no tan famosos, no menos nutritivos y deleitosos, en los que se cebó la muchedumbre de convidados y aún sobró para los criados y cocheros, que eran legión, y de lo que éstos dejaron comieron varios días los pobres del hospital.

Pues bien, después del banquete y del paso de teatro que siguió, para el cual trajeron a los cómicos de maese Alonso Pugna, como llegara la hora de la siesta, cesaron las músicas y esparciéronse los invitados por el prado en busca de reposo y de apacible digestión en lugares suaves y a propósito, los unos tumbados sobre la fresca hierba a la sombra amena de los árboles, los otros paseantes dentro de las húmedas frondas.

Entre los convidados al banquete estaban don Gaspar de Vallejo y su familia y don Bartolomé Enríquez con su hermana doña Zambudia y su hija doña Guiomar. Después de la copiosa pitanza, quedaron don Gaspar y don Bartolomé tan ahítos y amondongados, por ser entrambos de mucho comer y hartura, que no pudiéndose valer se echaron en la hierba en buena paz y armonía y a poco roncaban a dúo como buenos consuegros. Mientras, doña Salud y doña Zambudia, que previamente habían acordado dar ocasión a coloquio de amor entre el hijo de una y la sobrina de la otra, trabaron conversación y fueron paseando con los dos jóvenes, como escolta rodrigona, hasta que, llegando a un ameno yerbazal rodeado de árboles frondosos, lugar muy a propósito para pláticas de amores, se adelantaron la una del brazo de la otra dejándolos atrás.

Don Florindo y doña Guiomar, viéndose solos, estuvieron tan apocados que no hablaban palabra, sino que cada uno miraba al suelo y deseaba que pasaran raudas las horas por salir del aprieto, pero luego la discreta doña Guiomar, como don Florindo no se decidía, conociendo que era pusilánime y para poco, juntó valor y se atrevió a decir:

—Señor, no quisiera que tomaseis ofensa de mi silencio y frialdad. Por decir verdad me siento muy honrada de que tan principal caballero y destacado capitán haya puesto sus ojos en mi humilde persona. Solamente ocurre que no me llama mi inclinación por el lado del matrimonio y quisiera quedar soltera y libre para consagrarme a mis devociones.

A lo que don Florindo respondió:

—Señora, yo sé bien cuánta fuerza os hace esta situación y lo ajena que sois a ella, que estoy por decir que todo es enredo y voluntad de mi madre, que quiere verme casado por apartarme de otros afectos. En verdad admiro vuestras prendas y no creo que haya en Sevilla, ni aun en el mundo que bajo los cielos se encierra, otra mujer que en discreción y belleza se os compare, pero también yo, si en mi mano está, quisiera quedar libre como vos, pues mi corazón, sin hacer ofensa, hace tiempo que está en otra parte y ya era cautivo antes que sintiera la primera vez vuestro nombre.

Lo cual oído por doña Guiomar, se detuvo y miró al mancebo a los ojos:

—¿Me decís que estáis enamorado de otra mujer?

—Señora —dijo don Florindo—, las afecciones del alma salen donde Dios se complace ponerlas, sin concurso de sus propias criaturas. No quisiera pagar vuestra amabilidad con sobresaltos ni razones que quizá no serían derechamente entendidas por vuestros castos oídos, tan poco hechos a los entresijos del mundo y a las sorpresas de la natura, pero, en resumen, debo confesar que mi corazón está en otra parte.

—Pagando verdad por verdad —dijo doña Guiomar—, debo confesaros que yo siento la misma afección pues estoy enamorada de un hereje inglés llamado don Moquimber, que me protegió cuando el saco de Cádiz, al que debo la vida y la honra, y os diría que es el más gentil hombre del mundo si no fuera porque me robó el alma y dejóme para siempre vacía y sin poder albergar otros dulces afectos que los honestos que a padres y parientes se tienen.

—De la bondad de vuestro corazón no esperaba yo tanto bien, señora mía —dijo don Florindo hincando la rodilla en tierra delante de doña Guiomar y tomándole las manos y mirándola con los ojos arrasados en lágrimas—, y desde ahora os suplico que por vuestro hermano, ya que no por enamorado, me tengáis.

—Por el hermano que nunca tuve os recibo —respondió doña Guiomar alzándolo suavemente.

Y honestamente se abrazaron sellando el pacto de su mutua amistad y con gran llaneza se descubrieron y participaron el uno al otro los secretos y contentos de sus corazones.

Mientras esto ocurría, doña Salud y doña Zambudia, puestas en celada no lejos de allí, al resguardo de las ramas bajas de un limonero, contemplaban la escena y se regocijaban mucho de la buena marcha de sus designios, pues, como no alcanzaban a oír las palabras que los dos jóvenes se decían, por las señas de lo que veían en abrazos y cortesías y confidencias creían que don Florindo había declarado su amor a doña Guiomar y ella había correspondido, de lo que las dos brujas quedaban tan contentas que casi les reventaba el gozo por las costuras. Siguieron espiando largo rato a los dos jóvenes, que paseaban por el prado de un lado a otro confesándose sus vidas y sentimientos y trazando planes para deshacer su compromiso y salirse cada cual a salvo con su afecto, doña Guiomar con Moquimber y don Florindo con Varejón, al que siempre llamaba él su amigo, aunque la discreta doña Guiomar bien entendió por dónde iban aquellos amores, y así anduvieron toda la tarde en cavilaciones y confidencias, mientras doña Salud y doña Zambudia se preguntaban cada una por su lado, sin decirlo, a qué espera el imbécil apocado éste para echar mano a las teticas de la niña o querer sofaldarla y hurgarle lo que trae debajo de las sayas.

Pues cuando la tarde se fue con sus pasitos cortos camino del ocaso arrastrando detrás de ella el extendido manto de la noche, y los convidados se restituyeron a la alquería platicando y riendo en cuadrillas, salieron los criados y sacaron mesas y aparadores a la plaza empedrada delante del palacio en las que dieron liberal refrigerio de agua de nieve y chocolate, sorbetes y golosinas. Don Florindo y doña Guiomar se despidieron con mucha cortesía y el plan trazado para desbaratar el compromiso de sus bodas a la primera ocasión que hubiera, como más adelante —bien andadas estas páginas— se verá, y mientras tanto fingirían que eran enamorados.

Tres días pasados del encuentro y concordia entre don Florindo y doña Guiomar, queriendo éste escribir unos versos a su enamorado Varejón, fue a tomar papel de las gavetas del escritorio de don Gaspar y al levantar una carpeta descubrió debajo una carta al inquisidor por la cual, leyéndola, vino a conocer la conjura que contra Varejón se preparaba. En la carta, don Gaspar prometía al inquisidor velar porque cierto sobrino suyo hallara empleo en la Corte tan presto como «cierto puto mulato esté en prisiones con certificado de arder en la hoguera». Don Florindo, casando estas palabras con otros indicios que tenía, vino a entender que el mulato del que hablaba su padre no era otro que Varejón. Dejó otra vez la carta donde estaba y salió del cuarto sigilosamente, ya olvidados los versos, y fuese al jardín, donde, mirando el agua que de la fuentecilla manaba, púsose a meditar trazas para salvar a su amigo de tan grave peligro.

Quiso la suerte que aquella tarde hubiera concertada visita de doña Zambudia, que con su sobrina Guiomar venía a ver a doña Salud, y después de haberse refrescado con un sorbete de limón, quedaron las dueñas en el corredor tratando asuntos propios y ajenos y novelerías y dieron licencia a los jóvenes para que salieran a platicar en el jardín. Refirió don Florindo a doña Guiomar lo que ya nosotros sabemos de los tratos entre su padre y el inquisidor y quedó ella tan espantada que no sabía qué decir, pero disimuló para que su tía no se lo notara, y al día siguiente madrugando escribió a don Alonso, en el cual ella y Moquimber confiaban como en el ángel de la guarda, refiriéndole los extremos del caso.

Dice Aristóteles, y con él cuantos filósofos en el mundo han sido, que la voluble Fortuna, teniendo su voluntad tan en las alas del capricho, se complace en jugar con los hombres sin que bien sepamos cómo ni por qué sus hilos mueve. Y sucede así a menudo que cosas muy dispares vienen a un mismo fin, como ríos que naciendo en distantes montañas de diferentes reinos rinden sus caudales en un cauce común. Ahora lo probaremos, que por dos lugares distintos vino la voluntad del inquisidor Osorio a ser piedra de toque en la que habría de probarse la afortunada o adversa salida de los negocios de nuestros amigos, en los que don Alonso, por su bondad de corazón, estaba empeñado. Pues viniendo los días tibios y ventosos acaeció que la alcahueta *Gomarra* viniese a averiguar que aquel mancebo Moquimber, preso en la cárcel real por hereje anglicano, era hijo de doña Dulce de Castro, lo cual conoció por el propio alcaide de la cárcel, que era cliente suyo de los buenos, y con esta sabiduría fuese a ver al conde y lo puso al tanto de la noticia. El conde de Cabra, fuera por su natural malvado o porque sufriera de muy mal talante los desprecios y desplantes que doña Dulce continuamente le hacía, dio en cavilar trazas para rendir por la fuerza la virtud de la dama y alcanzar lo que de grado no podía. Con este pensamiento le envió a *la Gomarra* con embajada de que tenía que comunicarle cierto secreto referente a un mancebo de su especial interés que se hallaba preso en la cárcel real. Doña Dulce quedó espantada, entendiendo que se refería a su hijo, y sin saber qué hacer ni qué consejo tomar, le respondió que aquella misma tarde viniese a verla. Fuese nuevamente la alcahueta con la embajada y el conde de Cabra se persuadió de que la señora estaba dispuesta a rendírsele y que lo llamaba a su casa para entregarle sus prendas. Vierais al conde de Cabra perfumarse con agua de azahar que una esclava negra gorda y carrilluda le espurreaba por entre los dientes haciendo nubes de menudas gotas; vierais al conde escoger sus mejores galas y cintas, bruñir medallas y armas, cepillar terciopelos, llamar al barbero que le arreglase el bigotito galán y le depilase narices y orejas; viéraislo vestir su mejor traje y tomar sobre él diversos sahumerios y polvos de olor de guisa que, al salir a la calle, pareció por donde pasaba que había ardido la especiería. Así llegó, importunado de perros hambrientos que al olfato del guiso acudían, a la casa de doña Dulce, a cuya puerta repicó fieramente con la arrogancia de quien daba la plaza por rendida. Salió a abrir Aguedilla y lo hizo pasar al salón de marras donde él, mientras doña Dulce acudía, se estuvo componiendo el tocado delante del espejo de azogue y aún le dio tiempo a palpar si eran buenos los tapices, a mirar debajo de la mesa y detrás del biombo por si había alguien al acecho y a levantar la tapa de dos o tres gavetas del aparador y curiosearlas. Llegó doña Isabel, y el conde de Cabra, con gesto ensayado y galán, se quitó el sombrero y barrió el suelo con su pluma azul en cortesana reverencia acabando el arco del brazo, según mandan los cánones, sobre la cadera izquierda. Doña Dulce, sin acatar galantería, serio el semblante, ofrecióle asiento y le dijo:

—Os ruego, señor, que seáis breve y me digáis derechamente vuestro recado pues no quisiera prolongar más de lo necesario esta visita.

El de Cabra, acopiando la munición con que los que son como él suelen asediar a las mujeres, blasonó, ofreció, prometió e hizo cuantas declaraciones y embelecos de galán le parecieron suficientes para rendir la voluntad de la viuda; todas en vano, pues cuanto más arreciaba él, más resistencia, enemistad y enfado encontraba en ella. Finalmente se desengañó de que pudiese en aquel día ni en otros ciento tomar el fruto que tanto deseaba, y el que antes diera la dama por rendida, viendo que su ansiedad le había enturbiado el juicio y le había hecho concebir esperanzas donde no las había, tomó gran saña de que se le resistiera. Además, mirando el lunarcito que doña Dulce tenía junto a los labios, no podía apartar de su pensamiento que las tales suelen traer otro igual en lo más oculto y sabroso de su natura y él, que se había prometido desmayarla y catarlos ambos aquella tarde, tendría que volverse, por lo que oía, sin alcanzar favor ninguno, rabo entre piernas como dicen.

—Señora, no son éstas, a lo que veo, las esperanzas que esta mañana por la dueña *Gomarra* me dábades, de donde infiero que desde entonces habéis mudado de parecer y pensáis seguir burlándoos de mí como hasta ahora. ¡Por vida de Satanás, señora, que no es materia que piense seguir sufriendo ni corresponde sufrirla a un hombre de mi calidad, que bastantes muestras os lleva dadas ya, a pesar de vuestros desprecios, de estar arrobadamente enamorado de vos! Y como el amor todo lo justifica y no conoce ley, con mucho sentimiento os debo comunicar que estoy dispuesto a cualquier cosa por conseguiros y me he determinado, si no os dais a mí bajo promesa formal de matrimonio, de enturbiar el pleito de vuestro hijo que el inquisidor Osorio, mi pariente, lleva a la presente, según he sabido, y sobre si la conversión católica de Moquimber es sincera o argucia de hereje, os juro por todos mis difuntos que puedo lo mismo alcanzar un sí que un no, salvarlo si vos me salváis a mí, o condenarlo a la hoguera por hereje relapso y pertinaz, con todos los pronunciamientos necesarios, y arda él y muera como ardo y muero yo cada día en el fuego más riguroso de mis celos y de vuestros desdenes.

Dijo el conde, y como doña Dulce quedara muda ante tanta infamia sin saber qué decir, como el cielo se aquieta antes del trueno gordo que abrirá tempestad, él lo tomó engañosamente por señal de que dudaba en su determinación y, creyendo advertir en la fortaleza de la dama el portillo de la flaqueza, sin segundo pensamiento se abalanzó sobre ella y arrebatándose la abrazó y la quería besar. Doña Dulce, despertando de aquella pesadilla con el grandísimo asco de ver sobre su rostro aquellos labios bermejos y babeantes y aquella boca maloliente, pugnaba por desasirse de él, y tanteando desde la tapa del arcón sobre la que el fogoso galán la había echado, su mano topó con la badila del brasero, que era de los macizos que funden en Lucena, y empuñándola con fuerza dio sobre el cráneo calvo del seductor tal calabazada con la porra de broncíneo mango que con dos más como aquélla lo hubiera enviado fácilmente al otro mundo sin óleo ni confesión. A lo que el de Cabra, sintiéndose herido, olvidó requiebros y soltando el abrazo hizo por requerir la espada, que no recordaba dónde había dejado, mientras echaba fuego por los ojos que daba espanto verlo. Quizá hubiera perpetrado algún desaguisado o locura contra doña Dulce, pues estaba fuera de sí, de no haber acudido en aquel instante las criadas de la casa, que apercibidas estaban, y con ellas el mozo de mulas, un extremeño fornido, el cual traía en la mano el hacha de partir leña. Delante de tanto concurso de gentes serenóse el de Cabra y tomando su sombrero y su capa marchó sin decir adiós, dando portazos y volcando macetas en la travesía del jardín, y profiriendo grandes reniegos, pesias y porvidas, y jurando y amenazando de que bien pronto sabrás quién es el que has burlado y lastimado, etcétera, que parece mentira el mal perder que tienen las gentes de alcurnia y la lengua que les sale cuando se les tuerce el capricho.

Doña Dulce quedó de tal guisa que no sabía quién era y sólo se serenó después de asentarse los nervios con una salutífera cocción. El conde de Cabra, bufando como toro herido, fuese aquella misma tarde a Triana, al castillo de la Inquisición, donde pidió ver al inquisidor Osorio, del que era algo pariente, y denunció que cierta viuda doña Dulce de Castro estaba pagando testigos para que declararan sobre la conversión del hereje Moquimber y lo quería hacer pasar por hijo suyo bautizado por salvarlo del brasero y amancebarse con él. Lo que, unido a ciertas noticias que los inquisidores tenían, determinó que los inquisidores dieran por confirmada la conspiración para hurtarles un hereje del brasero, de lo que tuvieron gran enojo, y sacando a don Moquimber de la cárcel real lo trasladaron a la suya del castillo de San Jorge, donde lo encerraron en un lóbrego calabozo y lo pusieron a padecer las humedades del río vecino y las otras inclemencias y rigores de aquel triste lugar. Es el caso que desde que don Moquimber entró en la inquisitorial jurisdicción lo tenían reservado, como en despensa, para un auto de fe que pensaban hacer antes del verano, y que querían que fuese más lucido que los que se hacían en Córdoba, de cuyo tribunal eran vecinos y rivales, con su poquito de judíos, su poquito de alumbrados, su poquito de renegados moros, su poquito de hechiceras y su poquito de hereje luterano, especie que, siendo más escasa en aquellos lares, era, por ende, más apreciada. Con lo cual, y disputando su presa al padre León, dieron en poner cortapisas a la conversión del mozo Moquimber y prohibirle las visitas del padre León alegando su incompetencia en el examen e indagación de si la conversión era sincera o fingida.

Doña Dulce, cuando supo que la Inquisición tenía a su hijo sufrió un desmayo del que pensaron que no volvía, pero luego, recuperado el resuello con los solícitos cuidados de Aguedilla y las otras criadas, pudo ordenar sus pensamientos y tomando papel escribió a don Alonso rogándole encarecidamente que viniera a verla aquella misma noche. Llevó Aguedilla el recado a la posada de la calle de Bayona, y como don Alonso estuviera ausente, que había ido a echar una partidita de naipes a una casa de conversación, allá se estuvo aguardándolo hasta que regresó, ya cerca de la noche, y Aldoncilla no

232

le quitaba ojos como si creyera que aquella moza de su misma edad y condición le pudiera disputar el placer de servir a tal señor gentil y desventurado.

Regresó por fin don Alonso y leyendo el billete de su amada fue al punto a verla, como le mandaba, y ella lo recibió con mil cortesías y agradecimientos y lo puso al tanto de lo que ocurría.

—Es materia de suficiente gravedad como para que veamos de resolverla en altas instancias —dijo don Alonso—, pero me disculparéis, señora, si no os puedo decir más. Lo que haga, después de meditarlo, por sus obras lo conoceréis y según pienso lo aprobaréis, pues tanto aprecio a Moquimber por hijo vuestro como si lo fuera mío, por el amor que nunca pudimos tener. Dejadlo en mi mano.

CAPÍTULO XXXII

Donde don Alonso de Quesada, por intercesión
de Chiquiznaque, encomienda a Monipodio
que interceda por sus amigos ante el inquisidor Osorio

Tornó don Alonso a su posada y pasó toda la noche en vela, sudando con el recísimo calor y pensando cómo resolver aquel espinoso negocio, y cada traza que se le ocurría le parecía peor y más dudosa que la anterior.

Otro día de mañana era jueves y tocaba a don Alonso escribir la carta de Chiquiznaque en el corral de los Naranjos, pues otra vez había vuelto el jayán a sus requiebros epistolares con doña Salud. Después de redactar la misiva salieron don Alonso y Chiquiznaque a pasear por el embarcadero del Arenal, don Alonso absorto en sus preocupaciones, hasta que llegando cabe la fresca sombra de la Torre del Oro tomaron asiento en una barca vuelta, de las que allá esperan calafate, y don Alonso se franqueó con su amigo y le confió las cuitas de don Moquimber.

—Ahora quisiera saber —dijo al término de su parlamento— si el señor Monipodio, como tiene rendidas las voluntades de tantos altos y bajos de esta ciudad, tendrá mano con el inquisidor Osorio para dar buen remate a este negocio.

—Saberlo sobre cierto no lo sé —dijo Chiquiznaque—, que eso solamente Belcebú, rey de las moscas, lo sabe, y yo nunca los he visto en compañía ni tengo noticia de que el señor Monipodio, por justos respetos, se trate con la Inquisición, ni con la Hermandad ni con ninguna otra junta que se llame Santa, pero si fuera hacedero no quedará por mi esfuerzo y si no lo fuera de bonica manera, digo yo que siempre nos quedará el recurso de abrir en canal a ese conde de Cabra que tantos deservicios hace a vuesa merced y a vuestro amigo el luterano.

—¿Cómo abrirlo en canal? —se espantó don Alonso.

—Abrirlo en canal es rajarlo desde el gañote a las criadillas —explicó Chiquiznaque—, diligencia muy hacedera con este cachicuerno filoso que en la ijada llevo, y luego, para adornar un poco el estropicio y que sirva de escarmiento a los malos y de enseñanza provechosa a los buenos, podíamos, ¡me cago en el demonio!, ahorcarlo en sus tripas y cuando en el ahogo abra la boca meterle por ella las pecadoras criadillas y las otras menguadas partes de su natura, que hace cuadro famoso cuando lo encuentren los alguaciles, y será materia de mucho comento en Sevilla y aun en todos los reinos. ¡Y eso y más haré, por vida de Belcebú, si a tan alta señora otra vez importuna!

—Quizá no sea menester usar de tanto rigor si la cosa tiene enmienda de otro modo más suave —sugirió don Alonso.

—Pues hagamos pies a donde el señor Monipodio —dijo Chiquiznaque—, que el negocio es para hoy porque, siendo segundo jueves de mes, toca capítulo de la honrada cofradía Garduña y allá encontraremos quien lo remedie.

No pasó una hora con su contada carga de afanes cuando don Alonso y Chiquiznaque, pasando el río por la puente de Triana, fueron al patio de Monipodio, el cual los recibió muy cordialmente en la sala de las arcas ferradas que ya conocíamos de la otra vez y agradeció mucho a don Alonso ciertas escrituras que por intermedio de Chiquiznaque le había hecho, sobre las cuales le quedaba obligado. Y escuchando atentamente el caso del conde de Cabra y doña Dulce y que todo el poder de dar la vida o perder al mancebo Moquimber estaba en manos del inquisidor Osorio, dijo Monipodio:

—¡Empinado parece el asunto que proponéis, pero con todo, San Dios pudiera hacer, como puede, que se encontrara la melecina que sana este mal! ¡Que vengan *la Ronquilla* y *la Pipota*, que ellas juntas llevan el censo de todas las braguetas de Sevilla y sabrán dar razón de ese Osorio y qué pecados esconde!

Salió Chiquiznaque a buscar a las dichas señoras y asomándose a la galería del patio les dio una voz que subieran, lo que ellas hicieron al punto, y Monipodio las saludó muy afablemente y les dijo:

—Madres, perdonad que os quite de vuestras devociones pero es que aquí los señores sufren una contrariedad que a lo mejor está en vuestras manos remediar.

A lo que la dicha *Pipota* contestó:

—Aquí estamos nosotras para servir en lo que fuera menester al señor Monipodio y la compaña. Dígannos qué es, que somos todo oídos como Argos.

—Lo de Argos eran ojos —dijo don Alonso, aunque antes de acabar de decirlo ya se había arrepentido porque no quería contrariar a aquellas señoras por un quítame allá esas pajas.

—Es que nosotras traemos también oídos en los ojos, como es gran necesidad de nuestro oficio —replicó *la Pipota* con donaire— y más vemos por ellos que por los oídos porque lo que muchos saben callar por la boca, por los meneos lo van pregonando a quien sabe leerlos.

Rió Monipodio la ocurrencia de la vieja y a su risa

rieron todos los presentes y luego, tornando al meollo del asunto, dijo:

—Del inquisidor Osorio hablamos, madre *Pipota*, el cebollón cetrino es; no el otro rubiasco, enteco y concorvado.

—Ése no tiene pecados, que yo sepa —dijo *la Pipota*.

—Ni que yo sepa se le conoce nada aparte de la gula —dijo *la Ronquilla*.

—No es la gula pecado que nos sirva en el presente caso —dijo Monipodio—, que si por gula fuera iría la barca de san Pedro a la deriva por esos mares y a estas horas seríamos todos moros sarracenos abominando del tocino y del mosto y aun del jamón, aunque fuera de Aracena, que no lo permita San Dios.

Se santiguó Monipodio al decir esto y se santiguaron todos muy devotamente.

—¡Por el siglo de mi madre! —dijo *la Ronquilla* dándose un golpe en la frente—. Ahora me acuerdo de que, aunque ese señor, a lo que yo sé, tiene la plana más limpia que un recién nacido, sin nada que apuntar de pelo ni de pluma, el otro día lo vi yo como un poco alterado en el sermón de las arrepentidas y para mí que le gustaba una de las presentes.

—¿Qué me estás diciendo, por las bragas del hideputa Satán? —dijo Monipodio.

—Digo —dijo *la Ronquilla*— que ese monseñor que decís no pudo quitar ojo de *Rozaganta la Hermosa* en todo el sermón, que lo vi bien porque estaba yo cerca del altar, a la zaga de donde ellos tienen sus tronos y *Rozaganta* estaba en la primera fila, que ella con menos no se conforma.

CAPÍTULO XXXIII

Donde se da noticia del sermón de las arrepentidas

Ésta es la hora en que, para ilustración del lector y buscando autoridad y crédito para esta historia, se declarará, antes de pasar adelante, lo que era el sermón de las arrepentidas: que una vez al año, por disposición real, se congregaban todas las furcias y cómicas de Sevilla en la iglesia de San Pablo para que un predicador les diera el sermón exhortándolas a cambiar de vida y dejar el vicio e ingresar en religión. Esta santa gestión solía rendir parcos frutos, si alguno, fuera de que allá acudían muchas damas principales y mujeres honestas, lo uno por ser oratoria muy celebrada y gananciosa de indulgencias y lo otro por ojear y fisgar a todas las putas de Sevilla juntas en cuadrilla, que no sé por qué será pero no hay cosa que más deleite a las damas honestas que observar a las putas y murmurar y aprender de ellas. Entre los que por su dignidad y grado asistían al sermón figuraban los señores inquisidores, a los cuales montaban tribuna en el presbiterio. Y es el caso que en este año que glosamos algunas coberteras, que por razón de su oficio son aves de altanería en lo que es deseos y secretas querencias, notaron que el inquisidor Osorio no quitaba ojo de la cómica *Rozaganta la Hermosa*, en lo cual mostraba tener el mismo gusto que muchos aficionados, pues la tal *Rozaganta* era una mujer de tan buenas prendas que el que una vez la veía no la olvidaba ya, y si estrujando mucho la bolsa, que ella picaba muy alto, lograba catarla, nunca más tendría gusto entero con otra mujer porque en alcanzándola a ella todas las demás se hacían de menos y de allí adelante soñaba con ella y quitársela de la imaginación era como pretender que un sarnoso no se rasque en tres días.

Tenía *Rozaganta la Hermosa* los ojos grandes y rasgados, verdes con reflejos de miel, las pestañas largas como una fila de puñales, la cabeza redonda y chica, con una mata de pelo tal que, estando desnuda, le tapaba su natura, según de larga la traía, como las que le ponen a santa María Magdalena en los retablos; los pechos, los que se los vieron y palparon no dejan de alabarlos que eran firmes y grandes, los pezoncicos rosados, chiquiticos como aceitunas, pero cuando se encendían cobraban tanto cuerpo como una castaña chica. La hermosura de sus caderas, ¿quién podría alabarla para hacer justicia?, y el arte que ponía en los meneos, ¿quién podría describirlo que no se quedara corto? Digo solamente que bailando la zarabanda pusiera en peligro la salvación del mismo Pontífice, dicho sea con el debido respeto, tal era y de tal manera jugaba lo que tenía. Además, cuando reía, se le formaban dos hoyuelos cerca de las comisuras que eran como dos simas infinitas, más abismadas que la de Cabra, y el que caía en ellos no volvía a parecer.

—¿Y tú crees que al inquisidor le gusta la moza? —preguntó Monipodio.

A lo cual *la Pipota* contestó:

—No tendría yo el ojo que tengo para las cosas del rijo si me equivocara pero, por mi madre que en gloria esté, que ese Osorio, en poniéndole en el cebo las carnes de *la Rozaganta* vendrá a comer de nuestra mano. Otra cosa es que ella quiera, que con las veces que ha caído de espaldas por un plato de cocido, ahora, como ha crecido de fama y de estado, se ha vuelto remilgada y sólo se codea con las grandezas y anda tan enamorada del duque de Arjona que creo que ha cerrado la tienda a los demás.

—No es cosa creída sino confirmada —corroboró *la Ronquilla*— que yo le llevé hace unos días dos recados, el uno del presidente de la Casa de Contratación y el otro de un mercader de la calle de Francos, los cuales hubieran dado un ojito de la cara por acostarse con ella, y la guapa me dijo nones y siguió con nones por más que porfié.

—Es que, por putas que sean, el amor las hace decentes —observó don Alonso.

—¡Una puta decente! —saltó Monipodio—. ¡Ved a qué sinrazón y a qué despropósito estamos llegando con la general decadencia de los tiempos! ¿Dónde se vio tal cosa, que no pasara ni entre luteranos enemigos de la fe? Pues siendo así no sé yo cómo pueda acabarse este negocio.

—Si yo y mi parienta *la Pipota* entendiéramos qué negocio es, a lo mejor pudiéramos dar alguna traza para hacerlo —dijo *la Ronquilla*.

Don Alonso no supo qué responder, pues, como discreto, no quería pregonar el caso a toda Sevilla, y lo último que pensó cuando acudió a Monipodio era que iban a meter en la concordia a dos alcahuetas parleras.

—Estas madres son de toda confianza —dijo Monipodio por disipar recelos— y yo pongo la cabeza por ellas.

Explicó Chiquiznaque a las coberteras lo que ya sabemos, que pasamos por alto por ahorrar palabras, y ellas estuvieron escuchando muy atentamente el caso y enterándose del negocio después de cribarlo de los muchas pesias y reniegos y juramentos con que el jaque lo iba esmaltando y hasta lo interrumpieron un par de veces para inquirir por detalles como el que bien quiere quedarse con todos los cabos de un negocio, al final de lo cual dijo *la Pipota*:

—Una traza buena le veo yo y es que el dicho inquisidor crea alcanzar los favores de *Rozaganta la Hermosa* y ya metido en ajo esté con otra y así lo tomen testigos que puedan decir lo que vieron, que después de eso, por la cuenta que le trae, mantendrá la boca cerrada.

—Mejor todavía —dijo *la Ronquilla*— si se hace como dice mi parienta pero en vez de mujer encuentre hombre en la celda, con lo cual los testigos podrán certificarlo de puto sodomita y ésa es tacha que lo dejará más entregado y suave.

—¡Bendito sea Dios —dijo Monipodio— que tal ingenio pone en las mujeres y tantas luces en las molleras de estas hermanas mías a las que bien pienso compensar por mis agradecimientos en el esclarecimiento de este negocio!

—Ahora convendría saber —dijo *la Pipota*— cómo haremos que el inquisidor se cite con la *Rozaganta la Hermosa*.

—Eso es lo más fácil del mundo —dijo *la Ronquilla*—. Vaya una de nosotras a decirle que *la Escalanta* se muere por sus carnes y que se le quiere entregar.

—Temo que no sea hacedero —intervino don Alonso—, pues siendo tan alto juez querrá pruebas certificadas de que no es burla o venganza de los muchos enemigos secretos que tiene.

—Eso no será dificultad —dijo *la Ronquilla*—, que para mayor seguridad le diremos que vaya a verla al corral de comedias de doña Elvira donde ella le hará cierta seña en prendas de su buena intención.

—Y ¿cómo le haremos que haga la seña sin estar en el engaño? —quiso saber Chiquiznaque.

—¡Ja ja! —dijo *la Ronquilla*—. Porque es seña que ya tenemos nosotras averiguada. Cuando el duque de Arjona va a ver a *Rozaganta la Hermosa* ella lleva una rosa roja prendida en el vestido y llegando a alguna parte amorosa del recitado la toma como si el tallo fuera cierto miembro ducal, ya me entendéis, y lo huele y le pasa la lengua, lo que es de mucho efecto y levanta relinchos de unos mirantes y suspiros en otros, según complixiones.

—Y ¿cómo hemos de saber qué día va el duque para que también asista el inquisidor? —preguntó Monipodio.

A lo cual contestó *la Ronquilla*:

—Eso es cosa averiguada, que yo tengo a un criado del duque encoñado con una sobrina de las mías y por ella lo sabremos si me lo dejáis a mí.

CAPÍTULO XXXIV

Así lo hicieron, y a dos días de aquella concordia se
supo que el duque de Arjona iba al corral de comedias
aquella noche y *la Ronquilla* fue al castillo del Santo
Oficio y preguntó por el inquisidor Osorio que tenía
tan gran confianza en su virtud que el asunto que iba a
denunciar, por ser muy secreto y reservado, a ningún
otro se lo quería comunicar. Pasáronla a la cámara
donde Osorio recibía, y ella, postrándose a sus pies, se
presentó como honesta y desasistida viuda que venía
de parte de *Rozaganta la Hermosa* a darle un recado de
mucha importancia para la alta majestad de su excelencia reverendísima, en cuya presencia se sentía tan tur-
bada que estaba por desmayarse. A Osorio, al oír el
nombre de la bella, se le alegraron las pajarillas y, ablan-
dando la altivez con que recibía, ofreció agua a la vieja
y le dijo que se sosegara y hablara libremente, que él le
guardaría cualquier secreto y sabría favorecerla. Ella,
haciendo que se sosegaba, le dijo que nunca osara venir
con aquella embajada si no fuera porque veía peligrar la
vida de aquella niña inocente, *Rozaganta la Hermosa*, a
la cual, faltándole la madre, había criado como a hija, y
ella le había suplicado y hecho grandes fuerzas para
persuadirla, pues desde que viera a su ilustrísima en el

243

sermón de las arrepentidas, dos semanas antes, había quedado tan prendada de su persona que no comía ni dormía ni podía quitarlo de su pensamiento y estaba enflaquecida y pesarosa y no hallaba contento en las cosas que antes ordinariamente se lo daban. Tantos y tales extremos hizo, con tanta labia y votos de sinceridad, que Osorio quedó persuadido de que la cómica y él, por voluntad de Altísimo, se abrasaban de un mismo fuego, pues en verdad, desde que la vio en el sermón, no la podía apartar de su pensamiento, pero antes que pudiera expresar las razonables dudas del caso, *la Ronquilla*, adelantándose, dijo:

—Ilustrísima, ella os quiere bien y tan se le abren las carnes por vuestra excelencia reverendísima que me manda deciros que esta misma noche os dará una prueba de amor en la comedia del corral de doña Elvira, donde, en llegando al recitado en el que expresa el amor que os tiene, dará la señal de tomar una rosa que llevará al pecho y olerla y lamerla y, si mandáis un criado o familiar que lo vea, él os lo podrá certificar.

El inquisidor Osorio, después de otra poca plática, despidió a la alcahueta y luego llamó a un secretario y le dijo que despachara las visitas y en toda la mañana no le molestaran aunque viniera el archipámpano de las Indias porque tenía que reflexionar sobre un caso grave. Fuese luego a su celda y al verse solo levantó la pierna y dio en el aire una zapateta, de contento que iba, y desnudóse por las muchas calores y echándose en la cama, el búcaro de agua a mano, mientras se abanicaba con los folios de un informe, se decía:

—Es cosa certificada que Dios no puede ir contra aquello que creó y que si, a pesar de mi vejez, se complace en despertar en mí estos carnales apetitos que no sufrí de joven es por algún designio inescrutable de los suyos que no me es lícito cuestionar. Pues ¿acaso no se encuentran en las Sagradas Escrituras y Santos Padres muchos pasajes en que hombres piadosos y justos parece que van contra los mandamientos de la ley de Dios y antes bien lo que hacen es confirmarlos? ¿Acaso no prueban san Agustín, santo Tomás y santo Domingo y otros padres que Dios permite el ligero quebrantamiento de algún mandamiento para que otros más fundamentales triunfen? Ahora, por lo que estoy viendo, Dios, en su infinita misericordia, quiere que yo efectúe este acto repugnante de la copulación en la persona de esa cómica y con este designio ha puesto en mí ese apetito y lo ha puesto en ella. Más de quinientos cristianos estábamos en la iglesia el día del sermón: yo sólo me fijé en ella, ella sólo se fijo en mí y en presencia de Dios la combustión de nuestras ánimas encendió nuestros deseos. ¿No es ése gran milagro y honda teología de la carne?

Al lado de estas razones que eran todas favorables, el inquisidor, por ser persona ducha en controversias teológicas y en casuística procesal, y gran perito en asechanzas del demonio y en las estratagemas y argucias de herejes que pintan el vicio so capa de virtud, dábase otras razones que contrariaban su deseo: ¿No será esto que vas buscando sucia lujuria y vicio de tus débiles carnes? Si Dios pluguiera permitir la fornicación a calzón quitado y por mero deseo, ¿hubiera prohibido ese goce a sus bienamados clérigos? Éste es caso averiguado, se decía, pero, por otra parte, ¿acaso no estaban casados los apóstoles?, ¿acaso no perdonó Él a la pecadora?

Con estas y otras razones pasó el señor inquisidor toda la mañana desmenuzando teologías y escindido entre su castidad mantenida en cincuenta años y el pecado que tan gustosamente se le aparejaba, y era en ello todo en uno, tribunal y acusador, reo y defensor, verdugo y escribano, pero, como el que a sí mismo se capa buenos cojones se deja, finalmente sentenció:

—*Necessitas caret lege*, la necesidad tiene cara de hereje.

Y aventando escrúpulos decidió que aquel sacrificio carnal era voluntad de Dios y que Él, por inexcrutable designio, bendeciría la unión. Tocó la campanilla, acudió un secretario y le encomendó que, con gran prevención y secreto, alquilara un buen balcón del corral de doña Elvira para la función de aquella noche y que le preparara ropa seglar y una máscara, pues importaba mucho al esclarecimiento de un grave caso que él asistiera a la comedia y llevaría puesto un sombrero con tres plumas blancas que era la señal que le había dado la cobertera para que *Rozaganta la Hermosa* lo reconociera a pesar de la cara tapada pues es sabido que los gordos y los besugos de lejos todos parescen igual.

Luego de procuradas estas diligencias, el inquisidor se encerró de nuevo en su celda y arrodillándose alcanzó una maletilla que guardaba bajo la cama, la cual puso sobre la mesa y yendo al altarcillo del oratorio, donde había un relicario que contenía reliquias de un santo mártir del desierto tebano, lo destapó y del hueco de la canilla extrajo la llavecica de la maleta. La abrió y tomó de su interior un librillo que había heredado de cierto morisco al que quemó en auto de fe dos años atrás. Tomó el libro y gastó lo que quedaba de la tarde instruyéndose en las materias de la lujuria, la más ardua de las ciencias cuando el aprendiz pretende maestría sin taller ni paciencia. Leía Osorio, por entenderlo mejor, sentencias como éstas hasta dos o tres veces, en voz alta, con pausa y entonación de refectorio: «Al tiempo de quererse meter el miembro, refregallo en los labios della, porque se altere más él, y ello diciendo, en el nombre de Dios, metello»; o «jugar con ella con todas las circunstancias de gusto que pueda, besando, abraçando y tentando, para que con esto se contenten y apresten sus corazones, de suerte que ella pida la obra y él la ejecute con fuerza y mostrarle el miembro que lo toque y lo mire hasta lamello con la lengua y estando en esto ponerla boca arriba alçando los pies, porque es la mejor postura y se concede su gusto en ésta. Estando dentro, haçer de manera que sea con blandura hasta alcanzar el regalo y gusto eterno que es como mirar al Señor y Criador mañana y tarde. Sólo se veda tener acto por la otra vía porque no produce sembrado y es cosa fea y contra la costumbre».

CAPÍTULO XXXV

Aún tuvo ocasión el señor inquisidor de tratar el tema de la castidad con su colega Juan de Llanos y Valdés, el cual estaba de muchos años atrás endevotado con una entera comunidad de siete monjas y, teniendo tan larga experiencia, bien lo podría aconsejar. Entre ellos cambiaron estas razones:

—De mí he de confesaros, querido colega —dijo Osorio—, que he guardado el voto más esforzado del sacerdocio mis cumplidos cuarenta años y nunca he incurrido en *horrendum facinus* ni actos sucios ni deshonestos, no por mengua de ocasiones y bríos, ciertamente, sino antes bien por mortificación y doctrina.

—¿Queréis decir —preguntó Valdés, incrédulo— que nunca habéis gozado mujer?

—Eso es lo que os digo —reconoció Osorio—, que me he mantenido doncel hasta la presente hora y nunca he sido fraile mocero, pues siempre traje sobre la frente la sentencia del Primer Concilio de Sevilla.

—¿Qué sentencia es ésa?

—La que dice *clerici quibus mulieres cohabitant*.

—¡Habláramos para mañana! —exclamó el inquisidor Valdés—. ¡Ésas son leyes olvidadas de puro viejas y como llevan siglos criando polvo en los estantes altos no tienen fuerza para malograr la de otros polvos más bajos! Fuera de esto he de admirarme de vuestro gran mérito, que, con estar tan encumbrado, sin embargo vuestra ilustrísima no deja de ser hombre de tan buenas prendas terrenales.

Osorio agradeció el encomio con una venia y prosiguió:

—Mas es el caso que de un tiempo a esta parte siento el escrupulillo de si me será lícito, ahora que me encamino derechamente al puerto tranquilo de la vejez, poner en peligro la navegación de esta navecilla que contiene mi alma inmortal cuando aún tantas labores me esperan que la religión demanda de este su humilde servidor. Mas es el caso que si quiero tener fortaleza para altas obras debo pagar la alcabala que el cuerpo en su oficina demanda.

—¿Cómo es eso? —se extrañó Valdés—. Creedme, padre, que no alcanzo a comprender vuestro razonamiento. ¿Pensáis por ventura que la castidad mengua la salud?

—No cuando se es joven y vigoroso —respondió el inquisidor Osorio—, pero sí cuando ya se aflojan las carnes y se va a viejo. Resistirse a los golpes y lanzadas de la lujuria fuera mérito cuando estaba en mis verdes años, no tanto en los umbrales de mi ancianidad. Y aquí tengo certificadas las razones estimables que me mueven a dar este paso. —Y alcanzando un libro del anaquel que a su espalda tenía, en cuyo tejuelo se leía *Práctica de la Medicina del doctor Juan de Aviñón, titular del Arzobispo de Sevilla*, lo abrió por una página que señalada tenía con una cedulilla de confirmación y, ajustándose las lentes sobre la nariz, apartó el libro la longitud de su brazo extendido y leyó—: «Los provechos que se siguen de dormir con mujer son éstos: el primero, cumple el mandamiento que manda Dios cuando dixo: creced y multiplicaos y poblad la Tierra.»

—¿Queréis por ventura engendrar hijos, quiero decir sobrinos? —interrumpió Valdés.

—No, por cierto —respondió Osorio—. Solamente lo leo porque es la primera y principal razón que el libro pone, pero, en mi caso particular, a las restantes me atengo que todas juntas en cuadrilla estoy por decir que son, si no de más peso, sí al menos de otro tanto. Escuchad: «Lo segundo, conservamiento de la salud; y lo tercero, que alivia el cuerpo; y el quarto, que lo alegra; y el quinto, tira melancolía y cuidado; y el sexto, derrama los bafes que están allegados al corazón y al meollo; y el séptimo, tira el dolor de riñones y de los lomos; y el octavo, aprovecha a todas las dolencias flemáticas; la novena, pone apetito de comer...»

—Este que ahora dice, creo que no lo necesita vuestra ilustrísima —dijo Valdés.

—No por cierto, que hasta ahora buenas ganas no me faltan —dijo Osorio—, pero más vale prevenir que curar, como dicen. ¿Quién me asegura a mí que dentro de quince o veinte días, o unos meses, no me aquejará una desapetencia y abatimiento que me deje postrado y hayan de darme el sustento en caldo de cuchara?

—Si es así —convino el inquisidor Valdés—, en la razón estáis y más vale prevenir que curar. Os ruego que prosigáis.

—Ya acabo, que sólo faltaban dos. «La décima: guarece las apostemaciones de los miembros emolutorios; y la undécima, agudiza la vista de los ojos.»

—¡Cuerpo de Dios! —dijo Valdés, dándose una palmada en la frente—. Ahora veo la fuente y comienzo de mis achaques de vista, que desde que cursaba órdenes menores en Salamanca padezco cortedad de vista. Mas, pensándolo bien, otros escolares que tenían manceba y aun se refocilaban con rameras, Dios los perdone, tampoco andaban mejor que yo de la vista.

—Eso sería —declaró Osorio— porque no se refocilaban lo justo y tomando la ración escasa no les aprovechaba la rigurosa medicina.

CAPÍTULO XXXVI

Aquella noche, el inquisidor Osorio se vistió con gran recato y disfraz y asistió a la comedia del corral de doña Elvira, donde ocupó, con dos secretarios de confianza, uno de los balcones fronteros al estrado. Después del molesto preámbulo que es la bulla y grita de los vendedores de chochos (así llaman en Sevilla a los altramuces) pregonando su mercancía y las mocitas pidiendo meriendas a sus galanes y ellos sableando a sus amigos y los aposentadores gritando aquello de ¡Suban al estrado que está fresco y regado!, sonó por fin la trompeta, chistaron los de a pie, se hizo regular silencio, mataron candiles en la galería, despabilaron lámparas en el escenario y dio comienzo la comedia, que fue una de las más celebradas de Lope, espectáculo más de gusto que de decencia, en el que *Rozaganta la Hermosa* lucía su hermosura. Viéndola tan untada de afeites, blanqueados los pechos y rostro con albayalde y pintadas de carmín las mejillas y los labios, a Osorio le pareció resplandeciente como el cielo estrellado y se arrobó mirándola y la tuvo por ángel del cielo. Cuando ella miraba al balcón contiguo al de Osorio, donde posaba el duque de Arjona, nuestro inquisidor se tocaba las plumas del sombrero pensando que lo había reconocido. En cierto momento, *Rozaganta*, tomando la rosa de su escote, la estuvo sobando como solía, con gestos que hubieran encendido a un difunto, y luego la olió y la pasó por entre la acequia madre de sus teticas, que el corpiño apretaba que parecía que se le iban a escapar, y finalmente la lamió con su lengua bermeja y fresca, lo cual a su ilustrísima el señor Osorio tanto encendió de deseos que un sudor se le iba y otro se le venía pensando que todo aquel homenaje era a su persona y le temblaban hasta las plumas del sombrero, que por mejor hacerse ver lo conservó calado toda la función. Aquella noche no durmió y se levantaba cien veces a mirar por la ventana si ya clareaba el día, tan impaciente estaba por recibir otra vez a la cobertera con el recado de *Rozaganta la Hermosa*.

Otro día de mañana juntáronse en el patio de Triana *la Pipota* y *la Ronquilla*, las alcahuetas, con Chiquiznaque y el señor Monipodio y discutieron las trazas del plan: que un compadre de Monipodio que era confidente o familiar de la Inquisición se presentaría ante Osorio para denunciar que aquella noche se juntarían a cometer el pecado nefando un tal Varejón, turco converso y practicante secreto de sus antiguos vicios, y cierto prelado de gran calidad e importancia, puto encubierto, del cual por más que se había esforzado no había averiguado el nombre y siendo así era de mucho provecho para la defensa de la religión que este caso fuese descubierto y castigado. Dijo también que el connubio nefando sería a las ocho, en tal y tal lugar, dando señas exactas de la casa y puerta, para que las justicias del Santo Tribunal fueran sobre seguro. Tomó nota el inquisidor Osorio y despidió luego a su confidente ya que, como enamorado, propendía a la soledad y a ocupar sus pensamientos en *Rozaganta la Bella, la Hermosa* y *la Adorable*, a cuyas prendas andaba toda la mañana empeñado en buscar consonantes para componer un soneto de loa y encomio.

Apenas hubo salido el confidente, entró en la casa de los inquisidores la vieja *Ronquilla*, que afuera, en el Altozano, había estado esperando a que se desocupara la primera visita, y preguntando por el inquisidor fue prontamente introducida a su presencia y estando solos le comunicó que su señora doña *Rozaganta la Hermosa* lo aguardaba aquella noche a las ocho.

Recordó el inquisidor que a aquella misma hora había dispuesto hacer las diligencias para sorprender al sodomita Varejón y a su amigo el prelado en nefanda coyunda, y dijo:

—Es gran contrariedad que a las ocho tenga que hacer una diligencia de muchísima importancia para la defensa de la Fe, pero decid a vuestra señora que por mostrarle la calidad de mi aprecio y mi obediencia a su llamada dejaré que otros lo hagan por mí y acudiré a su lado.

—Ésa es gran galantería que ella, como mujer delicada, sabrá apreciar y pagar con sus mejores dones —dijo la alcahueta.

—Mucho os encomiendo —dijo Osorio— que el negocio se haga con la prudencia y secreto que requiere el caso porque yo no sea notado ni en mi persona ni en mi calidad porque, como dicen los Santos Padres, hay que ser *si non caste, caute*.

—Perded cuidado, excelencia ilustrísima —dijo la vieja—. Del lugar y la prudencia no vais a tener queja, que mi señora ha pensado en todo como quien os quiere dejar bien contento para serviros en adelante y que no os enamoréis de otras. El encuentro será en tal casa de tal collación, la que da a la plaza tal, a donde yo vivo y tendré aparejada una retirada alcoba. Es casa tan decente que aun yendo de sotana no seríais mal notado, cuanto más que iréis en carroza cubierta y os apearéis en patio cerrado sin más concurso que el del cochero que os conducirá, que es esclavo y mudo, y luego seréis introducido por ciertos corredores en la cámara sin ventanas que está prevenida con toda comodidad y regalo de viandas y bebidas y no falta en ella mullida cama con dosel y cortinas, como correponde a personas de tanta alteza. Importa que sepáis que, por excusar malos encuentros, media hora atrás estará prevenida y esperándoos mi señora doña *Rozaganta la Hermosa* la cual, debido a la fuerza que hace en su natural recato con esta entrega, os ruega que excuséis el mirarla desnuda hasta que, habiéndose consumado la entrega, cobre mayor confianza pues ella, aunque cómica, es de suyo recatada y honesta y sentiría gran vergüenza de miraros a la cara antes del acto, que después, como vuestra ilustrísima reverendísima no ignorará, es condición de la mujer franquearse y cobrar mucho ánimo.

—Por ese lado no hay que temer —dijo Osorio— que llevo cuarenta años siendo cura de almas y sé bien entender las complejidades de la mujer, y conozco que a veces, por mano del diablo, la más puta, mejorando lo presente, se arredra y flaquea llegado el momento, y la más decente, puesta en el carnal revolcón, se crece y resulta más osada que Mesalina.

—Mucho me huelgo de que así lo entendáis como discreto, ilustrísima —dijo *la Ronquilla*.

Ahora pide la verosimilitud de esta historia que, suspendiendo su hilo momentáneamente, hagamos un alto para que el lector sepa que la casa donde el inquisidor Osorio y *Rozaganta la Hermosa* iban a encontrarse no era otra que la que ya conocemos de *la Ronquilla*, la cual, para las conveniencias de sus encubrimientos, ya sabemos que tenía puerta principal a una plaza sin sospecha y puertecilla falsa y discreta a la calleja opuesta de la misma manzana, como el lector memorioso recordará de páginas pasadas, y esta puertecilla del callejón era la que el confidente de la Inquisición había denunciado como de la casa donde Varejón y su puto iban a pecar. La traza consistía en introducir al inquisidor Osorio en la alcoba oscura donde lo esperaría Varejón, el cual lo sostendría en la cama desnudo hasta que irrumpieran los corchetes del Santo Oficio enviados por el propio Osorio, y de este modo habría sobrados testigos de que Osorio era el puto paciente de Varejón, con cuya tacha, por la cuenta que le traía, olvidaría el caso y se matarían dos pájaros de un tiro, como dicen, porque don Florindo salvaría a su amigo Varejón y doña Guiomar y doña Dulce salvarían a su enamorado e hijo, don Moquimber, y el asunto acabaría con satisfacción y contento de todos, quitando los dichos Osorio, doña Salud y don Gaspar de Vallejo, que no hay empresa humana que satisfaga a todos y es honda doctrina que la gracia de unos suele fundamentarse en el infortunio de otros.

CAPÍTULO XXXVII

Aquella noche, cuando el carruaje destartalado y alquilón que llevaba a Osorio penetró en el patio de *la Ronquilla*, la alcahueta cerró la puerta por dentro con gran recato y yendo a abrir la del coche dijo quedo a Osorio, que se apeaba muy embozado y oliendo a perfume:

—Acuérdese vuestra excelencia reverendísima de lo acordado, que mi señora doña *Rozaganta* me lo ha encarecido muy mucho: que entrando en la habitación oscura donde ella os aguarda, sin decir palabra se desnude como su madre lo parió y se meta en la cama que está a mano derecha y solamente después de gozalla y alcanzar el deleite natural y dárselo a ella le hablará y le dirá los requiebros de amores que en tales trances se usan, y entonces, si vuestra excelencia reverendísima lo quiere, podrá pedir luces, que yo estaré afuera con una lamparica y se la daré por la puerta para que puedan acercarse a comer los manjares y beber el vino dulce que en el aposento nupcial les quedan prevenidos. Así después del goce tendrán refrigerio y colación.

Diciendo *la Ronquilla* estas recomendaciones llegaron a la puerta del cuarto oscuro. Abrióla la vieja y dejó pasar al inquisidor, tras de lo cual la tornó a cerrar dejándolo en medio de unas espesas tinieblas que olían a sahumerio de incienso y buenas yerbas. A Osorio, viéndose así, lo asaltó una sospecha que antes no tuviera, si aquélla sería una trampa de judíos o moros o herejes, por matarlo sin dejar rastro, pero luego se encorazonó y aguzando el oído percibió una profunda respiración que le pareció la de *Rozaganta la Hermosa*. Ello fue como picarle espuelas al deseo. Acudióle la sangre a las orejas y a otras partes deleitosas y desechando prevenciones bendijo mil veces la ocasión que la fortuna ponía en sus manos por inexcrutable designio divino, tras de lo cual, sin dudarlo más, se despojó prestamente de la sotana sacándosela por la cabeza, sin desabotonar, como solía en las prisas, y, después de quedar en sus cueros, anduvo a tientas hasta topar con la cama, que era de las fuertes y anchas que llaman de galeón, como hecha para el menester de la cabalgada, y fue palpando en ella hasta que dio con los pies de la hermosa debajo de la sábana, que le parecieron, al tacto, más grandes y menos delicados de lo había visto en el escenario, lo cual atribuyó a que ahora estaba mucho más cerca y las cosas se agrandan con la proximidad. Ya sin pensarlo más apartó la sábana con denuedo galán y entró en la cama, donde se dio se bruces con un pecho musculoso y velludo como de simio y tuvo el susto de su vida que al principio pensó que pertenecía al mismísimo diablo que le había tendido una celada. Quería huir de allí cuando Varejón, sujetándolo por el pescuezo con tales fuerzas que no se le escapara un toro furioso, lo apaciguó con estas discretas razones:

—Vuestra paternidad se sosiegue, ilustrísima, y muestre la conformidad y paciencia que sus muchos años de ejercitar la virtud le habrán criado porque, llegados a este punto donde estamos, no hay vuelta atrás y es fuerza que pasemos adelante si no queremos males mayores, pues yo soy hombre simple y puesto en el disparadero del deleite no sé volverme atrás y muy bien lo puedo hacer, ¡pese al diablo!, a viva fuerza rompiendo por donde sea menester que, si se resiste y lo lastimo, no faltarán cirujanos y reliquias para devolverle la salud. Y si vuestra ilustrísima reverendísima no se conforma pensando que su Divina Majestad envía los trabajos enderezados para el mayor bien de sus criaturas, según los púlpitos predican, considere al menos que si alza grita y promueve escándalo nadie acudirá a romper esa puerta tan presto que no tenga yo tiempo primero de saludarle sin comedimiento el vaso prepostrero con un pepino de a cuatro libras, cuando más que, llegado el caso, si a sus gritos hacemos gentes, más mengua de fama sufrirá vuestra paternidad que yo. Ved pues que hagamos las cosas acordadamente y con placer de entrambos.

El señor inquisidor no decía nada pero tampoco pugnaba por escapar de la presa de Varejón, con lo cual el turco, pensando que ya lo tenía medio convencido, prosiguió su discreto discurso de esta guisa:

—Vuestra paternidad serenísima cobre ánimo y confianza en que el trance es placentero y yo que, aunque me esté mal el propio encomio y loa, estoy certificado como maestro en el arte de dar *per angostam viam*, le prometo que pondré mis cinco sentidos en procurárselo suave, que me tiene rendida la voluntad y sólo quiero servirlo. Ahora vuestra paternidad ponga de su parte y mientras yo me desataco y desenvaino, váyase vuestra paternidad ilustrísima y reverendísima untando el vaso con el aceite de esa lamparica que a la cabecera tentando encontrará y consuélese pensando que, siendo tan alta jerarquía en el orbe cristiano, por concesión de Nuestro Señor Jesucristo, sin cuya voluntad no se mueve una hoja, va a tener parte en el paraíso de los moros.

—*Exurge Domine et iudica causam tuam* —dijo Osorio con un hilo de voz ahogado entre las frazadas, y dieron comienzo los actos que por recato hurtan y sobreseen los historiadores que tratan este ejemplarizador caso. Sólo declaran que, en los suspiros y ansias de la cámara oscura, sonaron lamentos y quejas medio ahogadas, y la voz del turco diciendo:

—No desfallezca vuestra ilustrísima y muestre valor en el trance y así como más sufren las mujeres cuando paren y luego se hermosean y tan bien parecen, así vuestra ilustrísima paternidad crecerá de hoy en adelante en apariencia y porte y no sería extraño que, andando el tiempo, el rey nuestro señor o algún altísimo prelado repare en vuestra ilustrísima y lo promueva al Consejo de Estado o más arriba. Piense que mayores fueron los padecimientos de Nuestro Señor Jesucristo en la Cruz y aplique los suyos a redención de sus pecadillos, si los hubiere, y si no a las intenciones y buenas obras del papa de Roma.

Mientras estas cosas ocurrían en la alcoba, afuera, en el callejón, la canalla corcheteril de la Inquisición aporreaba la puertecilla con los pomos de las espadas desnudas gritando: ¡Alguacil soy, traigo la vara del rey! Salió *la Ronquilla* a abrir y topándose con tantas justicias se hacía de nuevas (aunque bien sabía la taimada a qué venían) y fingía espanto diciendo:

—¡Jesús!, ¿qué pasa, quién me roba?

—¡Nadie te roba, maldita bruja de Satanás, que somos la Santa Inquisición! —dijo el alguacil—, y échese a un lado si no quiere salir lastimada. ¡Colabore con el Santo Oficio que en esta casa hay dos putos perpetrando el pecado nefando y venimos por ellos!

—Sea como voacé dice —dijo *la Rosquilla*—, que yo no sabía tal y sólo quiero estar a bien con la Santa Madre Iglesia Católica Romana, de la que soy entregada hija y devota, y yo los llevaré a donde esos señores están, que creía que eran mercaderes y trataban a puerta cerrada de sus asuntos, no de pecados.

Diciendo esto, con gran diligencia y sigilo los condujo por el patinillo hasta la casa y allí les dio dos o tres linternas de aceite que tenía prevenidas y encendidas para que pudieran alumbrar bien lo que verían en el cuarto oscuro y luego los llevó a la puerta tras de la cual Varejón y Osorio estaban.

—Aquí es —dijo quedo, por no ser oída de dentro—, y ahora yo me aparto que no quiero ver nada que pierda mi alma.

—¡A ver, vosotros, Corcuera y Romerales, echarme esta puerta abajo! —ordenó el alguacil mayor a sus hombres más fornidos.

Los dichos corchetes cargaron contra la puerta y al primer empellón la sacaron de sus goznes y entraron en tromba seguidos de los otros con las luces y las espadas desnudas. Sorprendieron a Varejón en lo más recio de la briega, en el momento que descargaba en el vaso prepostero de Osorio, el cual profería ahogados gemidos que a los testigos, como estaban ajenos a la verdad del caso, parecieron satisfacciones y no lamentos.

Levantaron linternas, hízose la luz y se manifestaron a la concurrencia corcheteril las familiares facciones del inquisidor que los había mandado debajo del sudoroso venado turquesco, *in puribus naturalibus*, tan en cueros como los parieron y tomados de sobresalto con el hurto en las manos. La sorpresa fue tan tamaña que unos y otros quedaron suspensos y tan quietos como si se hubieran vuelto de piedra: Osorio en la cama, en postura paciente, sudoroso y mojado, temblorosa la panza; el

261

negro Varejón a caballo, con su instrumento natural todavía altivo, que no era pieza que pudiera disimularse tan presto, y los corchetes embobados y perplejos como si vieran un asno con alas.

—¿Es mi señor el inquisidor Osorio —se atrevió a preguntar el alguacil mayor, bajando la espada— o es por ventura un mal sueño o una asechanza que nos tiende el Maligno?

—Soy quien parezco —dijo Osorio suspirando de sus encendidos mofletes—, que estoy acá padeciendo por mis muchos pecados.

—Pero vuestra ilustrísima nos envió a detener a dos putos, con perdón, uno mulato y otro gran prelado, ¿qué hemos de hacer?

—Señor alguacil mayor —dijo Osorio—, no gastéis saliva en balde ni pretendáis entender nada. En vano os diría la verdad del caso y, sabiendo que no me creeríais, me ahorraré ese afán. Lo que pasó acá ya está hecho, paciencia y escarmentar para aquí en adelante. Sólo os ruego por vuestra vida que saquéis de aquí a vuestra cuadrilla y regreséis al castillo. Aguardadme allá, donde iré en cuanto pueda menearme, si es que no me han muerto, que siento que estoy más en la otra vida que en ésta, y ya diré lo que cumple hacer. Y esto aquí sucedido es cosa que no debe contarse, que no son todas las personas tan discretas que sepan poner en su punto las cosas. Y pensad que el que esté libre de pecado puede arrojar la primera piedra y que es discreción saber disimular lo que no se puede remediar y si por ventura me vierais dándome de calabazadas contra el muro no tratéis de impedirlo.

CAPÍTULO XXXVIII

Donde el malvado conde de Cabra recurre a artes diabólicas de brujería y la resolución de doña Dulce sobre ello, historia terrible que será de mucha enseñanza y escarmiento para las pichas inquietas que por servir sus torpezas no respetan nada

Día siguiente, miércoles, víspera de santa Potenciana, el conde de Cabra mandó llamar a *la Gomarra* y despidiendo a los criados, que nadie escuchara la plática, le dijo:

—Por tu vida quiero que me digas si hay otra manera de doblegar la virtud de esa viuda doña Dulce que tan amarga, cruel, ingrata, falsa y desagradecida me resulta porque no me concede lo que le demando ni con halagos ni con amenazas y yo tengo ardentísimo deseo de gozarla y poseerla. Dímelo con franqueza, que no repararé en gastos y te recompensaré.

—¡Dios, que da la llaga, da la medicina! —contestó *la Gomarra*—. Y ha permitido que entre el sí y el no de una mujer quepa un alfiler. Otras maneras hay que no se dicen porque son recurrir al diablo cuando Dios y la razón cierran las puertas y yo conozco quien puede hacerlo por un justiprecio.

Concertáronse sobre ello, pagó el conde con gajes y aumentos, por tener más obligada a la vieja, y ella, antes de marchar, le pidió, además, la cuchara de plata con la

263

que había desayunado, con achaque de que le era menester para el hechizo.

De allí, conociendo que la noticia interesaría a Monipodio, fuese a darle parte della y él a Chiquiznaque y éste a don Alonso, el cual la comunicó a doña Dulce para ponerla en prevención.

—Ese hombre es más demonio que persona —dijo doña Dulce— y no me dejará vivir ni tendré paz ni se la dará a mi pobre hijo Sebastianillo. ¡Que Dios me perdone si tomo venganza de tantos agravios!

Y con esto requirió a Aguedilla que la vistiera y saliendo con ella fuese a ver a *la Ansarona*, la saludadora y bruja, la cual vivía extramuros en una casuca fuera de la Puerta de la Carne. Llegada cerca de la casuca, doña Dulce no se determinaba a seguir pues le parecía que no había nadie, cuando la bruja notando que venían a verla dijo desde dentro: «Pase la señora y no tenga miedo y quede fuera la compaña.»

La covacha de la bruja no tenía puerta. Apartó doña Dulce una cortina asquerosa, pensando si sería tejida de piel de rata, y entró en una covacha espaciosa que parecía hundirse en lo profundo de la tierra. Al cabo de la sima estaba la bruja, de espaldas, despabilando el lar donde unos troncos encendidos daban alguna luz a la estancia y le ahumaban las negrísimas paredes a lo largo de las cuales había multitud de estantes y alacenas y recovecos repletos de sustancias y reliquias que a una mujer menos animosa que doña Dulce hubieran puesto espanto, pues estaban todos llenos de los repugnantes ingredientes con que las brujas fabrican sus hechizos: redomas de sustancias asquerosas, atadijos diversos de raíces o miembros o mandrágoras, botes de resina o de trementina, figuras de cera, alfileres, tierra de cementerios, calaveras, corazones secos de cerdo, ranas momificadas, velas verdes, trigo, centeno podrido, azafrán, habas, pan mordido, agua bendita, huesos, cabello de difunto, trapos ensangrentados y hasta agua de lavarse los pies un negro. Dentro de una jaula de palo había un cuervo que repetía de vez en cuando con voz de canónigo: «¡Qué dolor del! ¡Qué dolor del!»

La bruja terminó de encender el fuego, se volvió a doña Dulce y la hizo sentar en una banqueta delante de la lumbre donde tenía el negro puchero y le dijo:

—No me digas a qué vienes, que bien lo sé. Y quien me ordena que os atienda bien, cuyo nombre por discreción se calla, tiene muy buena voluntad en serviros y, sin ser Dios, bien podría él solo complaceros en que cierto caballero no os importunara más, si no fuera porque es de natural discreto y prefiere que las cosas parezcan llovidas del Cielo.

Dicho esto, tomó un puñadico de sal y fue echando pulgaradas a las llamas levantando alegre chisporroteo.

—Estoy viendo el final de vuestras cuitas y los artificios que abrirán su llave —dijo la bruja—. Además tenéis un hijo en prisión.

—Es cierto —dijo doña Dulce—. Y por los clavos de Cristo os ruego que me ayudéis a recobrarlo y a librarme de ese caballero malvado que me persigue; yo sabré pagaros generosamente.

—Eso haré yo de muy buena gana de hoy en siete días, que la luna se va. Acudid acá entonces antes de la medianoche.

A siete días de aquello regresó doña Dulce y *la Ansarona* la estaba esperando y tenía sobre la mesa la cuchara de plata que el conde de Cabra diera a *la Gomarra*, con ciertos recortes de uñas y pelos y palillos de dientes por él usados, los cuales metió en una pella de cera con la cual hizo un muñeco al que arrancó la natura que bien grande y muy enhiesta le había labrado, y mientras todo ello ejecutaba iba recitando ciertas oraciones secretas, acabadas las cuales salieron al corralillo y dijo la bruja:

—Con esta cuchara cava un hoyo para enterrar al conde.

Obedeció doña Dulce y con la cuchara de plata cavó un hoyo mientras la bruja decía entre dientes otras oraciones y pasaba las manos sobre el muñeco que tenía en las haldas. Luego le sopló por encima y recitó: «Con dos que te veo, con cinco te espanto, la sangre te bebo, el corazón te parto.» Y mientras esto decía clavó un tejolete en el pecho del muñeco y dijo:

—Ahora toma al conde de Cabra y entiérralo porque quedará capón y no te molestará más.

Lo hizo doña Dulce, pero al dar tierra a la figurilla, como el hoyo era un poco angosto, la forzó algo y el palillo de dientes que llevaba dentro se rompió con un crujido chico que la bruja, por ser medio sorda, no escuchó. Cubrió doña Dulce el hoyo, rezó la bruja nuevos ensalmos, se posó una lechuza en el palo del tejado y ladraron los perros de la vecindad.

—El hechizo es hecho —dijo *la Ansarona*—. Deja en la mesa tu donativo y vete con Dios, pero no te lleves la cuchara.

Doña Dulce dejó sobre la mesa diez ducados y saliendo afuera donde la esperaban Aguedilla y dos criados armados y alumbrados volvióse a su casa. A aquella misma hora regresaba a la suya, escoltado por Julianillo que le llevaba la linterna, el conde de Cabra, el cual había estado jugando en un garito del Arenal. Iba el de Cabra más contento que el rey con sus alcabalas porque había ganado más de cien ducados a un mercader genovés que tenía fama de muy tahúr. El conde, por acortar camino, en lugar de seguir por la calle de las Sierpes quiso ir por San Salvador y cruzando el cementerio una ráfaga de viento, la que había soplado *la An-*

sarona, le apagó el farol. Andando a tientas, que la noche estaba cerradísima y muy oscura, se precipitó en una fosa que los enterradores habían dejado cavada para un difunto que se estaba velando aquella noche. La fosa no era muy profunda pero el conde cayó con tan mala fortuna que se rompió el espinazo y quedó postrado en el lecho de por vida, sin poderse gobernar de cintura para abajo.

CAPÍTULO XXXIX

De las bodas de don Moquimber con doña Guiomar
y otras noticias que hacen al caso

Una semana pasada de los sucesos dichos, el inquisidor Osorio, aún convaleciente de la cornada varejona, recibió cierta embajada monipodia que intercedió por don Moquimber y le prometió que, si el mancebo no era absuelto y liberado en un plazo de tres días, el caso de cierto inquisidor sodomita que había sido sorprendido *in fraganti* con su puto mulato alcanzaría gran notoriedad y sería pregonado en alas de la Fama con pasquines en los mentideros de la ciudad y con memoriales a su majestad el rey y a la Suprema. Persuadido por estas razones, el discreto inquisidor decidió dar por probada la sincera fe católica del mancebo Moquimber y dictó mandamiento de libertad y restitución de sus bienes.

El día de la salida del preso fueron a recibirlo sus amigos con muchas albricias y algazara y lo escoltaron con músicas desde el castillo de Triana hasta la casa de su madre. De allí a los pocos días doña Dulce celebró el feliz regreso de su hijo con un gran banquete, en el que sentó a su derecha a don Moquimber y a su izquierda a don Alonso como reconocimiento de la parte principal que había tenido en el buen acabamiento de aquel negocio.

Don Alonso, por su parte, mejoró algo su estado con unos dineros que cobró de cierto corretaje en maderas de Indias y pudo alquilar casa decente en la colación de San Isidro y hasta celebrar la libertad de su amigo don Moquimber con un convite en la venta de la Barqueta, donde reunió a Monipodio y a Chiquiznaque, a *la Escalanta* y *la Gananciosa*, a *la Ronquilla* y *la Pipota* y a otros muchos cofrades y cónsules de la hermandad Garduña y brindaron por las felices bodas de don Moquimber y doña Guiomar y hubo borracheras, chistes, guitarra y pandero y hasta zarabanda bailada muy donosamente por *la Escalanta* y *la Gananciosa*, sin que faltaran yantares sencillos y abundantes de los que hubo hartazgo.

—¡Huevos y torreznos, merced de Dios! —decía *la Ronquilla* repitiendo ración.

—¡Venga el hidalgo tocino esté como esté! —gritaba Chiquiznaque al mesonero.

Y Monipodio, como discreto, apartaba en una esportilla ciertas partes de carnero y tocino con más de un azumbre de vino y llamando a Diego Rincón las envió a Maniferro, que también él lo festejara en la cárcel con los suyos.

De allí en quince días se celebraron las bodas de don Moquimber y doña Guiomar, muy solemnes, con don Alonso firmando como testigo. Excusaron su asistencia, aunque estaban invitados, don Gaspar de Vallejo, el juez de Grados, y doña Salud, su mujer, que habían tomado muy a mal que doña Guiomar desdeñara a su hijo don Florindo por otro.

La boda de don Moquimber y doña Guiomar fue de las más sonadas que se dieron en Sevilla en aquel tiempo. Concurrieron a ella gran copia de los que suelen acampar de garulla, los profesos de la cofradía capigorra, que allá hincharon el vientre y pusieron el ombligo como el ojo de una becerra. Hubo también, por las muchas devociones de la madre del novio, muchedumbre de clérigos de distintas religiones, los cuales hicieron rancho aparte, como suelen. La ceremonia se celebró en la iglesia de Santa María la Blanca, collación de la novia, y fue oficiada por el padre León, el capellán de la cárcel real, y el banquete se dio en una finca que don Bartolomé Enríquez, el padre de la novia, tenía en el Aljarafe, donde la comida y la bebida corrió con famosa liberalidad y no faltaron perniles asados y pavos en salsa, gallinas de Arjona y pastelillos saboyanos de ternera, hojaldrados y pichones, perdices de Morón asadas en salsa de limón y esas empanadillas que llaman artaletes, así como capirotada de salchichas y perdices tapadas con guisado de huevos, ajo y hierbas. Los vinos, por su calidad y abundancia, anduvieron parejos con los yantares y fueron todos excelentes de Cazalla y Alanís y trasañejo de Guadalcanal, y no faltó el hipocrás y sorbetes de nieve, ni las almendrucas y pasteles, chufas y acerolas, garrapiñas y golosinas de dama. Hubo músicas y juegos y bailes honestos y graciosas invenciones, pantomimas y fuegos artificiales. Allá fue cosa de ver que doña Zambudia, la tía de doña Guiomar, se achispó un poco con el caldo dulce de Málaga y quiso bailar una zarabanda con grandes risas y contentos de todos hasta que cayó redonda al suelo. Es el caso que Varejón se ofreció gentilmente a llevarla a la casa donde descansara, y ella, viéndose a solas con el mulato, lo prendió de sus partes y no cejó hasta que el cuitado le dio contento detrás de la puerta de las caballerizas, mulos y caballos mirando la refriega con sus ojos redondos y espantados. Y es maravilla, que mucho enseña de la complixión del alma humana, que doña Zambudia, en endueñándose en brazos de Varejón, perdió las inquinas y malos vientos que comúnmente traía en la barriga y se pacificó y entró en mayor conformidad de que su sobrina no se casara con don Florindo, el hijo del juez, como ella quería.

También seguiremos este día señalado a don Alonso, el cual, por tener el vino melancólico, se retrajo fuera del ruido y fue a sentarse en un apartado celador del jardín, adonde apenas llegaba el rumor de la fiesta. Doña Dulce, que lo había visto, fuese a buscarlo dando un discreto rodeo por otra parte, y, sentándose a su lado, puso su mano fría y suave sobre la mano manca del caballero y por aquella caricia larga discurrieron todas las palabras que los labios no decían y todos los besos que las bocas no daban y todos los ardores que se negaban los cuerpos. No hubo más, luego ella lo tomó de la mano y volvieron a la fiesta cuando don Moquimber hacía un brindis por don Alonso y otro por el padre León, a los que llamó sus padres más verdaderos porque lo habían instruido en la fe católica y sacándolo de su error herético lo habían devuelto al mundo.

Ahora, aunque sea adelantar algo la historia sacándola de sus naturales pasos, se apareja ocasión de decir que don Florindo hizo muchas secretas alegrías de aquella boda que lo dejaba libre para seguir sus naturales inclinaciones, pero con todo, pasados algunos días, receló que su padre o el inquisidor Osorio pudieran buscar la manera de perjudicar a Varejón, y con licencia del capitán general, tornó a Flandes o tal hizo creer, pues al llegar a Lisboa, donde pensaba embarcarse, tomaron pasaje para La Coruña y de allí, por tierra, sobre mulas alquilonas, pasaron a Francia en figura de peregrinos que regresaban de Santiago y llegando a Marsella, después de algunas aventuras que no vienen a cuento, se apalabraron con el capitán de un bajel turco que los llevó a Túnez, donde don Florindo renegó de la fe verdadera y se tornó moro y, como llevaba consigo la caja del regimiento que el capitán general le confiara cuando iba a Flandes, puso tienda de especiería y perfumes, de la que él y Varejón vivieron el resto de sus días, siendo muy respetado y querido y alcanzando asiento en la asamblea de los discretos.

CAPÍTULO XL

De la muerte del rey y honras que por su alma
se hicieron en Sevilla, con otros menudos sucesos
de la vida de don Alonso de Quesada aquellos días

Pocos días después de lo que venimos contando murió
de una larga y grave enfermedad el rey nuestro señor
don Felipe II y fue mandado publicar por todo el reino
con trompetas y atabales y los correos llevaron cartas a
concejos y cabildos de todos los rincones del reino con
mandato de que cada uno hiciese unas honras fúnebres
lo mejor, más lucida y sentidamente que pudiese. El
domingo veinte de septiembre de 1598, a la una del
día, hubo en Sevilla doblar general de campanas para
anunciar al pueblo el fallecimiento del rey, habiendo
recibido los santos sacramentos con gran devoción, lo
que, junto a la gran pena y sentimiento a que tan gran
pérdida obliga, trae también el no pequeño consuelo
de verlo acabar como tan católico y cristianísimo prín-
cipe. Don Alonso, cuando supo la noticia fue a ver al
sastre Silguero, al que había entregado once varas de
paño grueso del que llaman raja cabellada para un jubón y otras prendas, por si lo podía cambiar por otro
negro que le sirviera para los lutos del rey, pero ya el
sastre lo tenía cortado.

—Vuesa merced lo puede hacer tintar —dijo Silguero.

—Tintar no —respondió don Alonso—, que no quedará bien. Lo que haré será comprar alguna bayeta negra que me sirva.

Y despidiéndose se volvió a su casa porque, como el día había amanecido nublado, le dolía la cabeza o sentía que le iba a doler. Y por el camino, que estaba enlodado de lluvias recientes, iba pensando: «Su católica majestad, por la que di mis fuerzas y puse mi vida en tantos peligros, por la que tantos esfuerzos hice y tantos caminos y fatigas padecí, se despide ahora quebrantándome la parca hacienda con lutos que no puedo pagar. Sólo una vez te vi, en Madrid, hace años, descendiendo de la carroza real, rubio y endeble, con los ojos como de agua, la quijada descolgada, el pelo como madejilla, no tenías media bofetada aunque en afamadas estatuas te retratan de valiente, como el Titán vencedor del coloso turco, martillo de herejes y domeñador del mundo. Arrastrabas una pierna enferma, no de trabajos y malos caminos y campañas, sino de vicios y banquetes, y parecías del todo extraño a los naturales de estas tierras, tan extranjero y rodeado de foráneos. Entrecerrando los ojos vi los colores y los meneos de los que te servían, tanto brocado y tanta perla sacados del sufrimiento y de las hambres de tus menguados súbditos. Ahora que bien puedes oírme y sentirme confesaré que albergué en el corazón el pensamiento de cuán bien empleado hubiera sido para provecho de la humana simiente y de los españoles un arcabuzazo bien dado de los que disparé en Lepanto o de los que recibí allá, que acertara en medio de tu augusta frente, sin confesión, como el que, por estar siempre en gracia de Dios, no la requiere, que te hubiera llevado a tu trono a la derecha del Padre, el cual dicen que bendice las justicias humanas más allá de la comprensión y menguadas luces de sus criaturas. Eran sueños vanos que luego apartaba culpándome de resentido, pero esta almendrita amarga echó raíces en los entresijos de mi corazón, esta avecilla aciaga me anidó en las alacenas tristes del sentimiento y me ha vuelto muchas veces como un vino malo. Hoy que ya eres muerto y te sucederá un hijo igual o hasta puede que peor, me he liberado de ese triste cautiverio de aborrecerte.»

El lunes veintiuno, por orden del alcalde, hubo pregón prohibiendo todos los actos de alegría comunes y ordinarios, cuales suelen ser músicas y bailes, danzas y regocijos, y que todos los sevillanos vistieran luto y que ninguna persona de ningún estado y condición fuera osada a no traer luto por su rey, so graves penas de dineros y prisión. Los regatones y pañeros acapararon toda la bayeta negra que había en la ciudad y la escondieron para venderla bajo cuerda al doble y al triple de su precio y aun así no se hallaba. De los muchos quebrantos que aquellos lutos trajeron no fue el menor el de los mendigos y pobres de solemnidad, los que no tenían ni para comer, menos aún para vestir, pues ordinariamente cubrían sus carnes con andrajos pero eran prendidos igualmente por alguaciles, con gran escándalo de las personas honradas, y de ellos se hinchaban los cepos. Finalmente, cuando ya no cabían en las cárceles, se permitió que los pobres pudieran traer el luto solamente en la toquilla del sombrero, y sólo hubo quebranto en los que siéndo pobres pero no queriendo pasar por tales tuvieron que encerrarse en sus casas para no pregonarse de indigentes. Con todo, la ciudad se vistió de luto, que fue cosa de ver, y hasta los caballos y mulas de las casas principales llevaban gualdrapas de paños negros y hubo grandes rivalidades entre los señores de la Audiencia y los del Ayuntamiento sobre quiénes ostentarían los mayores y más severos lutos, pues todos querían mostrar mayor sentimiento que los rivales, donde se mostrara que eran los más legítimos representantes de la monarquía, y lo resolvían en grandes paños, largas colgaduras, espesas bayetas, todo ello sobre las espaldas y las hambres del pueblo.

Aquellos días hubo juntas frecuentes en los Cabildos Catedral y Municipal, así como el Acuerdo de la Audiencia. El Ayuntamiento decidió que las honras fúnebres debían ser las que corresponden a la grandeza del lugar, con superación de los otros reinos y ciudades de la monarquía española, y que habrían de manifestar quién es Sevilla y cuál es su grandeza, su poder y su riqueza, su liberalidad y su voluntad en honrar siempre a sus reyes, y gastar sus propios en su servicio. Sobre esta determinación se aprobó erigir un suntuoso túmulo con la traza de los que comúnmente se hacen en los monumentos que por Semana Santa se ponen en las catedrales, de madera dada de color negro o bronce, y que fuera de tal magnitud que ocupara todo lo vacío de la parte más espaciosa de la catedral, que es la mayor del reino y aun del mundo, y trajera el dicho túmulo tanta cera encendida y lamparicas que luciera como ascua de oro y que el que lo viera no hallara en su vida mejor cosa en la que cebar y entretener la vista.

Don Alonso, aquellos días, se levantaba tarde y se estaba despierto en la cama meditando sobre su novela. Algunos días recibía a Chiquiznaque, el cual le había abierto el corazón sobre ser hombre de letras y venía a recibir escuela de lectura y escritura, en las que progresaba poco. También recibía a Aldoncilla, que Tomás Gutiérrez se la enviaba para que le arreglara la casa y algunas veces se quedaba a dormir con don Alonso. Luego iba a misa a Santa Catalina a la hora de ver a doña Dulce, a la que, por no dar que hablar, no se acercaba, aunque algunas veces entregaba a Aguedilla una carta o unos versos para su señora y Aguedilla dos o tres veces le dio recado de que viniera a visitarla a tal hora. Entonces pasaban la tarde en honesta conversación, don Alonso en el sillón frailero, doña Dulce en el cojín de raso sobre la tarima del estrado. Algunas veces venían don Moquimber y doña Guiomar y hacían fiesta familiar. El lector memorioso, tomando indicios de los capítulos pasados, recordará que la monja de las llagas, sor Reverberación de las Mayores Angustias y de las Cinco Llagas de San Francisco de Asís, había recomendado a doña Dulce que siguiera las apetencias de su corazón en lo de amar a don Alonso, pero doña Dulce no se determinaba y andaba indecisa sobre si volver al mundo o profesar en religión y pasar el resto de sus días fuera del siglo, alabando a Dios y dando gracias por haber encontrado a su hijo.

Don Alonso aquellos días hacía algunos negocios en el Arenal y en la Lonja de la Catedral. Tenía acuerdo con el bizcochero Pedro de Rivas, que le adelantaba hasta cinco quintales de bizcocho ordinario, a seis ducados el quintal, para aprovisionamiento de los barcos. La ganancia era nada más que regular porque había que repartirla con el fiador Jerónimo de Venegas, procurador de la Audiencia, y con otro tinterillo de la Casa de Contratación, amén de untar las manos a ciertos alguaciles del muelle que hacían la vista gorda del embarque fraudulento del bizcocho sin pasar por el fielato ordinario; pero, con todo, esta granjería y otras que iban saliendo a salto de mata le daban para ir tirando y medio vivir.

CAPÍTULO XLI

Del magnífico Túmulo que Sevilla levantó para
las honras fúnebres del rey Felipe II y de cómo
don Gaspar de Vallejo decomisó la bayeta
que don Alonso vendía, con la que se adecentó
el banco de la Audiencia

La antevíspera del día de las solemnísimas honras fúnebres por el rey nuestro señor, don Alonso y Chiquiznaque, después de haber escrito la acostumbrada carta a doña Salud en el corral de los Naranjos, entraron a admirar el famoso Túmulo al que los carpinteros daban los últimos martillazos, los bruñidores las últimas friegas y los pintores las últimas pinceladas. La obra del grandioso Túmulo se había rematado en el breve espacio de cincuenta y dos días, plazo que parece increíble en una máquina de tales proporciones, y más si se piensa que tuvo más obra ella sola que todas las del resto de Andalucía juntas y si me alargara a las de España no creo que disparatara, que con razón la tuvieron por octava maravilla del mundo gentes que no alcanzaron a ver las otras siete.

En el Túmulo trabajaron los más celebrados ingenios de cada rama de las artes, los arquitectos Juan de Oviedo y Martín Infante y los pintores y escultores Francisco Pacheco, Vasco Pereyra y Martínez Montañés. Plantóse esta magna obra en medio de la nave del

277

crucero principal, entre los dos coros, en forma de cuadrado de cuarenta y cuatro pies de lado sobre el que se armó un andamiaje de dieciséis pinos comendadores de cuarenta y ocho pies de largo y otros cuatro de más de ochenta pies en los ángulos.

Elevábase en el centro una fábrica prodigiosa, con sus pilastras y arcos hasta la balaustrada grande y encima de ella un cuerpo de columnas pareadas con estatuas y cuatro obeliscos, y sobre este cuerpo otro muy airoso con sus esculturas chicas exentas y cuatro grandes dentro de sus nichos, las cuales miraban a los cuatro lados del cuadrante, y sobre éste un remate de balaustrada que figuraba ser bronce y una cúpula de media naranja estribada que en la parte más alta sostenía un obelisco sobre cuya punta se posaba un águila negra que portaba en el pico una serpiente dorada. Todo era de un efecto magnífico.

—El águila —dijo don Alonso— es el imperio y la serpiente vencida son los enemigos de la religión y de la nación.

—Si el águila —observó Chiquiznaque— es, a lo que me dice voacé, España y la serpiente son las demás naciones, tengo para mí que el águila debería ser más chica y la serpiente un dragón que la llevara en la boca.

—Así es, por desgracia —dijo don Alonso. A lo que Chiquiznaque replicó:

—Yo, señor, sin saber de monarquías ni de naciones he alcanzado alguna experiencia del mundo y estoy por decir que cuando uno se pelea contra muchos, aparte de gran locura, porque acabará mascando tierra, es porque está equivocado aunque se empecine en llevar razón.

—Es posible que estés en lo cierto —dijo don Alonso— pero en los altos corredores de la Corte es costumbre no ver más de lo que ven los reyes, y como en el famoso cuento, si un pícaro desnudo les quiere vender un traje de aire ellos se verán lindamente vestidos y todos les alabarán el traje y no habrá tonto u hombre honrado que denuncie el engaño.

Con esto fueron dando la vuelta al monumento y admirando sus partes con sus columnas y cornisamientos, sus arquitrabes y frisos, sus cornisas y pilastrones, sus arcos e inscripciones, sus epitafios y esculturas, todo ello de lienzo y pasta, papelón y madera, con dorados colorines, luces y garambainas, pacotilla, almazarrón y hojarasca, gran presencia, obra para un día, gasto inútil, vanidad superflua, nada forrada de nada y pintada a imitación de bronce o mármoles y jaspes y adornada con guirnaldas de laurel y placas con los escudos de armas de Castilla y los otros reinos, y sobre todos ellos, pobladas de ángeles y victorias, las nubes del cielo que desampara a las Españas.

Había en el cornisamiento una fila de medallones con alegorías que declaraban los jeroglíficos de las pinturas y don Alonso, aunque sus latines no eran tantos como quisiera o diera a entender, iba leyendo algunos:

—Allá dice FIDES PUBLICA.

—¿Qué es eso puesto en cristiano? —preguntó Chiquiznaque.

—Es como decir *Pública fidelidad* —contestó don Alonso—. Y en este otro dice AETERNITAS IMPERII, que quiere decir *Perpetuidad del Imperio* y allá ORBIS PROTECTORI que es *Al protector de la redondez de la Tierra,* y éste de RESPUBLICA BENE CONSTITUTA dice *República bien constituida y ordenada* y el siguiente es SECURITAS PUBLICA, o sea *Seguridad pública.*

—Este último es un dicho muy galano que me trae a la memoria que cuando los ingleses saquearon Cádiz nadie acudió al remedio, pero el rey entretenía tropas y gastaba millones cuidando de que los flamencos no se tornaran luteranos, como si a los españoles nos fuera una pajuela en ello.

—Este otro dice TURCIS DEVICTIS, *Los turcos vencidos.*

—¡En éste tuvimos honrosa parte voacé y yo, don Alonso, que fuimos buenos en Lepanto! —se enorgulleció Chiquiznaque.

—Fíjate de qué nos sirvió y las grandes mercedes que por ello recibimos —pensó don Alonso, y señalando otra cartela dijo—: Mejor se le parece este otro donde dice: HAEC DULCIA PREMIA BELLI, *Éstos son los dulces premios de la guerra.*

Había un espejo grande con marco sobredorado que habían dejado allá los carpinteros para colgarlo arriba, y don Alonso, mientras hablaba, vio en él reflejada su manquedad y su figura vencida y triste y la de Chiquiznaque, que vivía la vida feroz de la valentía, entre gentes cobardes y taimadas, ignorando la nobleza de su corazón.

—No estoy tan seguro yo, amigo Cristóbal —dijo don Alonso— de que venciéramos a los turcos: les rapamos las barbas y les volvieron a crecer con más fuerza.

Siguieron adelante rodeando el Túmulo y vinieron a leer otras dos cartelas que decían: FELICITAS PUBLICA, OMNIA LEGE PARI.

—Aquí se alaba *La felicidad pública* y *La ley que es igual para todos.* Y más allá leo LEX OMNIBUS UNA, que quiere decir *Una ley para todos,* y VIRGA AEQUITATIS, que es *Vara de justicia recta.*

—¿Dice esas cosas de la ley? —preguntó Chiquiznaque.

—Eso dice cabalmente —respondió don Alonso—. Y más allá dice TUTA UNDIQUE VIRTUS, que es como asegurar que la virtud está segura por todas partes.

—¡Hideputa el bellaco cabrón que tal puso —dijo

Chiquiznaque riendo más que en tan solemne lugar y ocasión convenía— y lo poco que conoce esta Tierra pecadora en la que nos afanamos por vivir donde teniendo dineros se compran justicias y perdones y el que no los tiene se pudre en galeras o hecho cuartos en los patíbulos de los caminos y andan los holgazanes como gusanos en el cadáver de la tierra sin que nadie remedie viendo tanta miseria!

Siguieron con este concierto mirando el Túmulo y no se cansaban de catar vista tan deleitosa y concertada y obra tan sublime de las artes, con sus jeroglíficos, sus manojos de espigas, sus águilas, sus turcos vencidos, la pública felicidad, la igual ley para todos y los ocho altares con doce santos de bulto; los cuatro epitafios que dedicaba el Senado sevillano; los cuatro obeliscos, uno por cada reina que casó con el difunto; las dieciséis figuras representativas de las virtudes del rey; las historias representadas en lienzo, cada cual con su leyenda, y el resto de las figuras portadoras de insignias y medallas.

—¿Qué dice ahí? —dijo Chiquiznaque señalando una cartela.

—Dice —leyó don Alonso— que morir es ganar y que más allá, en la muerte, está la vida.

—¡Solemnes necedades! —sentenció Chiquiznaque—. Como si alguien, siendo rico y mandando, como este que hoy enterramos, muriera conforme y quisiera morir por su gusto.

Con esto acabaron de rodear el monumento y cuando don Alonso leyó HUC CURSUS FUIT, *Hasta aquí llegó la carrera*, salieron de la catedral y fueron al Corral de los Olmos, donde bebieron una jarra de vino y comieron aceitunas y lechuga con ajos fritos.

Apenas salieron de la catedral don Alonso y Chiquiznaque, entre el gran concurso de gentes que acudían a ver el famoso Túmulo, entró por otra puerta don Pedro López Aldaga, regente de la Audiencia, con escolta y acompañamiento de corchetes, el cual se había apeado de su coche camino de una finca de recreo que tenía en el Aljarafe, por ver a su sabor el monumento. Y llegándose al maestresala catedral que dirigía la obra insigne le preguntó cuáles eran los asientos que se destinaban a los señores de la Audiencia. El maestresala le señaló unos bancos de palo desnudo que contra el coro se habían dispuesto, sin cortina ni estrado. Y el regente, mirando ciertos asientos con cojines de muy buen ver que había al otro lado, preguntó:

—Pues ¿quién se sentará en aquella parte?

—Aquéllos son los asientos de la Santa Inquisición —dijo el maestresala— y los del otro lado son los del Ayuntamiento.

Miró el regente de la Audiencia y vio que también a sus vecinos y rivales se habían destinado bancos con cojines y respaldo de terciopelo.

—Parece que los señores de la Audiencia tendrán peor posada que las otras autoridades —comentó el regente—. ¿Es que, por ventura, no habéis acabado de acomodar sus bancos?

—No, señor —dijo el maestresala—, que ya está todo acabado y no hay más de lo que se ve.

El regente salió de la catedral sin decir palabra y subiendo a su carroza dio orden al cochero que tornase a la Audiencia, donde halló que todos los jueces, fiscal y oidores se habían marchado a sus casas después de salir él, y tras ellos los escribanos y secretarios y sólo quedaba abajo el portero y algunos corchetes, las armas dejadas por los rincones, jugando a los naipes. El regente, encontrando el barco desierto cuando quería tocar a zafarrancho y andanada, montó en cólera como tal no se viera desde el enfado de Dios en el Sinaí y en ello estaba cuando entró por las puertas don Gaspar de Vallejo, que en aquel momento, pasando por la plaza de San Francisco, había visto la carroza del regente a las puertas de la casa Quadra. Refirió el regente a don Gaspar lo sucedido en la catedral y el tremendo agravio que iban a recibir los señores de la Audiencia al otro día en los oficios por el rey nuestro señor.

—Pues ¿cómo se podrá evitar, si es mañana? —dijo Vallejo.

—¿Cómo? Sin quitar que se exijan responsabilidades más adelante, lo primero que hay que hacer es comprar paño con que vestir y adecentar el banco y aun cubrir con alfombra o tapiz la tarima debajo de nuestros asientos.

Recordó entonces don Gaspar que uno de los alguaciles de la Audiencia, que sabía de su inquina contra don Alonso de Quesada, le había traído días atrás la noticia de que don Alonso había aceptado cambiar una provisión de bizcocho naval por cierta pieza de paño y bayeta negra que un patrón de barco flamenco le ofreció y que la dicha bayeta la tenía en su casa.

—Eso es un negocio que puede hacerse presto sin que la Audiencia gaste un real —dijo al regente.

Aquella tarde el alguacil de la Audiencia y tres corchetes fueron a la casa de don Alonso y les abrió la puerta Aldoncilla, a la cual empujaron cuando les negó la entrada, y registrando la casa con gran estropicio dieron con la dicha bayeta que en el arca de la alcoba estaba y la confiscaron sin atender a las protestas y lágrimas de la muchacha sobre el abuso que hacían sin estar el amo y que aquel paño era de un hombre honrado que lo tenía para su uso y no para reventa.

Lleváronlo a don Gaspar de Vallejo, el cual, tomando una escolta de alguaciles escopeteros, muy militarmente pisando sobre las losas de la calle de Alemanes, fuese al Túmulo de la catedral donde ordenó a un tapicero de los que allá trabajaban que revistiera con aquel paño los bancos de la Audiencia, lo que el hombre hizo sin rechistar, con los corchetes montando guardia a su lado hasta que terminó el trabajo.

Mientras tales cosas ocurrían, don Alonso, muy ajeno al nuevo descalabro de su hacienda, pasaba aquella tarde con doña Dulce, la cual había dado licencia a los criados para que fueran a ver el Túmulo, y quedando a solas los dos en la casa desembarazada, en aquel estrado donde solían verse, las contraventanas cerradas por defensa del sol, que era un día de los calurosos del veranillo del membrillo, se trabaron de las manos y, después de una larga pieza sin hablar, miráronse a los ojos y de un mismo impulso juntaron los labios en un beso reposado y tierno, no como aquellos que solían darse en la verde juventud, y ella, tomando a don Alonso de la mano manca, lo sacó del estrado del cumplimiento y lo llevó al estrado del cariño, su alcoba en el piso de arriba, donde había una gran cama con dosel vestida de sábanas de Holanda nuevas que olían a membrillo y romero y allá lo desnudó y se desnudó y entraron a gozar reposadamente la unión, unidad, suavidad y las mutuas ternezas. Doña Dulce, puesta sobre don Alonso, soltó las horquillas que el moño sustentaban y sacudió la cabeza para descoger y esparcir sus cabellos antes de pasar a mayores. Cómo era doña Dulce desnuda es cosa que no viene en los libros y escrituras de esta historia, aunque yo bien lo he indagado infructuosamente, pero, por los otros indicios que poseo, me he acostumbrado a imaginar que la viuda era de firmes caderas, redondas como cántaros de Bailén, y un atrás de respetable latitud, respingón, con su raya partida perfecta, como fruta acabada, y sus dos hoyitos a los lados de la rabadilla, que tanto gusto da verlos y pasarles la lengua; los pe-

chos grávidos y redondos, un tantico descolgados quizá, con sus pezones rosados suavísimos que don Alonso
acariciaba con sus pupilas posando en ellos sus ojos
abiertos, las clavículas salientes, el cuello largo, la natura ni grande ni chica, jugosa y gordezuela, con su vello
negrísimo ensortijado. Y don Alonso, como retenía vi-
gores de su juventud y cerraba con su enamorada capítulo de mocedades, sin ser cedro del Líbano, estuvo
recio en la lid y muy a satisfacción de la otra parte.

Después de tanta dulzura vino la pesadumbre de la
despedida para siempre. Doña Dulce, con darse en
cuerpo y alma aquel día, quería decir adiós a su enamorado caballero. Con discretas razones, que él fue acos-
tumbrándose a aceptar, como el que está habituado a
que sus dichas sean pasajeras, le fue diciendo que a un
mes de aquello ingresaba en religión en el convento de
Santa Inés, donde estaba su venerada monja de las llagas, a purgar muchos pecados que ella y Dios conocían
y a dar muchas gracias a Dios por la feliz vuelta de Sebastianillo, su hijo, y que desde allí rezaría mucho por
don Alonso y pediría a la santa que la vida lo tratara
mejor que hasta entonces. Con besos y lágrimas despi-
diéronse don Alonso y doña Dulce y él cruzó la última
vez el patio de las macetas, tan verde y fresco, y ya no
hablaron más en este mundo.

CAPÍTULO XLII

DEL RUIDO QUE HUBO EN SEVILLA POR CAUSA DEL TÚMULO,
LANCE INCREÍBLE SI NO ESTUVIERA TAN CERTIFICADO,
Y DE LA SALIDA QUE SE LE DIO AL PERCANCE

El día siguiente, que fue 26 de noviembre de 1598, amaneció raso y luminoso y desde las ocho de la mañana los campanarios y espadañas de Sevilla tocaron función solemne de difuntos y exequias por el rey nuestro señor, y toda la ciudad acudió a la Iglesia Mayor vistiendo sus mejores lutos; allá manteos, sotanas, holapandas y herreruelos; allá anguarinas, tabardos y zaragüelles; allá los grandes, los titulados, los prebendados, los caballeros, la gente principal criada con roscos de huevos y alfajor de canela; allá también el innumerable vulgo, la gente soez y de baja ralea, la criada con hambres y gachas de harina; allá los que iban en coche vestido de tocas negras y tirado de mulas enlutadas; los que estrenaban jubón y ropas negras; los que, si a más no les llegaba la bolsa, se arreglaban con una cinta de tafetán oscuro por toquilla del sombrero, todos en muy buen orden y afectando la gravedad y decoro que pedía la jornada, que no pareció sino que hasta los perros sin amo mostraban pesar y compostura y se retraían de husmear y enguilar perras o de disputar por un hueso y de las otras cotidianas desvergüenzas que suelen.

A las ocho de la mañana, aunque el pueblo llano había madrugado más, fueron llegando a la Iglesia Mayor las corporaciones y otras gentes principales de asiento reservado, las cuales fueron entrando en la catedral muy solemnemente hasta que se puso de bote en bote, que allá no cabía un alma, con los armados del regimiento de la Ciudad conteniendo muchedumbres detrás de las balaustradas de madera y hierro que se instalan en las grandes solemnidades y los caballeros pellizcones ojeando a las damas en las tribunas. Si tuviérámos los ojos de alguna de las mil figuras de santos y patriarcas que retrata el retablo mayor, distinguiéramos entre la muchedumbre muchas caras conocidas: Monipodio y Chiquiznaque, *la Ronquilla* y *la Pipota*, Tomás Gutiérrez y don Florián Monedero, doña Zambudia, doña Guiomar Enríquez y don Moquimber, ya conocido por don Sebastián de Valcárcel, Aldoncilla y Aguedilla y, en la nave del Evangelio, con otras personas de respeto y viudas de tocas largas y negras, doña Dulce, que después de lo de la víspera está como transfigurada, la que era huerto sin regar, y parece que la felicidad la elevara sobre las otras viudas y la pusiera a flotar por encima de las cabezas, que el amor, aunque sea cercenado por la renuncia, obra estos milagros y aun otros mayores. Allá vemos, junto a la pilastra de la izquierda, a nuestro don Alonso de Quesada mirándolo todo y cavilando. Solamente echamos a faltar al conde de Cabra, cuya presencia se excusa en el estrado de la nobleza por causa del desafortunado accidente que lo tiene postrado de por vida.

Los que no pudieron entrar, que fueron los más, aguardaban fuera, en la plaza, frente a las casas del arzobispado, estrujándose e importunándose unos a otros, gran río revuelto para rapadores de bolsa, manos sobonas bajo las basquiñas, y rabos de putos.

Acá llegaron los señores de la Inquisición, a cuyo

paso las gentes recelan y callan, don Francisco Blanco, el presidente delante, seguido por los inquisidores Valdés y Osorio y un acompañamiento de secretarios, receptores, fiscal y familiares, todos en sus mulas mansas alquilonas, de las que se apearon con gran comedimiento mientras sus corchetes les sostenían las riendas. Abrió carrera el alguacil Corcuera, el cual, desde que halló a su señor Osorio traspasado de amor humano en el lecho de Varejón, había perdido su fe en el mundo y hasta le habían brotado algunas canas. Iba dando empellones a la gente, abran paso al Santo Oficio, como si los allí estantes fueran moros enemigos.

Llegaron detrás el licenciado Collazos, teniente mayor del alcalde Puñonrostro, al cual representaba en ausencia, y los procuradores y veinticuatros, concejales de la ciudad. En pos de ellos, con mucho chirrido de carroza y carreras de corchetes y muleros, aparecieron los señores de la Real Audiencia con su regente al frente seguido de oidores, fiscales y relatores, según categorías, entre los que distinguimos a don Gaspar de Vallejo; algunos acompañados de sus respectivas esposas, otros solos, que ya habían enviado a las suyas por delante.

Cada dignidad ocupó su puesto: los inquisidores en el presbiterio; la Ciudad en el brazo de la Epístola, la Real Audiencia en el lado del Evangelio. Toda la nave central hasta el coro estaba abarrotada de sacerdotes, frailes y monjas de distintas religiones y otros invitados de calidad, la nobleza de la ciudad, el comercio y la Contratación; por las naves laterales y rodeándolo todo, arriba y abajo, hasta encaramados a las rejas de las capillas y a las pilastras de las columnas, el pueblo llano.

La muchedumbre contemplaba el Túmulo y no se cansaba de mirarlo porque era cosa maravillosa de ver que, compitiendo con el sol, ardieran allá, a un tiempo, mil ciento noventa hachas de cera amarilla grandes y una multitud mayor de cirios amarillos de a dos libras y media e innumerables velas de media libra, sin contar las seis mil velas de los clérigos y frailes sobre candeleros de madera las chicas y de cañón de hoja de lata las grandes.

El estrado del Cabildo Catedral estaba frente al altar mayor, los canónigos luciendo galas de gran solemnidad, las casullas de brocado forrado de sedas y bordadas en oro y piedras preciosas y perlas. Eran espesas como albardas y pesadas como lorigas, pero sarna con gusto no pica y los canónigos no pierden ocasión de lucirlas, que van en ellas henchidos como pavos a presumir delante de las feligresas y es cosa certificada que más de una se humedece de vellos y los requiere en confesión al otro día.

Avisó el chantre que daba comienzo el oficio y los incensarios de plata levantaron nubes blancas al tiempo que sonaban en coro y órgano las músicas funerales. Estaban los señores de la Ciudad y los de la Audiencia en sus puestos, con el altar por medio, y se cruzaban miradas de odio como saetas encendidas, según solían en los actos públicos donde les era forzoso encontrarse. Lo primero que unos de otros miraron fue los bancos y asientos, por comprobar si había cambios de como se vieron la víspera. Por las declaraciones del pleito que siguió sabemos que el día de antes hubo porfía entre un alguacil del Ayuntamiento y otro de la Audiencia sobre que el Ayuntamiento, como corporación anfitriona, había asignado a la Audiencia un escaño mezquino sin respaldo, y el regente, cuando lo supo, mandó a sus alguaciles que pusieran sillas, a lo que el alguacil del Ayuntamiento se resistió diciendo que, si por él fuera, le holgara ponerlas, pero que no podía admitirlas por ser en deservicio de su majestad y que sus superiores lo amonestarían si lo consintiese pues figuraba en el protocolo que en honras de reyes nadie debe tener silla, ni almohadas ni alfombra. Sobre esta declaración encontramos otras por las que sabemos que los bancos del Ayuntamiento y de la Inquisición eran los unos de espaldar y los otros simples, por no haber suficientes de los primeros, pero con todo no tan buenos ni nuevos como los que se habían puesto a los señores de la Audiencia, aunque éstos carecieran de respaldo. Otros declarantes deponen que los bancos de la Inquisición eran parecidos a los de la Audiencia.

Comenzaba el gorigori de los funerales cuando el teniente del alcalde miró al secretario del Cabildo Catedral, de nombre Villavicencio, y le hizo seña disimulada para que pusiera en ejecución lo que la víspera habían tratado, cuando se conoció que la Audiencia adornaba su banco con bayetas negras. Villavicencio, con la venia del vicario, se levantó de su asiento y con la mayor discreción fue a donde estaban los señores de la Audiencia, en escaños cubiertos sentados, hizo la venia y dijo:

—Señor regente de la Real Audiencia y señores oidores: en nombre del Cabildo Catedral, como secretario, comunico a sus señorías la protestación para conservar el uso y posesión que tiene el Cabildo, por cédula de su majestad, para que nadie ponga silla o tapete o cosa alguna fuera del dicho Cabildo, ni estrados, ni cubran asientos, y con esta protestación, por no interrumpir las honras, queremos proseguir los oficios. Es protesta formularia, para que conste que no se renuncia a tal privilegio.

Asintió el regente dando por oída la protesta y dijo que el haber cubierto los bancos fue por lo mal que habían parecido descubiertos la tarde anterior y que fue por luto y no por autoridad ni lujo, con lo cual retiróse el secretario Villavicencio haciendo venia y todo quedó sosegado.

Comenzaba la misa. El preste oficiante, don Luciano de Negrón, se volvió y pronunció el *Munda cor meum ac labia mea*, a cuyas palabras el predicador, fray Juan Bernal, la boca de oro de Sevilla, que llevaba un mes preparando un sermón de mucho lucimiento, se desarrodilló y avanzó hacia el púlpito con pasos también ensayados, las manos góticamente recogidas, humillada la mirada, transido de santidad. Iba así a mitad de camino cuando del lado de la Audiencia se levantó tal murmullo de protestas que él se descompuso y miró hacia allá, como declaró en el pleito, y vio que el regente, vuelto a sus oidores, decía algo. Parece que había preguntado:

—¿Se oye la protesta?

Y ellos se pusieron a debatir el caso como si estuvieran en la sala de juicios, unos que con recias voces, otros que por escrito con gran silencio y sosiego. La verdad, habiendo tantos miles de testigos, parece que sólo la sabe Dios. No duró mucho la consulta, porque todos eran de un acuerdo:

—¡Que se oiga!

—¡Sí, que se oiga!

—Se recibe la protesta y se dar por oída —sentenció el regente.

Otros testimonios: que los curas en el altar y el predicador en el púlpito vieron despegarse a Villavicencio del estrado de la Audiencia para regresar sosegadamente a su sitio. Iba el oficiante a continuar su oficio cuando el procurador mayor del Ayuntamiento, Pedro de Escobar Melgarejo, acompañado de cuatro alguaciles y un escribano cruzaron con mucha familiaridad frente al altar mayor y llegándose a los señores de la Audiencia declaró Escobar:

—Como procurador mayor de la Ciudad, comunico a los señores de la Real Audiencia, en nombre del Cabildo Catedral, que no continuarán las honras por el rey nuestro señor hasta que sean servidos de despojar sus asientos de los tapices con que, contra todo derecho, los han revestido.

El regente, echando fuego por los ojos, se levantó y requirió a sus alguaciles, los cuales a los lados de los bancos de pie estaban, y les ordenó:

—¡Tirad de aquí, y quítenme de delante a este desvergonzado y llévenlo a la cárcel!

Otro testimonio dice que añadió: «¡No he de sufrir que los hideputas tengan sillas con almohadas y nos censuren por no sentarnos sobre el pino!», pero esto parece que está menos probado.

CAPÍTULO XLIII

Se levantó gran rumor en la muchedumbre que asistía a la trifulca, cada cual comentándolo con su vecino, y otro ruido aún mayor entre los que más atrás o en la calle nada percibían, que chistaban a los de delante y les daban voces que se callaran porque también ellos querían oír.

En esto, los alguaciles del Ayuntamiento, a una seña del procurador fuéronse contra los oidores y quisieron levantarlos por fuerza de los bancos para arrancar la bayeta negra del asiento. En las probanzas luego dijeron, y muchos testigos lo confirmaron, que no hubo tal sino que permanecieron con gran respeto sin pisar las gradillas, pero acá lo recojo dando cuatro higas a la verdad porque me parece más narrativo y no contradice verosimilitud.

El oidor Navarrete requirió su espada, como suelen hacer los que van sin ella, por mostrar el arrojo que tendrían si la llevaran, y sacudiendo a manotazos a los que querían levantarlo dijo:

—¿No hay aquí alguaciles de la Audiencia? ¡Tomad a ese desvergonzado, llevadlo a la cárcel y ponedlo en el cepo!

Contra Melgarejo fueron Mercado y Mendoza, los alguaciles más bragados de la Audiencia, antiguo cuatre-

293

ro el uno y matón de garito el otro. El alcalde del crimen asió al detenido por los brazos y él, resistiendo, gritaba:

—¿Qué es aquesto? ¿Así se atropella a un hombre honrado en la Iglesia Mayor, a vista de gentes? ¡Me acojo a sagrado!

Y el alcaide del crimen replicó:

—¡Véngase vuesa merced conmigo que lo llevaré a la cárcel!

Y Navarrete, despidiéndolo, decía:

—¡Hideputa, más que desvergonzado, vos habéis de hablar!

Y Melgarejo: «¡Justicia, justicia!», como si en el mundo la hubiera.

Nadie osó interponerse ni estorbar a los oficiales de la justicia, sino que todos se apartaban y hacían calle por su lado para verlo mejor pasando junto y los alguaciles lo llevaron a la cárcel de la Real Audiencia y lo pusieron en el cepo. Días más tarde, en su declaración, Melgarejo aseguraría que «no entró donde los dichos señores oidores estaban con desacato alguno, sino con la compostura y respeto que se debe a tan alto tribunal, que dijo a los alguaciles que no bajaran las gradillas y que, si con la confusión las bajaron, él no lo mandó, y todo el mundo quedó espantado del mal trato que daban a la Ciudad, representada por el confesante, de edad de treinta y ocho años». Y que lo del prendimiento y forcejeo que siguió era falso porque él «no es hombre que haga resistencia alguna, ni llevaba armas ni hizo defensa».

En los bancos del Ayuntamiento se produjo un grandísimo alboroto y muchos conciliábulos, de los cuales, como de parto de montes, salieron dos veinticuatros, Silvestre de Guzmán y Pedro de Céspedes, que por ser familiares de la Inquisición tenían buena amistad con el Santo Oficio, y fueron en embajada a los señores inquisidores a sus asientos del presbiterio y allá estuvieron secreteando con ellos, a lo que se entiende acizañando a su presidente, don Francisco Bueno, y dándole calor contra la Audiencia. Mientras, los señores de la Real Audiencia, ya confirmados en sus bancos, apretaban las asentaderas contra la bayeta negra causa del ruido y se preparaban para recibir la siguiente andanada.

No fue tan presto como se esperaba, que primero consultaron los señores inquisidores con el Cabildo Catedral, el cual, por su chantre, fue de la opinión de que debían reanudarse las honras, y pelillos a la mar con lo de las bayetas que es pecata minuta, lo cual no aprovechó pues la Inquisición estaba ya con el Ayuntamiento e insistió en que había de salir la Audiencia. Con esto decidieron que una comisión presentara la notificación que Melgarejo no podía hacer por ser preso.

Acá aparece, andando como oso, por disimular que le aprietan los zapatos, que son prestados, y seguido de escribano y maestro de ceremonias, el secretario Villagómez, el cual, puestas entrambas manos en la balaustrada de broncíneo pino que adornaba mucho y defendía poco el estrado de la Audiencia, con voz engolada que fuera oída por los suyos así como por el enemigo, comenzó a decir:

—Sepan vuesas mercedes...

—Sírvase dar a la Real Audiencia el tratamiento que corresponde —lo interrumpió el regente.

A lo que Villagómez replicó:

—Ése es tratamiento reservado para cuando vuesas mercedes se constituyen en Audiencia.

—¿Y no nos ve vuesa merced acá reunidos?

—Bien que los veo, pero no en Audiencia.

—Como regidor de esta Real Audiencia certifico que estamos desde este momento reunidos en Audiencia —informó López de Aldaya.

Oyendo esto, Villagómez perdió su aplomo y dijo:

—Si es Audiencia, notifíquelo otro, que no yo. —Y recogiendo el manteo de su vesta se retiró, seguido del escribano y del maestro de ceremonias.

A todo esto el cura y el predicador estaban quietos como bobos delante del altar y del púlpito, donde los tomaran los autos, y miraban pasar ante ellos a unos y otros y no se determinaban a continuar la ceremonia pues nadie se ocupaba de ellos más que si fueran dos banquetas que el paso estorbaran.

Hubo nuevos conciliábulos en cada una de las tres instituciones y nuevos cabildeos entre el Ayuntamiento y la Inquisición, hasta que el secretario del Santo Oficio, Ortuño Briceño, por mal nombre *la vaca Regüeldos*, dejando su asiento, que crujió de alivio al levantarse, se adelantó a la escena y como notara movimiento entre los alguaciles de la Audiencia avisó que si no lo dejaban llegarse diría a voces lo que tenía que decir, a lo que el regente le contestó que se volviese a su lugar y no alborotase, pero Briceño, puesto sobre las gradas del Túmulo, bien asentados los pies, en voz alta y tenora que fuera bien oída, desplegó su papel y pregonó:

—Por la presente y como secretario del Santo Oficio de la Inquisición vengo en declarar a la Real Audiencia de Sevilla aquí reunida incursa en excomunión *latae sentenciae*, y según esto la conmino, bajo las más graves penas espirituales, a que abandone el templo así en su comisión como en sus individuos y no entorpezca más la continuidad de los oficios y honras del rey nuestro señor.

No había terminado de leer cuando el regente, alzándose de su asiento con gran cólera, ordenó a los corchetes:

—¡Préndanme luego a ese desvergonzado!

Pero Briceño, como ya estaba escarmentado en lo acaecido a su colega del Ayuntamiento, se resistió diciendo que no se llegasen a él y de presto se escabulló con más agilidad de la que su grosura prometía.

Levantóse en esto el fiscal de la Inquisición, Gil de Escobar, al que llamaban *la Tenaza*, y sin abandonar su sitio, alzando mucho la voz por encima de los murmullos que a cada nuevo acto se elevaban de la muchedumbre, declaró:

—¡Señores de la Audiencia: como fiscal del Santo Oficio confirmo y certifico lo que les ha comunicado el secretario: están excomulgados y como tales los conmino a que abandonen el templo y no sean osados de pisar lugar sagrado!

Hubo revuelo entre los señores de la Audiencia y después de un buen rato de dimes y diretes salieron dos de ellos a parlamentar con la parte opuesta, pero, al verlos llegar, el inquisidor Osorio se alzó de su asiento y dijo:

—¡No entren acá, que están excomulgados y no los queremos oír!

Escuchado esto, dijo el regente:

—¡Esta Real Audiencia se constituye en tribunal de justicia!

Y levantándose él, levantáronse todos los oidores y jueces que lo acompañaban, se cubrieron las cabezas con sus bonetes, como corresponde a tribunal en ejercicio, e intercambiaron asientos para colocarse en el orden que por antigüedad y derecho ocupan en el Acuerdo.

—Con la venia —dijo el fiscal, cuando todos estuvieron en sus puestos—. Como fiscal de su majestad solicito que la Real Audiencia se constituya en tribunal de justicia en este mismo momento y lugar.

—Se concede —dijo el regente elevando protocolariamente una mano.

—Comparezca el escribano de jornada y levante acta —recitó el secretario.

Salió de los bancos de atrás el escribano don Florián Monedero con su carpeta de folios, su tintero y su pluma, y tomando el asiento que le ofrecían en un extremo del primer banco dispuso pupitre sobre la barandilla. *La Gananciosa*, viéndolo de lejos, con toda la muchedumbre pendiente de su pendoleo, desmayaba de amor.

Continuó el fiscal:

—Este fiscal suplica a la Real Audiencia la apertura de proceso regular para juzgar sobre los desacatos de que este Tribunal ha sido objeto, y dándose el caso de que una excomunión ha sido decretada y ratificada por los señores del Santo Oficio de la Inquisición sin razón alguna, solicitamos la interposición de un recurso de fuerza y que se conmine a la Inquisición a levantar sin dilación esas censuras, so pena de pérdida de sus temporalidades.

—Séllese y comuníquese a los interesados —dijo el regente, y rubricó el acta que el secretario, seguido por dos alcaides del crimen y un alguacil, llevó a los inquisidores. Iba a leer en voz alta el documento cuando uno de los secretarios de la Inquisición le asió el papel para arrebatárselo pero él le dio tal codazo en las costillas que lo mandó a su asiento, lo que produjo nuevo escándalo dentro de la capilla.

—¿Se ha de sufrir esta fuerza? —dijo el inquisidor Osorio fuera de sí—. ¡Si persisten en la lectura de ese papel los pondremos a todos en el calabozo!

El secretario, haciendo oídos sordos, acabó de leer la requisitoria con las consabidas advertencias de que, si no era obedecida, la Audiencia aplicaría el segundo y el tercer grado de fuerza.

Lo de ponerlos en el calabozo lo dijo Osorio cuando el secretario estaba en lo de las temporalidades, y cuando llegó a lo de la ejecución en personas y bienes volvió a saltar Osorio con mucha cólera, y señalando a los alcaldes dijo:

—¿Cómo es esto? ¡Echarlos hemos de cabeza en un cepo!

Y replicó don Jusepe de Medran, como riendo:

—¿A la Audiencia?

Y Osorio:

—¡A quien me lo notifique!

A lo que respondió el otro:

—¡Antes a vuestras señorías!

Estas cosas y aun otras más gruesas se oyeron, pero luego el secretario, de motu proprio, rogó a los inquisidores que se reportasen y no diesen lugar a que negocio tan grave llegase a noticia de su majestad, que no se holgaría de oírlo, y que si la Audiencia se había excedido en algo ya lo remediaría fuera de aquella ocasión el superior del que todos dependían, queriendo decir el rey, a lo que el dicho Osorio replicó, sin reportarse y con gran cólera y moviendo gran alboroto, «que allí no eran bodegoneros, que no se habían de remediar a voces y que su merced se fuese y no se cansase en seguir con esa lectura que aunque el mismo san Pablo bajase del cielo a mandarles otra cosa, no la harían».

Otros testigos depusieron que lo que dijo después de lo de san Pablo fue: «aunque pensáramos por ello perder las almas», de lo que se espantaron mucho.

Mientras esto ocurría en el presbiterio, en el coro había junta de clérigos y canónigos en torno al deán, Pedro Ramírez de León, por mal nombre *Mediopeo*, el cual, en ausencia del cardenal arzobispo, encabezaba el Cabildo Catedral. Fuese a ellos, enviado por la Ciudad, el veinticuatro Bartolomé Pérez de Mesa con encargo de que la catedral también excomulgara a la Audiencia por el escándalo que en su jurisdicción daba. A lo que el chantre Pimentel respondió:

—El interés de la Iglesia en esta disputa es saber si está en su mano hacer en su casa según su voluntad.

A esto el vicario quería poner paz y que las aguas tornaran a su cauce y proponía:

—Retráctese la Audiencia y libere al preso y envíese a decir a la Inquisición que levante sus censuras para que podamos proseguir los oficios.

—¡Tome nota de todo y levante acta! —dijo el regente a su escribano.

Fue el chantre a evacuar consultas con los inquisidores, pero ellos se mantuvieron firmes en la excomunión y tras cónclave de cabezas y deliberación secreta declararon que lo oían y que no se entrometían en la jurisdicción ordinaria, sino que con la suya cumplían y defendían la inmunidad de la Iglesia, por haber la Audiencia sacado preso de sagrado al procurador mayor de la Ciudad, el cual los había requerido en fuero al gritar ¡Justicia, justicia! Lo cual, escrito por un escribano, fue firmado por el inquisidor Valdés, pero lo borró Osorio que aún quedaba descontento por su mucha soberbia.

A esta respuesta el vicario perdió la paciencia y convocó al maestro de ceremonias:

—¡Señor maestro de ceremonias: comunique al preste que está en el altar que continúe las honras y la misa por ser nula la excomunión bajo pena de excomunión mayor *late sententiae* y de mil ducados para la guerra contra infieles! (otras fuentes reducen la multa a doscientos reales).

El preste, que oyó aquello, pareciéndole que bajo amenazas lo querían forzar, miró por sus compañeros canónigos y dijo:

—¡La misa no se puede seguir sin que la Inquisición alce sus censuras y no se ha de tolerar la fuerza que nos hace el vicario tratándonos como a criados o esclavos suyos y es caso de apelación ante Su Santidad y Sede Apostólica!

Pareció después que se apaciguaban algo los ánimos y ello duró hasta que, leído el auto del vicario, el chantre apeló pidiendo nulidad de lo hecho, sin perjuicio de informar al señor provisor de que el Cabildo Catedral procuraba proseguir los oficios, con embajadas a la Audiencia y a la Inquisición, pero que ello no bastaba.

—¡Quitémonos de esta vergüenza —saltó el preste cuando le comunicaron la orden del vicario por segunda vez— y abandonemos el altar, que la misa se proseguirá donde nadie deshonre el santo sacrificio!

Y después de hacer sus consultas, que nadie oyó, sin decir más fuéronse apriesa el preste y los subdiáconos, con algunos canónigos que les abrían paso, y se refugiaron en la sacristía cerrando por dentro.

A lo cual el provisor mandó que se tuviesen por públicos excomulgados el chantre Pimentel y demás canónigos y prebendados y no estando el doctor Negrón en el altar, el notario Rojas fue a la puerta de la sacristía y dio golpes en ella para notificar lo susodicho pero no le abrieron ni respondieron. Después fue a la casa de Negrón para notificarlo y salió su sobrina abrochándose la basquiña a decir que su tío no estaba en casa; de todo lo cual mandó sacar público testimonio el provisor León, que lo firmó.

En este tira y afloja entre Ayuntamiento, Audiencia, Inquisición y Cabildo Catedral dieron las dos de la tarde, cuando gran parte de la cera del Túmulo había ardido, pero el monumento continuaba brillando como ascua de oro y nadie se determinaba a abandonar la iglesia fuera de muchos clérigos que, como pocas veces se dejan mal pasar, habíanse marchado a almorzar.

—Es que estómago vacío no llama a devoción.

—Oro molido es esa sentencia de vuestra paternidad reverendísima, aunque no figure en las Escrituras.

Nadie, pues, como digo, se determinaba a abandonar la catedral hasta ver en qué paraban las cosas, que el natural curioso de la gente la tenía allá firme aunque muy ruidosamente discutiendo por bandos, cada cual con su vecino, y tomando partido por lo que en el altar del Túmulo pasaba, sin respeto alguno al sagrado, con palabras gruesas a veces y hasta amenazas y puñadas. Otros más pusilánimes y endebles sufrían desmayos y eran sacados fuera de la iglesia por muchas manos, pasándolos por encima de las cabezas, al caño del pilón del patio de los Naranjos donde los refrescaban y resucitaban.

Llegó la hora del yantar y como hubiera mucho rato que cada parte andaba en cabildeos, sin más escándalo ni movimientos contra parte contraria, pareció que el paso perdía interés y los más hambrones fuéronse retirando a sus casas a almorzar y sestear con pensamiento de regresar cuando se levantaran, a ver cómo seguía el ruido, pues, por las trazas, aquello no llevaba cuentas de acabarse presto.

En esto, pasadas las dos, el concejal Diego de Velasco llamó discretamente a Juan Fernández, de veintitrés años, esclavo mulato de su propiedad, y entregándole ciertos dineros en un pañuelo le dijo algo al oído. El otro asintió y abriéndose paso entre la muchedumbre fue a comprar comida en el bodegón del corral de los Olmos. Con la cual tornó en una cesta y entregándola a Velasco con disimulos, éste, con varios amigos que convidó, se metió debajo de la fábrica del Túmulo, donde los gruesos troncos sostenían los andamiajes prodigiosos, y alumbrándose con tres o cuatro velas, que de una repisa de las más bajas tomaron, celebraron su banquete sentados en el andamiaje interior. Allá dieron cumplida cuenta de cuanto habían mercado, lo cual, según consta por declaración del dicho Juan Fernández, que no firma por no saber escritura, fue: «Un capón, una gallina, unas salchichas y vino y ocho panecillos.» Se queda uno con las ganas de saber si las salchichas fueron media docena o seis docenas y si el vino fueron tres cuartillos o dos azumbres y si era blanco de Cazalla o tinto de Guadalcanal.

CAPÍTULO XLIV

DE CÓMO CHIQUIZNAQUE LEYÓ UN FAMOSO SONETO DELANTE
DE SEVILLA, LO CUAL FUE DE MUCHO LUCIMIENTO,
Y DE LA TERMINACIÓN DE LAS HONRAS FÚNEBRES
POR SU CATÓLICA MAJESTAD

Íbase vaciando la gente y con ella se extendía por Sevilla el comento de la desvergüenza que mostraban los altos señores que gobernaban la Ciudad y el Reino, y cada cual daba su opinión con más regocijo que pesar, por ser Sevilla tan acomodada a perdonar ajenas faltas y hacer burla incluso de las cosas más graves, lo que, bien mirado, debe tenerse por suprema filosofía y concisión de pensamiento que se alza por cima del deleznable mundo y sus afanes.

Chiquiznaque estuvo toda la ceremonia detrás de los bancos de la Audiencia, donde veía bien a doña Salud, la cual estaba sentada en la tarima de palo con las otras esposas de los jueces, y cambiaba secretas señas con ella. Estaba doña Salud tan compuesta y engalanada y encendida en su belleza, con su toca negra y su anascote de lana fina, que el Maligno ponía tentaciones en Chiquiznaque de allí mismo desnudarla y poseerla después de contemplarla tantas horas. Cuando comenzaron los tiros en la batalla entre Audiencia y Ayuntamiento, a Chiquiznaque le pareció notar que doña Salud se desentendía de él por mirar a su marido contender en aquella refriega, y como don Gaspar de Vallejo, el cornudo, triunfaba en el estrado negro, luciendo autoridad contra la Inquisición y el Ayuntamiento, como hombre de la calidad e importancia que era, y hasta se crecía argumentando con más denuedo y leyes que sus colegas, a Chiquiznaque le entraron agudos celos por ser él tan inferior en letras y mundo y verse allá, como la poca cosa que era, medio estrujado por la muchedumbre, sin poder lucir sus partes y calidades. Con esta pesadumbre salió a refrescarse al corral de los Naranjos y allá topó con don Alonso de Quesada, que estaba sentado en un poyo apartado, escribiendo.

—¿Qué es esto, don Alonso —dijo Chiquiznaque—, que el mundo se viene abajo y vos escribís?

—Un soneto compongo, amigo mío —dijo don Alonso—, que me viene rondando desde la visita que ayer hicimos al Túmulo y lo he estado trazando mientras asistíamos al entremés de los togados.

—¡Por vida de Dios que me placería oírlo! —dijo Chiquiznaque.

Lo leyó don Alonso, declamándolo muy bien, y Chiquiznaque aunque de natural negado para las letras, como sabía apreciar sus músicas y cadencias, lo alabó y tuvo por la mayor cosa que en su vida había oído. Quedó después en suspenso una buena pieza mientras don Alonso perfilaba los versos y al cabo tornó a hablar y dijo:

—Si me hicieseis una merced yo os la sabría agradecer toda la vida.

—¿Qué es ello? —preguntó don Alonso.

—Que me prestarais esa cedulilla para que entrando allá donde doña Salud está, me luzca leyéndola ante Sevilla como cosa propia.

—¿Y cómo has de leerla si todavía no entiendes las letras? —objetó don Alonso con la tristeza del padre que conoce los límites del hijo.

—No será obstáculo —declaró Chiquiznaque—, que con una o dos veces más que vos me la leáis, yo la retendré en la memoria sin dificultad, que cuando nací iba para mozo de ciego si no hubiera dado en este alto y exigente menester de la valentía.

Tomó don Alonso el papel y lo leyó dos o tres veces, verso a verso, con grandes pausas, dando tiempo a que Chiquiznaque los fuera repitiendo en su memoria.

—¡Ya lo tengo! —dijo Chiquiznaque, y tomando el pliego donde estaba el soneto tornó a la catedral y se abrió paso entre la gente, nadando con los codos y las rodillas, lastimando costillas y pies, hasta que se puso delante de la balaustrada donde estaban las damas de la Audiencia y las gentes de calidad y entre ellas, en tercera fila, doña Salud, a la cual, al verlo llegar con tanto denuedo, se le alarmaron los ojos pero disimuló y él, repasando la mirada por todo el tendido para mirar a su enamorada sin que lo pareciera, sacó del pecho el papel, lo desplegó despaciosamente, carraspeó un poco, solicitó silencio, y haciendo como que leía, con pausa y entonación y voz buena y robusta, recitó:

Voto a Dios, que me espanta esta grandeza
y que diera un doblón por describilla;
porque ¿a quién no sorprende y maravilla
esta máquina insigne, esta riqueza?
¡Por Jesucristo vivo!, cada pieza
vale más de un millón, y que es mancilla
que esto no dure un siglo, ¡oh gran Sevilla!,
Roma triunfante en ánimo y nobleza.
Apostaré que el ánima del muerto
por gozar este sitio hoy ha dejado
la gloria donde vive eternamente.
Esto oyó un valentón, y dijo: «Es cierto
cuanto dice voacé, señor soldado.

Y el que dijere lo contrario, miente.»
Y luego, incontinente,
caló el chapeo, requirió la espada,
miró al soslayo, fuese, y no hubo nada.

La concurrencia alabó las buenas trazas del soneto y la buena lectura del que lo declamaba, y aquellos que conocían al valiente se asombraron de sus letras, que hasta entonces lo habían tenido por cabal ignorante, como suelen ser los de su gremio, y de allí adelante cobró grado de doctor en la opinión de las gentes. A ello se refiere Collado cuando escribe en su memoria sobre el Túmulo: «Y en este día, estando yo en la Santa Iglesia, entró un poeta fanfarrón y dijo una otava sobre la grandeza del Túmulo.»

Mientras estas cosas pasaban, como no sucedía cosa de interés y andaba ya la tarde de vencida, se iba vaciando la iglesia de la gente común, que los altos señores de Cabildos y Acuerdo, aunque se habían suspendido las honras y no tenían más munición que gastar, no se determinaban a abandonar sus puestos antes que el contrario por no parecer que cedían la victoria, y se empeñaban en hacer tiempo, entreteniéndose en conciliábulos y secreteos y mucho levantamiento de actas, a ver si, mientras, el adversario se cansaba y se iba.

Al filo de las cuatro, el vicario, como estaba rendido de recibir embajadas de las partes sin que nadie cejara ni se pudiera sacar nada en limpio, envió a su secretario a avisar que se suspendía definitivamente la ceremonia y que en el acto abandonaba el coro con sus canónigos y se retiraban a sus casas y que los sacristanes y porteros cerrarían las puertas de la catedral. Con esto levantáronse los señores del Ayuntamiento, los de la Audiencia y los de la Inquisición y cada uno por su lado, como habían llegado, abandonaron la iglesia y regresaron a sus casas. Detrás de ellos las puertas del templo se cerraron y el Túmulo hubiera quedado a oscuras, toda la cera quemada, si no fuera por la luz escasa y crepuscular que daban las altas vidrieras, alzadas sobre musgosos tejados donde secretas culebras mudan la piel y zurean las crueles palomas.

EPÍLOGO

Sobre los lamentables sucesos acaecidos en Sevilla por las honras de Felipe II se instruyó proceso, con juez en comisión, y hubo causa y declaraciones de acusados y testigos e instancias de los presos para que, mientras se fallaba, se les mandara soltar, a lo menos en fiado. Este caso pasó a la Corte con procuradores de las partes.

En cuanto al Túmulo, el Cabildo municipal del 30 de diciembre de 1598 acordó deshacerlo y quitando algunas pinturas y figuras que se conservaron (aunque ninguna hasta hoy, ni la erudición da más cuenta de ellas) todo se subastó en pública almoneda pregonada, así la madera como lo demás.

Los inquisidores contra la herética Pravedad y Apostasía del Arzobispado hubieron de retractarse de sus valentías amonestados por su majestad en cédula fechada en 22 diciembre en la cual les decía que debieron excusar las censuras a la Audiencia pues no tenían jurisdicción sobre ella, por lo cual les mandaba que levantaran y absolvieran *ad cautelam* a los censurados.

Chiquiznaque volvió a ser Cristobalico de Lugo, y después del lucimiento de la Iglesia Mayor, cuando leyó el soneto, sintiendo que su vocación lo reclamaba más por el camino de Apolo que por el de Marte, ahorcó los hábitos de la valentía y tomó por maestro de gramática a un piadoso jesuita, el cual lo devolvió al redil cristiano en el que, muy edificado, se arrepintió de los pecados y bellaquerías de su vida pasada para ingresar en religión y queriendo poner tierra por medio donde ejercer su nueva virtud sin penosos encuentros pasó a las Indias, donde murió con fama de santidad y buenas obras.

Doña Salud de Canal y Pimentel salió un día de casa a sus acostumbradas devociones y yéndose al Arenal se ajustó con un capitán que zarpaba para las Indias, al que pagó pasaje con su cuerpo por el tiempo de la travesía, y allá buscó y halló a su enamorado Chiquiznaque, pero despechada por los desaires que el casto fraile le hacía, no pudiendo atemperar los ardores de su natura, buscó otros amantes de los que ganó con su cuerpo y abrió berreadero en Quito, el más famoso y surtido de aquellas tierras, y prosperó y amasó grandes riquezas y fue muy respetada toda su vida, que se alargó hasta cumplir los noventa y seis, en que murió con el consentimiento de Dios y muy en contra de su voluntad.

Aguedilla, la criadita que servía a doña Dulce, casó en 1602 con un escudero del conde de Barajas con el que abrió figoncillo en el callejón Sucio del Arenal, donde preparaba tales manos de cerdo que a poco adquirió fama y fue levantando el negocio hasta dar con una cadena de bodegones y casas de la gula, tres en Sevilla, cuatro en la Villa y Corte y otra en Toledo, donde fue esparciendo los muchos hijos que hubo del escudero y de otros. Los cuales, andando el tiempo, compraron hábitos de Santiago y casaron con doncellas nobles. Sus descendientes figuran hoy entre las principales casas de España, los que no se destocan ante su majestad el rey.

El inquisidor Osorio se pasaba las horas en la terracilla de la torre que da al río viendo si venía a visitarlo el mulato Varejón, que después de lo pasado entre ellos no le escribía ni le mandaba recado ni se acordó más de él.

A Tomás Rodaja, el escribano de don Gaspar de Vallejo, no le fue mal. Juntó los dineros que quería, tornó a Galicia, adquirió el pazo, contrató mozo de espuelas, arador y ama, compró los bueyes y vivió de sus rentas, honrado y respetado. Sólo no le salieron las cuentas en que cuando iba nocturno a visitar al ama, aunque ella era de muy buenas prendas y disposición y no mal parecida, él estaba tan acostumbrado en su natura al amancebamiento manual que aunque entraba en ella no recibía gozo alguno sino que, después de esforzarse en vano en cabalgarla en todas las posturas y maneras posibles, tenía que rematar faena onanísticamente, de lo cual anduvo contrariado y mohíno el resto de sus días porque pensaba que esta tacha afeaba el edificio de su vida.

Monipodio y el escribano don Florián Monedero murieron en la gran peste que hubo en Sevilla en 1603, de la que perecieron cincuenta mil personas, y fue gran lástima.

Aldoncilla, la criadita que tanto apreciaba a don Alonso, cuando Tomás Gutiérrez murió en 1605 y su viuda traspasó la posada, entró a servir en casa de los duques de Alba donde casó con un criado, con el cual, tiempo mediando, pasó a Córdoba. Tuvo nueve hijos y fue medianamente dichosa. Ya viuda y de edad proyecta, engordó bastante y se aficionó al aguardiente y era una vieja chistosa que cuando se achispaba contaba muchos donaires y chascarrillos y entretenía bien a sus nietos, pero a veces le daba la vena melancólica y se pasaba las horas tras la ventana de su alcoba mirando al cielo, dando grandes suspiros y recordando sus lances de juventud y la cerviz suave de don Alonso, del que nunca más volvió a saber, y recitaba para sí ciertos versos que él le hizo, a lo mejor ni siquiera a ella, que se sabía de memoria.

Don Alonso de Quesada, después del mal suceso de

sus amores con doña Dulce de Castro, tornó a Esquivias y vivió con su esposa y luego se mudó a Valladolid, donde murió en 1616. En 1605 publicó una novela de cuyo título no quiero acordarme, que en poco tiempo cobró tal fama que hasta le hacían ediciones pirata. No sacó de pobre a don Alonso, que tal era su sino a lo que parece, pero le dio algunas satisfacciones en la vejez con las que alivió sus cotidianas pesadumbres. Las últimas palabras que escribió, en vísperas de su muerte, fueron: «¡Adiós, gracias; adiós, donaires; adiós, regocijados amigos: que yo me voy muriendo, y deseando veros presto contentos en la otra vida!» VALE.

ÍNDICE

I. Que trata de la condición y ejercicio de don Alonso de Quesada 7

II. De la entrada de don Alonso en Sevilla y de lo que aconteció a la regatona María de la O 11

III. De cómo hurtaron la bolsa a don Alonso de Quesada. A lo que se añade el gatillazo y aporreadura de don Gaspar de Vallejo, magistrado de la Audiencia..... 21

IV. De cómo don Alonso recuperó la bolsa perdida por intercesión del valiente Chiquiznaque 32

V. Donde se relacionan las prendas de la alcahueta *Ronquilla* y don Alonso va en balde a la Audiencia y alivia sus cuitas con ensoñaciones 49

VI. Donde se cuentan los afanes de don Alonso y los amores de Chiquiznaque con doña Salud y prosiguen las pendencias entre Ayuntamiento y Audiencia sobre la causa de la regatona María de la O 56

VII. Donde visitaremos la famosa mancebía de Sevilla en pos de don Alonso que busca a don Florián Monedero 64

VIII. Donde se siguen las contiendas entre Ayuntamiento y Audiencia y se da noticia de los trabajos secretos de Chiquiznaque 70

IX. Que trata de cómo don Alonso encontró a su antigua enamorada doña Dulce de Castro y de la plática y trato que entre ellos hubo 83

X. Donde se trata de la vida y trabajos de don Alonso de Quesada 87

XI. Que trata de las desventuras y naufragios de doña Dulce y el secuestro de su hijo don Sebastianillo Fernandes de Luna............................. 92

XII. Donde se prosiguen los amores de don Alonso por

doña Dulce y las trazas con que aliviaba sus ausencias y otras carencias de la vida. 98

XIII. Que trata de las diligencias que don Alonso hizo en la Audiencia, donde trabajó mucho para conseguir poco, por la maldad y codicia de algunos, achaque y calamidad tan común en estos tiempos . 102

XIV. De cómo el conde de Cabra supo que tenía rival por *la Gomarra*, alcahueta. 105

XV. De cómo el de Cabra asentó con Chiquiznaque que hiciera un jabeque a su rival. 110

XVI. Donde don Alonso, avisado por Chiquiznaque, se mudó a otra posada, collación de San Nicolás. . . . 119

XVII. Donde don Alonso cohecha la justicia por acelerar su causa 123

XVIII. Que trata de la visita que doña Dulce hizo a la monja de las llagas, y de la conversación que entre ellas hubo, con noticias del cuerpo incorrupto de doña María Coronel 130

XIX. Donde el magistrado don Gaspar de Vallejo encuentra las cartas de requiebro que Chiquiznaque enviaba a doña Salud, por las que viene a saber que ha ingresado en la concurrida cofradía de los cornudos 134

XX. Donde don Alonso de Quesada sufre persecución por la justicia y es estrechamente interrogado sobre las cuentas de sus comisiones por el juez don Gaspar de Vallejo, capítulo no tan ameno como otros pero igualmente necesario para el lector discreto que quiera saber todos los entresijos de este cuento 136

XXI. Donde se habla de la cárcel real de Sevilla, a la que han llamado antesala del infierno y otras lindezas 146

XXII. Donde don Alonso convida a su pesar a una chusma de capigorras. 158

XXIII. Donde don Alonso sufre culebrazo y se cuentan otras cosas tocantes a la cárcel real. 163

XXIV. Donde don Alonso encuentra Ángel Custodio en el bravo Maniferro, compadre de Chiquiznaque. . . . 168

XXV. Donde se cuentan otros sucesos de la cárcel real no menos curiosos. 174

XXVI. Donde se cuenta la historia de Moquimber, mancebo anglicano...................... 180

XXVII. Que trata de la conversión de don Moquimber, así como del reconocimiento que don Alonso, despiojándolo, hizo de ser el hijo perdido de doña Dulce Castro.................. 190

XXVIII. De cómo don Alonso salió libre y de sus tratos con doña Dulce de Castro 196

XXIX. Donde se contiene el discurso de los males de España que don Alonso de Quesada hizo al mancebo Moquimber en el celebrado trance de tornarse a su española naturaleza............ 200

XXX. Donde se cuenta y da noticia de quién era doña Guiomar de Enríquez y de las bodas que sus padres tenían concertadas, con otros sucesos 211

XXXI. Donde don Florindo de Vallejo hace concordia con doña Guiomar sobre servirse sus respectivos amores.............................. 222

XXXII. Donde don Alonso de Quesada, por intercesión de Chiquiznaque, encomienda a Monipodio que interceda por sus amigos ante el inquisidor Osorio.................................. 234

XXXIII. Donde se da noticia del sermón de las arrepentidas.................................. 238

XXXIV. De la plática que sostuvieron el inquisidor y la cobertera............................... 243

XXXV. De las discretas razones que hubo entre los señores inquisidores 248

XXXVI. De lo que aconteció en el corral de doña Elvira 252

XXXVII. Donde el Altísimo permite, por inescrutable designio de su voluntad, que el inquisidor Osorio conozca los placeres del paraíso de Mahoma................................... 257

XXXVIII. Donde el malvado conde de Cabra recurre a artes diabólicas de brujería y la resolución de doña Dulce sobre ello, historia terrible que será de mucha enseñanza y escarmiento para las pichas inquietas que por servir sus torpezas no respetan nada 263

XXXIX. De las bodas de don Moquimber con doña Guiomar y otras noticias que hacen al caso.... 268

XL.   De la muerte del rey y honras que por su alma se hicieron en Sevilla, con otros menudos sucesos de la vida de don Alonso de Quesada aquellos días 272

XLI.   Del magnífico Túmulo que Sevilla levantó para las honras fúnebres del rey Felipe II y de cómo don Gaspar de Vallejo decomisó la bayeta que don Alonso vendía, con la que se adecentó el banco de la Audiencia. 277

XLII.   Del ruido que hubo en Sevilla por causa del Túmulo, lance increíble si no estuviera tan certificado, y de la salida que se le dio al percance 286

XLIII.   Donde se sigue el ruido de las honras fúnebres 293

XLIV.   De cómo Chiquiznaque leyó un famoso soneto delante de Sevilla, lo cual fue de mucho lucimiento, y de la terminación de las honras fúnebres por su católica majestad 304

EPÍLOGO 309

Continuará...

Biografía

Juan Eslava Galán es doctor en Letras. Entre sus ensayos destacan *Una historia de la guerra civil que no va a gustar a nadie* (2005), *Los años del miedo* (2008), *El catolicismo explicado a las ovejas* (2009), *De la alpargata al seiscientos* (2010), *Historia de España contada para escépticos* (2010), *Homo erectus* (2011), *La década que nos dejó sin aliento* (2011), *Historia del mundo contada para escépticos* (2012), *La primera guerra mundial contada para escépticos* (2014), *La segunda guerra mundial contada para escépticos* (2015), *Lujuria* (2015), *Avaricia* (2015), *La madre del cordero* (2016) y, junto con su hija Diana, el recetario comentado *Cocina sin tonterías* (2013, Premio Gourmand). Es autor de las novelas *En busca del unicornio* (Premio Planeta 1987), *El comedido hidalgo* (Premio Ateneo de Sevilla 1991), *Señorita* (Premio de Novela Fernando Lara 1998), *La mula* (2003), *Rey lobo* (2009), *Últimas pasiones del caballero Almafiera* (2011) y *Misterioso asesinato en casa de Cervantes* (Premio Primavera de Novela 2015).

Más información en su página web:
www.juaneslavagalan.com

Juan Eslava Galán

LA DÉCADA
QUE NOS DEJÓ SIN
ALIENTO

Planeta

Planeta